U0543289

古玩笔记

——老年间古玩收藏的禁忌故事

齐州三爷 ◎ 著

上海社会科学院出版社

图书在版编目(CIP)数据

古玩笔记/齐州三爷著.—上海:上海社会科学院出版社,2016
ISBN 978-7-5520-1556-0

Ⅰ.①古… Ⅱ.①齐… Ⅲ.①小说集-中国-当代 Ⅳ.①I247

中国版本图书馆 CIP 数据核字(2016)第 213882 号

古玩笔记

著　　者:	齐州三爷
责任编辑:	王晨曦
封面设计:	主语设计
出版发行:	上海社会科学院出版社
	上海顺昌路 622 号　邮编 200025
	电话总机 021-63315900　销售热线 021-53063735
	http://www.sassp.org.cn　E-mail:sassp@sass.org.cn
照　　排:	南京理工出版信息技术有限公司
印　　刷:	上海天地海设计印刷有限公司
开　　本:	710×1010 毫米　1/16 开
印　　张:	16
字　　数:	232 千字
版　　次:	2016 年 10 月第 1 版　2018 年 3 月第 3 次印刷

ISBN 978-7-5520-1556-0/Ⅰ·207　　　　定价:39.80 元

版权所有　翻印必究

目录

佛头记 1

扳指记 56

法螺记 114

爷爷的爷爷在老年间是开当铺的。在老年间，古玩、当铺不分家。因此，爷爷积累了很多关于古玩的传奇小故事，小时候，听他讲过不少，其中奇奇怪怪光怪陆离的甚多。为此，我把每个故事都大概记载了下来，现在，说给大家听听。

您要是问我这些事是真是假，各位，实话说，我也不知道。

但是，老年间北京有句俗话——有些事您可以不信，但不能不敬……

法螺记

一

故事,发生在1921年的北平。

老年间,北平的古玩铺子分好几种,比如家喻户晓的琉璃厂海王村,是全国最大的古玩销售场所,南北荟萃、山珍海宝无所不有。

那当儿,古玩铺子跟现代商业的分工细作一样,并不是每个店里都聚集着一堆金铜佛像、古玉珍瓷、古书古画、丝质绣品、宝石翡翠的。

而是各有千秋,各有绝活儿。

从琉璃厂东口一进去,您瞧,分门别类就开始了,有专门经营宋版、明版古书的,有专门经营宋元明清各种古画的,有专卖古玉、宋明瓷器的,有专卖传世丝织锦绣的,还有专营文房四宝、古墨古砚的,有专卖历代铜钱古币的。

这些珍宝荟萃的场所,都叫坐店,门脸儿端庄大气,无论掌柜还是伙计,绝不是饭馆小吃店那种吆喝吵嚷大声喧哗的样子。

都是正正经经的,掌柜的基本是一身整齐的大褂、坎肩和双道梁的内联升布鞋,带着水晶石的眼镜,伙计们也都穿着浆洗过的干干净净的大褂子,脸干手净,扎着裤脚,一脸不亢不卑的文雅气质。

大栅栏,跟这里又不一样了,大栅栏很多珠宝店也兼着买卖古玩,但是只限于古代珠宝首饰和玉器,其他的不能乱买卖,牛街不少掌柜的,就在大栅栏开买卖,也是清真铺子。

像隆福寺和火神庙等地方,那更不同,都是大地摊,那当儿,老北京的文化人,也喜欢去那儿淘宝。

大地摊属于半坐商半行商,不论哪个犄角旮旯里,花个三瓜两枣的价格,收来一大堆破烂货,在地下铺上一张大凉席或是粗布,也不分类,就开始做买卖。

有吆喝的,也有不吆喝的,反正淘到淘不到好东西,都是靠您自己眼力。

在一堆破铜烂铁里找到自己心仪的古玩古董,连不少琉璃厂的老先生们,也凑趣儿去捡漏淘宝。

还有一种,则是打小鼓收旧货的,这种人更多,今天变成了收破烂的,但是,破烂跟破烂可不同。

打小鼓的,多是穷人家子弟或者没有学成的古玩学徒,必须得脸皮厚、心黑、人机灵。

这种人走东串西,但凡是京城哪个大宅门、富豪和贵族家庭,那自然是进不去的,有一种中等人家,家里有个不懂行的主人,缺了钱花或者要搬家、分家,就把老宅子里的东西卖一卖。那么老些东西,古玩就算不上,可还有点年头,于是乎,打小鼓的就应运而生了。

另外,有些原本的富豪大家,现而今败落了,家里有些存货,可本家儿又不愿意去古玩铺抛头露脸,嫌丢人,就卖给打小鼓的。

这种打小鼓的,叫富小鼓。

这种人很黑,三瓜两枣买了人家东西,自己二五眼看不懂,再跑到琉璃厂或大栅栏的古玩珠宝铺子里,转手卖给那里,从中赚几个小钱。还得求爷爷告奶奶地赔着小心。生怕大掌柜的看不上眼。

另外有一种,就是北京老百姓,家里大扫除或者修房子,发现什么用不着的瓷器、木器,就叫来打小鼓的拉拉价钱,卖几个酱油醋钱。

这种打小鼓的,叫穷小鼓。

打小鼓的货物,也有交流,在定点的野茶馆或是小酒馆,要几碗茶叶末或烧酒,互相串货,互相交流。

那些大户人家还有去当铺,去荷花市场,去鬼市儿的,咱们以后再说。

遇上年节,琉璃厂海王村不少商家,连上大栅栏的珠宝店,不少也去摆摊设点,丰富古都文化生活,卖不卖倒在其次。

那位问了,卖古玩还这么多讲究?

您说呢?五千年文化历史熏陶出来的国人,买卖老祖宗的东西,能都像买白菜萝卜似的?

二

这下您对于京都的古玩买卖略有了解了吧?

也就是说,当时的古玩买卖,有——

1. 琉璃厂古玩铺

2. 大栅栏珠宝店(只限于兼卖古代珠宝首饰玉器)

3. 木器行(兼卖古代家具)

4. 旧货铺(兼卖古旧杂项)

5. 隆福寺火神庙的集市(大地摊)

6. 打小鼓的(收旧货)

7. 当铺,后文再说

8. 荷花市场、东安市场的小地摊

9. 鬼市儿

那么说,有人问了——这么多卖家,不乱套吗?

还真不乱。

这大致分的九种分类,基本都是种种有联系,但种种客户和买卖方式、待人接物和付款方式绝然不同,壁垒分明,而做买卖的,在那个年代,也绝不会越俎代庖的胡乱买卖。锵行市!

1921年春天,北平还是一片风沙,呼啦啦从古北口内蒙古来的风卷着黄沙尘土,就把个古都搅得日月无光。

这时候,正是军阀大战,各路英豪们铆足了劲儿,在华北地区打得天翻地覆,古玩行的买卖很不好做。

这话当然,盛世藏古董,乱世买黄金嘛,一堆古董也顶不了一个窝头——最起码在你快饿死的时候。

这天,东四牌楼炒面胡同里发生了一件恐怖传说,立即传遍了四九城,成了京城老少爷们茶余饭后的谈资。

什么事？

原来，京城里赫赫有名的四大流氓无赖之一，东霸天黑四爷，人送外号黑大蛤蟆的家里，闹鬼了！

四霸天这四位爷，自光绪年间就开始在京师横行霸道、无恶不作。

这几位，都是刀头舔血杀出来的狠角儿！年轻时候，什么杀人越货的事没干过，那位被慈禧太后下旨千刀万剐的大盗丘八爷，就是这老几位的江湖兄弟。

然而，人家这老几位，在打拼下京城这一亩三分地之后，慢慢稳定下来，开始大肆招收徒子徒孙，扩大声势，每人手里少说也有三百多号人马，端的是无人敢惹。

要说他们砍杀出山头，然后平静地在荣华富贵里混吃等死，那是胡扯，人家都有功夫在身，宝刀未老嘛！

这老几位，把四九城分成四大块，每块是谁的地盘分得清清楚楚。这叫分盘子。

一般人眼里，四霸天不过收收街道保护费，青楼的、饭馆的，在地面上勾结官府包揽词讼、欺诈良民等，不过，这都是台面上的事。

这些人，暗中贩卖鸦片烟土、逼良为娼、挖坟盗墓、设宝局子赌场坑害世家子弟，贩卖有姿色的寡妇、少女、偷人家孩子卖，还有的竟然跟洋人们关系很好，把壮丁卖给洋人做奴隶，运到东南亚和非洲干活，这一去，您就别想回来喽。

四霸天每人都是罪行累累，十恶不赦，头顶长疮、脚底流脓的第一等流氓无赖。

更加奇怪的是，无论是大清国负责京城治安的九门提督步军统领衙门，还是民国初年的京师警察总署和宪兵司令部，没人问也没人敢管，任由这几位欺男霸女，每年作恶的进项，所获巨万。

没啥原因，就是四霸天根子硬呗！

那位爷问了——怎么只有东西南北四霸天，还有红中呢！

呸！您这是打麻将入迷了。

且不说,退位的小皇上宣统万岁爷还在紫禁城里住着,就是皇城里面,民国中央各大衙门,也是威严赫赫。轮不到四个地痞流氓进来胡闹。

所以说——这就是当年混江湖的规矩,人再坏,人家有底线。

且说这位东霸天黑四爷,外号黑大蛤蟆,在四霸天中,最是心狠手辣好勇斗狠,出了名的不要命。少年时在沧州拜名师学艺十年,练成一身十三太保横练的硬功,身上嘎达肉(肌肉)一块块好似铜浇铁铸,身材不满五尺,臂力惊人,尤其一套罗汉拳,打起来那叫一个眼花缭乱虎虎生风。老师喜爱他实诚,教了他一手铁砂掌,又叫单张开碑手,二尺厚的石碑,抬手就碎,又学了套金甲刀法。

这身功夫,三五十个人,绝近不了他的身。

可惜,黑大蛤蟆的老师看走了眼,教的武德被他抛在一边,二十六岁从送水夫开始,在众人里喝酒打架无恶不作,三年间,不仅收服了四百多个大小混混儿,还在光绪末年比武中,单掌劈死了原来的东霸天白老爷子,成了新一任的东城霸主。

为啥别人叫他黑大蛤蟆?

说来奇怪,他是白洋淀人,幼年时水下功夫就很好,而且,此人长得矮壮敦实,扫帚眉毛肉包子眼,黄灿灿的络腮胡子,蒜头鼻子大盆嘴,鼻孔外翻,往那一站,活脱脱一个成了精的大蛤蟆。

连京城小孩子晚上哭闹,老家儿吓唬孩子都说——别哭了,再不睡,让黑大蛤蟆把你吃了!

您别说,这么一来,这位黑四爷的威名更加远扬,他本人也毫不在意,认为自己是蛤蟆精转世,跟张之洞张中堂是猴子精转世、曾文正公是黑蛇转世一样,有天命在身。于是乎,在他四十岁"大寿"之际,他授意徒子徒孙们,用纯金打了一只重达二十斤的金蛤蟆作为寿礼,摆在客厅正堂上,接受大家的叩拜。

民国政局混乱,黑四爷很有头脑,不仅拜了京师治安首脑的海大将军为干爷爷,还拜了京师警察总监尔大人为干爹。

每年三节两寿,金银财宝不必说,这二位干爷爷、干爹,也很照顾这位孙子、儿子,连其他三霸天,也得让黑四爷几分。

然而，人无千日好，花无百日红，这不，到了1921年春天，黑四爷家里，出事喽。

三

1921年，张大帅跟吴大帅在山海关一带打得热火朝天，而京师重地，还在继续着风花雪月纸醉金迷。

那么，东霸天黑四爷家为啥闹鬼了呢？

事情还得交代两句。

原来，这年，正是黑大蛤蟆他干爷爷，京师治安首脑海大人的六十五岁大寿，正经不大不小的一个生日，京城里这些鱼鳖虾蟹牛鬼蛇神们，都开始闹着给海大人庆寿。

庆寿有庆寿的规矩，四霸天多方派人打听，四处踅摸着各种消息，准备寿礼。

而黑四爷却毫不着急，继续每天泡澡、搓背、听戏、数钱的幸福生活。

要说四霸天当了各自领地的霸王，基本过起了悠然闲适的小日子，跟满清遗老遗少和南方官僚新贵们，学起了新生活新品位。

各人有各人的爱好，此时功成名就都开始折腾喽。

北霸天韩大爷，喜爱养花鸟鱼虫，便花了大价钱，把从前在清宫南花园伺候老佛爷御前供奉鲜花、蟋蟀、金鱼的几位老太监聘了回家，整天捣鼓这些。

西霸天刘二奶奶，是个小脚老太太，最爱珠宝首饰，家里专门养着从上海、扬州、广州找来的金银工匠，大把银子变成了无数珠光宝气，刘二奶奶一只手戴十个大戒指，满头珠翠宝石，比当年老佛爷还威风。

南霸天于三叔，就喜欢喝酒打牌，一副象牙镶金的麻将牌被他玩得滴溜溜炉火纯青，自己还开了三十多家赌局，传说他能三天三夜不睡觉，牌局打得跟军阀混战有一比。

而我们这位黑四爷,最大的爱好,就是去清华池泡澡,强买强卖的玩假古董!

洗澡?不就是泡澡堂子嘛?!

这您就外行了,洗澡跟洗澡不一样,清华池在老年间的北京洗浴行业中,那是——蝎子拉屎独一份儿!绝对五星级标准。一般二般人,您可进不去。

光这名字,就取自唐代皇室的专用洗浴宫殿——华清宫。里面无论换衣服还是池子,都是个个单间,见天儿换水。更加高级的单人池子,那是用京西房山出产的汉白玉石砌筑的,在整个室内布置里,华丽富贵,老板可没少花心思。

而泡完澡后,一壶正品雨前、明前或是碧螺春热气腾腾地端上来,外加京城稻香村的大小八件点心、水晶虾酥再给你端上来。

按摩、修脚、剃头、拔罐各种师傅随意您叫,一趟下来,保管您舒坦透了。因为这,黑四爷无冬日夏天天泡在澡堂子了。

而强买强卖假古董,是黑大蛤蟆黑四爷的另一强项,那位问了,他怎么不买卖真品?

您别忘了,这位爷是练武的出身,从小到大认识的字,加上脚后跟儿的,不到一箩筐,没师傅也没学过,更没学问,他怎么买卖真的?

然而,他的钱来得太容易,自己又想学习遗老遗少和洋人们的气质,咋办?就开始巧取豪夺大肆收买古物。

比方说——他听说或者徒弟们搜集到消息,说谁家有好玩意好古董,他必然使出坏水儿,把人家的东西搞到手,打闷棍套白狼那种小把戏他不稀罕用,办法多得是。

古董搞到家,他可不知道到底哪里好,值钱不值钱,就找来琉璃厂的行家们给他鉴定,但东城一带的富户都知道他这种霸王脾气,所以,有些人就买通了琉璃厂的掌柜的,买来假货蒙他,亲自送上门,省得这种大流氓去家里使坏。

十来年间,黑四爷在京城古玩界,也就出了名——行里人,都暗地叫他黑大棒槌!

不过呢,坏人有坏德性,外面都知道他弄来的古董鱼龙混杂,假的比真的多,其实呢,黑四爷那是行走江湖多少年的大拿,暗地里对这些人的鬼把戏早就门清儿,不过碍于自己"功成名就",在京城也是有一号的人物,睁一只眼闭一只眼罢了。

您要想真骗他??姥姥!!不打你个半身不遂都对不起您老家儿!

干爷爷要过生日,前些日子,黑四爷早就亲自去海大人府上拜访过了,知道这位海大人六十四岁那年,新娶了第九房姨太太,名叫赛昭君的一个名满京城的窑姐儿。

因而趴在地下跟这位干九奶奶磕头时,乐得白胡子一颤一颤的海大人那得意忘形和才十七岁妖冶妩媚的赛昭君高兴得花枝招展的样子,让黑四爷心里有了送礼的目标。

老夫少妻和和美美嘛!!虽然海大人比赛昭君才大四十七岁!!

说干就干,没了干爷爷怎么在京城混哦。黑四爷回家后,立即叫来几个得力的大徒弟,吩咐了——凑份子!送这么大礼,当然不能花自己的钱不是?!

整整凑了两千两赤金,黑四爷又亲自请富源金店的师傅,打造了九柄黄灿灿金闪闪的赤金如意!!每柄如意九条飞龙,龙嘴里还镶嵌了一颗莲子大的南珠!!

这份礼物可够分量,那当儿,三十两银子,才兑换一两黄金,就说那光润真圆的南珠,是从南海深处捞出来的,虽说比不上前清那时的东珠,一颗也得值四百多两银子。

黑四爷知道,这份礼送上去,干爷爷海大人得高兴得翻了天。

然而,转过天来,他又发起了愁,金如意贵重则是贵重,寿酒、寿面、寿帐所谓的那些表礼更要好好准备。不过,最近他听海大人的管家,也是他竭力拉拢的把兄弟海三儿说,海大人信了佛教,整天捣鼓参禅打坐念经拜佛。

这如意送上去,海大人也就是乐呵乐呵,送给几个姨太太玩,怎么想个法子,弄个珍贵的拜佛的法器,让海大人天天念佛时,能见着,见着物件,不就能想起自己这个干孙子了吗?!

黄金好弄,可这拜佛的法器上哪儿淘换去呢?听说宫里倒是有不少雍正爷、乾隆爷那时的法器宝贝,找个太监也能买来几件。不过,小皇帝毕竟还在紫禁城里住着,民国政府对其礼敬有加,再说皇城在中间,不能破了江湖规矩。

别的地方嘛……

练武人火爆脾气,黑四爷正胡思乱想,门帘一挑,大太太王氏,进来了。

那位问了——这位四爷还有正经夫人?

瞧您说的,人家黑四爷坏则坏,虽说成名后,也娶了四个小妾,但糟糠之妻不下堂嘛。

这位王夫人,正经是黑四爷他妈,在他十五岁时就给他定了亲的,虽说长得有点五大三粗,还是大脚,不过在黑四爷学武练功的那十来年,都是王夫人在家侍奉公婆,操持家务,后来黑四爷在京城闯出天下,也是王夫人把两位老人伺候到百年,自己快到中年,才来到京城。

跟黑四爷不一样,王夫人从小就心地善良、惜老怜贫,在老家白洋淀蜗居那么多年,再穷再苦,这位妇人也从不跟黑四爷说啥。

那时节,嫁鸡随鸡嫁狗随狗,嫁个扁担挑着走,妇女最重要的德性,在王夫人身上体现无疑。

就算进了京,王夫人对丈夫干的坏事多少也知道一些,也经常跟黑四爷念叨着人要多做好事,多积阴德。

这位大字不识一个的妇人,不仅在年节偷着布施给京城寺庙些钱粮,也偷着救济一些穷苦人,在家里,更是不跟那些姨太太争宠,整天吃斋念佛,祈祷佛祖保佑丈夫平平安安。

可惜两人都奔五十的人了,也不知道为啥,膝下没有一男半女,连带着四个姨太太,也没有生过孩子,因为这,黑四爷心里有时候想起来也一肚子火,虽说花了大把银子找了各种中医、西医,京城里送子娘娘也拜了多年,可就是不见效果。

王夫人知道丈夫的心病,还不断劝丈夫再娶几个小老婆。

这样一来,虽说两人早已恩爱不存,没了床笫之欢,可黑四爷对这位正牌的大太太,更是尊敬有加了。家里内宅的大事小情,都是王夫人做主。

王夫人听丈夫说了烦恼,拨弄了几下手里的玛瑙念珠,寻思了半天,给丈夫指了一条路子："我也不太懂这些个,听说街面儿上不是有些打小鼓的嘛,他们跑的地方多,前年我就从那里买了一个檀香木的木鱼,才花了四毛钱,不行找找他们吧!"

"哎呀!我怎么把这茬给忘了!!多谢太太指点!!"黑四爷撇着大嘴乐呵呵给王夫人抱抱拳头,行了个江湖礼节,一阵风似的出门去了。

要说王夫人这条路子,指的当然不错!!那些打小鼓的最能钻山打洞东奔西走,手里的货杂多了去了。黑四爷在自己的盘子地面和南城杂吧地撒下了消息。

好家伙!一听黑四爷有差事,下头这些虾兵蟹将还不跑断了腿,不几天,一堆堆物件就悄悄运进了黑四爷的家。

不看不知道,一看堆积如小山似的物件,黑四爷也傻了,咋办?自己没学问,赶紧请人吧!

四

那么,请来的这位高人是谁呢?

此人不是别人,正是誉满京城,与末代状元公一起青年便登了科,做了十几年翰林公的前清翰林院学士,家学渊源、学富五车的郑学士。

那位问了——一个流氓头子怎么跟翰林学士认识?

这里,不能不说我们黑大蛤蟆黑四爷手眼通天、神通广大了。

他是钱多人壮不怕事,想学遗老新贵的文化派头,然而,他这种人,在文化人,尤其是京城众多遗老们看来,简直就是土流氓无赖,毓德清华的文化世家当然看不上他了。

起初黑四爷想花钱拜几个有学问、有名气的名士老师,也附庸风雅一番,毕竟大清玩完了,不少前清的读书人,翰林名士也得吃饭嘛。

可这帮子人,在黑四爷眼里,那叫一个——骄傲不逊,给脸不要脸!!

跟茅坑里的石头一样,又臭又硬!!

名气越大，傲气也就越大，一听他黑四的名字，跟把送上门的拜帖和银子往外扔，一点面子不给，想使坏弄强，可这些人跟官面上的新贵大官僚们，关系千丝万缕。

而且，黑四爷小时候，他妈就掰着手指头教训过他——读书人都是天上的星宿下凡，那些翰林公们，都是天星下降，谁要是不尊敬他们，死了也得下地狱受罪！

这种自童年便开始的文化启蒙教育，把文化人跟神佛放在一起敬仰，在那时候很正常，谁让白洋淀在大清国两百多年里，也没出几个翰林公呢？

在普通穷苦人眼中，读书名士们，简直跟神仙差不多！

因此，在黑四爷内心最深处，多少有些怵这些文化人，说不上是母亲当时的教训潜移默化，还是对逝去母亲的一种特别怀念。

从直观上来说，他也敬畏——那是从银子和能力上。

假比（北京土话，假如）说，他也经常去逛公园和寺庙，看那些大屁股女人和小妞，然而，听说各个古建筑里那些天书一样看不懂的碑文，都是文化人一气呵成的，他简直不能不敬畏起来！

奶奶舅子的！！这些人得念了多少书?！比老子学艺十年下的功夫不差多少！

而琉璃厂也是他常去的地方——那些大买卖铺户的字号，都是前朝名士学者的大手笔，宝华斋三个大字，光绪那位老师大笔一挥，就收了一千两银子的润笔！

在黑四爷看来，这位老师简直就跟大盗一样啊！！自己一条街的盘子，一年保护费才收一千二百多两。这些老头子的大手笔，着实让他着迷。

在这种五迷三道复杂的心理环境中，黑四爷倒是从来不在东城惹那些遗老名士，可人家也不理他。

后来，经过干爷爷海大人介绍，他又搭了不少人情交往，才跟几个三流的文人搭上边儿。这些人见钱眼开，也没啥名气，黑四爷却看不上。

后来偶然一次去琉璃厂寻摸古董，让他认识了郑学士。

那天跟往常一样，黑四爷穿了一身骚包的绛红色江南纺绸牡丹纹大褂，外罩金绿川缎马褂，一双英国进口的黄色皮鞋，还扎着西裤的裤脚，这就是老年间流行的中西合璧的行头。

黑四爷马褂内里一个小口袋,装了一只硕大的亨得利金表,金链子有两指粗,恨不能重半斤!

左手大拇指上,戴着一枚羊脂玉雕花的白玉扳指,右手夹着德国产半尺长的象牙镶金烟嘴,口袋里还装着一枚碧绿的玻璃翠鼻烟壶。

时不时闻闻鼻烟,再抽两口原装哈德门。

左右手无名指上,两个白金镶火油钻的男式大戒指,晃得人脑仁儿疼。

爷就是有钱!!

左右四个彪形大汉,都是天桥外摔跤厂里的高手,也是他的小徒弟。

在文宝斋,他看上一个十多个字的青铜三足鼎,挺好看,他老人家买东西,就是一个标准——好看或不好看。

掌柜的吓得满脸草绿,仿佛迎接天神一样小心翼翼伺候着黑四爷,但是说到价格嘛,就不那么恭敬而来。

"您眼高!! 不瞒您老人家,这是传世的玩意,商代的。您要看上了,我吐血送您了,拿家玩去!!"

拿回家玩去?——这是老年间古玩铺子里,掌柜的跟熟客常说的面上话,你要是听不懂真不给钱就拿走,人家当场骂你棒槌,跟你急眼。

黑四爷知道这里面的弯弯绕,拉了脸:"姥姥!好像老子真的是强盗!说多少钱!爷不差!"

"不卖年代,不卖工艺,这次就卖这几个字,小的跟四爷拉拉手?"

掌柜的低着头哈着腰,一甩袖子。

古玩行跟珠宝行买卖东西,因为价格数量大,有时候两人就得在袖子里交易,外行看不懂,有个名词,叫袖里乾坤,说的就是这。

"甭跟我玩那个,你就直说吧。"黑四爷大大咧咧端着茶。

掌柜的颤颤巍巍伸出一个指头。

"一百大洋?? 我买了!! 给钱,走人??"黑四满不在乎地扔出一张一百的银票。

"啊??!! 四爷,不是这个价,不是这个价!"快吓哭的掌柜的没接钱。

"到底是多少啊?? 一千?!"——黑四扫帚眉毛一挑,就要发火。

"您老人家圣明,是一个字一百大洋,您凑个整儿,给一千块,小的就烧高香了!"

"滚他妈蛋!!"暴怒的黑四爷忘了学习名士气质,一撇大褂子就要动手打人。

眼看不可开交处,门口站着一位说话了。

这位五十多岁年纪,身材瘦长,一身竹色大褂,圆口布鞋,留着三绺长须,戴着圆片眼镜,袖口翻着,亮出雪白的里子,往那儿一站,立刻给人如沐春风中带着不亢不卑的气度。

"哎哟我的郑爷!!哪阵风把您老人家吹来了?!赶紧请进来!"

"把那只鼎拿来我看看。"姓郑的这位冲黑四爷微笑着点点头,一撩大褂,又大方又风度。

翻来覆去,这位郑爷还真拿自己不当外人,一边指点一边给黑四爷讲解,从夏商的金文到秦小篆,青铜礼器的标准、制造工艺和鉴别方式,把个黑四爷唬得一愣一愣,大嘴岔子直流口水。

这是哪位尊驾啊!!看来真有两下子!

黑四爷害怕文化人,尤其是大文化人,整整两个小时,他坐也不是站也不是,小学生一样瞪着大眼听着郑爷的讲解,看郑爷也抽烟,没带火,赶紧从口袋里取出那支干爷爷海大人送他的,来自日本的镀金打火机。

吓得周围四个保镖也是一愣——哪见过四爷给别人点火?!这不见了鬼了?!

最后,郑爷气度端正地说:"东西是老的,不到商,是宋朝后仿的,掌柜的,这个物件,六七百大洋贵了点,有看上的,五百块卖给人家,跟人家说清楚,老物件都有传承,其中的文化和历史,也值这个价。这位老兄,这个价是现在的实价,宋代到现在,也八百多年,不亏的。"

掌柜的心服口服地鸡啄米似的点头称是不已,嘴咧得跟喇叭花一般,还伺候着茶水点心,好容易来了救星,把刚才黑四那档子事给挡过去了。

许久,黑四爷借着胆子问:"敢问尊驾贵姓,在哪里高就?"

郑爷微微笑着:"不才郑仁,老兄的贵姓台甫是?"

啥叫台甫??黑四没听懂,看看保镖们,他们更是不懂。掌柜的一个劲儿使眼色,黑四爷也没看明白。

只好学着斯文人,拱拱手:"我叫黑四,外号台甫叫黑大蛤蟆,就是东城……"

话音未落,郑爷眉头一皱,放下茶杯点点头,嘴里说着:"告辞了。"这就飘然而去。

黑四被闹了个糊涂,经过古玩铺掌柜的介绍,才知道,这位就是遗老中赫赫有名的郑学士郑老爷!正经八百的翰林院学士,当过直隶提学使,跟原来的袁大总统,那是好友!

乖乖!!原来是这位爷!心里乐开了花的黑四扔下一张六百大洋的银票,就让老板费心介绍认识,哪想到掌柜的头摇得跟拨浪鼓似的。

话没明说,意思很清楚——你一个大流氓算哪根葱?!人家一个翰林公会认你当朋友?

"当学生也行啊!他们不是流行拜师吗?!"黑四爷一脸兴奋。

掌柜的憋着笑没敢说话。

后来还是黑四爷亲自托了人,写了大红的门生帖子要拜师,还封了三千块大洋的贽敬,意料之中,被郑学士扔出来了。

换了别人,早就恼了,可黑四爷办事跟练功一样,锲而不舍啊。知道郑学士爱古董古籍,家里经济一般,于是就投其所好,钻山打洞从各处搜罗宝贝,给人家送去。

郑学士还是不要。不过一来二去,有些郑学士看上的珍版古籍东西,人家照价给钱,算是买下来了,自此之后,黑四爷仿佛变成了给郑学士府上打小鼓送东西的了,但是,郑学士有自己的原则:一不收徒弟,二不白要东西,三年节生日互不往来,四绝不见黑四。

这种不尴不尬的关系,外人看起来很过分,而对于黑四爷,他自己觉得,真是烧了高香!!给老妈牌位上香时还祈祷——儿子不仅有钱有势啦,还结交了翰林公喽!!

这回,黑四请郑学士,人家自然是不出面,而派了自己的管家,在京城古玩行也算有名号的郑五哥出面,来到黑四爷家。

这下子黑四爷自己就觉得轰动了,布置人大扫庭院,准备茶果。

郑五哥来了,很平和地指指点点,最后,在一大堆破烂溜丢的杂货堆里,捡出一只黑乎乎最不起眼的半尺长的木盒子,打开之后,里面也是一个油乎乎黑黢黢的物件。

黑四爷一手端茶,一手敬烟,看着郑五哥沉思良久,摸来摸去,还用白纺绸的手帕擦了擦。不明所以。

"先生,就是它了,年头不是特别老,东西不错,如果自己供奉,不用打理,如果送人……这东西,最好别送人,能有它,算是本家儿的福气。"

黑四爷敬烟敬茶,人家都不接着。黑四大眼瞪小眼地看着这个烂木头盒子里的黑乎乎玩意儿,满是狐疑:"五哥,这玩意儿……有没有啥说法?"

"这是上次您送去那两匣宋版书的价钱,大洋八十元整,我们老爷让我一起给您送来。麻烦您给写个收条。"

"那怎么能够!那两匣破书不是我的,他们打小鼓的才花了几毛钱,我给看见了,几块钱买来的,送给郑老爷的,哪里值这么多?"

推来推去,黑四爷不得不收了钱。他知道,郑学士的脾气,跟他的学问一样满拧!不收钱,下次连门都不让你进去。

写了收条,郑五哥才说:"这东西叫法螺,是供奉在佛前的法器之一,如果我没看错,这东西,来历不小。恕我才疏学浅。先生还是自己留着。年代嘛,大约是乾隆嘉庆时候的。不是中原的样式,是喇嘛教的。"

说完话,郑五哥飘然而去,黑四爷咬咬牙,看着手里的烂木盒子,连声叫人叫车,去保文斋古玩铺子,修饰法螺。

五

老年间,很多古玩铺子,还兼做其他业务,当然也是跟古玩有关系的。

比方说,清末年间,有些官僚大臣们用的朝珠旧了,花翎掉毛了,翎管歪了,家里的瓷器、玉器不小心裂了,金银器旧了,书画古籍破损了,珠宝首饰污了。

那没关系,您只要跟珠市口、琉璃厂和大栅栏的哪家铺子熟悉,拿了东西去,人家肯定会帮您打理得干干净净,修补得如新的一般体面光鲜。

大栅栏的珠宝行,也做这个,最专业的就是珠宝首饰,别的不做。

因为,古玩跟修补做旧自古以来,就是一个妈生的两个孩子,虽说一个是台面上的,一个是比较隐秘的,但这种千丝万缕的关系,很难让两个兄弟分家单过。

各行各业都有一些绝活儿,古玩行算是最多的了。因为上千年的历史传统、文化积淀和工艺技巧传承下来,每个分类里,修补做旧的独门绝技那是海了去了。

只有您想不到的,没有师傅们做不到的。

琉璃厂西街里头,专门分布着一些破旧的小房子,别看房子小,里面就是专业做旧修补师傅的作坊,有些大铺子,前店后坊样式,跟木器行和点心铺差不多,后院里,都有几位高手匠人师傅,专业分工很细致,就算您家的宋版书坏了,破了,少了页,只要您提出来,师傅们都能用高超的手艺为你做出来。

玉器行、大栅栏的珠宝店也一样。

且说咱们的黑四爷,总算找了保文斋,说明来意。可是人家掌柜的一看,瞎子读书——两眼黑!!

人家打理不了。

主要是那当儿,一般店铺根本不会买卖什么法器,也不知道怎么弄。

气呼呼的黑四爷又跑了几家,还是没人接,最终,四爷去了大栅栏的珠宝店,人家说,没见过,不敢打理。

还是专门做宝石生意的牛街清真朋友有办法,专门请了自己的清真师傅,看了,花了半个月的时间去污打理。

最终,这件法螺被打理出来了。

放在手里,黑四爷简直就像刚从梦里醒来一样——外面的盒子自然不能要了,据行家说,盒子上是用金丝楠木镂雕的十八罗汉和飞龙在天!虽说破旧,但王夫人听说是装法器的物件,就要回来自己放在佛像前面供奉。

黑四爷专门买了一个紫檀雕花的乾隆年间方盒,里面衬了大红色锦缎。

再看那件法器,是一件一尺长、硕大洁白如玉的海螺!!边口上镶嵌着紫金镶口,镶口背上,满天星一样嵌着排列整齐的数十颗红、蓝、绿色宝石和珊瑚珠子,边框上还刻了一行小字,据观察,盒子上也刻了字,但谁也看不懂。

也就算了。

黑四爷细细把玩了很久,乐得鼻子泡都吹出来了。这件宝物虽说不知道来历,可这下子肯定对了干爷爷海大人的脾气!!以后自己火红的日子,还得上层楼!!

想起来,他比听了梅老板的三天大戏还美。

日月如梭,海大人的生日过得热热闹闹,大肆收礼,黑四爷这两份寿礼,果然获得了满堂彩!!

海大人颤着花白的胡子摇晃着脑袋说:"还是小四疼我!!看看这如意做的,比我当年孝敬老佛爷七十万寿进贡的那九柄如意,还漂亮!!"

这不是假话,谁都知道,海大人早年落魄,跟着直隶提督刘铭传刘大人去台湾效力,不料犯了军法,正当被杀头,朝廷因为台湾建省,看重刘将军,特意赐了一个太子少保的衔,刘铭传又被尊称为刘宫保,因此大喜之余,饶了下属。

自此,海大人从淮军入行,后来投奔了袁宫保袁大人,鞍前马后数十年,颇懂吹拍之术,在慈禧七十万寿那年,亲自花了一千两黄金,打造了九柄如意进上,连老佛爷都夸他有孝心!

民国政局混乱,人家海大人发挥自己的强项,广结善缘,哪一路大帅进京,都得拜他这位土地爷,京城的治安军队,也一直掌握在这位将军手里。

因而,他对于往事,还是颇为自得。

正当寿宴闹得鼓乐欢腾,可是乐极生悲,前线传来战报,张大帅的奉军被吴大帅打败,一败涂地丢盔弃甲,跑回东北老家去了。

而在前线司令部,吴大帅的副官,发现京城有人给张大帅通报军情,这人,就是一向善于观望风色、首鼠两端的海大人。

这下,海大人完喽,不仅遣散了奴仆,大箱小盒得把金银细软装车连夜运出北京,自己也带着九个夫人和孩子们,坐了火车直奔天津租界而去。

反正洋人的地盘谁也管不着。

寿宴自然是树倒猢狲散,散得没人了。

黑四爷这份寿礼,在他看来,白白搭了近十万两银子!!

姥姥!!气得他在家里直骂了三天,砸碎了不少假古董瓷器。

街面上的人都知道,别看海大人手里有两个师的军队,可都是老弱病残的治安军队,吓唬吓唬老百姓还行,面对气势凶狠的吴大帅,给他三个胆子他也不敢刺毛啊。

就这么着,吴大帅回京,跟曹大总统汇报了,下令抄了海大人的家,还要通缉海大人,后来还是曹大总统慈悲,又顾念着都是原先袁大总统的属下弟兄,通缉令就没发出去。

有人问,您说了这么久,怎么还不到闹鬼呢?

好茶饭得一口口吃,才能慢慢品味不是?

这天,黑四爷正在大街上查他的盘子——就是店铺。突然,从斜过儿窜过来一人,撞了他一下。

黑四爷那是练家子,左手一个探爪,就抓了那人,仔细一看,脸熟。

那小子看见黑四爷,仿佛老鼠见了猫,赶紧跪下请求饶命。

"你小子不是海大人家的门房吗?!! 怎么成这样了?"黑四爷撇撇嘴满脸不屑。

"您老不知道,我们老爷在天津住下了,这不,家里也让吴大帅抄了,没辙了,请四爷赏饭吃!"

"你?你会干吗,四爷赏的饭,怕你吃不了!呵呵呵,家是哪里的?看在咱们多年相识的份儿上,赏你几块钱,回老家种地吧。"

黑四爷还算仗义,摸出几块大洋正要扔给他,一眼看见门房小子怀里鼓鼓囊囊的,就大喝一声:"好小子!敢偷东西!怀里带的什么?!!"

门房爬起来就想跑,没等起身,早让四爷身边的保镖们几拳打懵了,搜索一番呈递给黑四爷。

一个蓝花包袱,四爷打开一瞧——真他妈无巧不成书!!原来,正是自己送给海大人这个老棒子的法螺!

"你小子,活该挨揍,又胆小又不老实,滚!"扔下几块大洋,黑四爷扬长而去。

回了家，黑四爷想到太太整天吃斋念佛的，这东西正好，借花献佛送给了王夫人，王夫人见了，直念佛不已，赶紧回佛堂诵经去了。

黑四爷看了太太虔诚的样子，不禁大笑着摇头，叫了一桌酒菜，自斟自饮，琢磨着最近要跟吴大帅拉拉关系，找谁能说上话。

可惜了那两千两金子，不然吴大帅早胜利几天，这金子就不花在海大人身上了，不过听说吴大帅是个儒将，不喜欢金银财宝，那得在"文化"上下下功夫。

那当儿，北京天黑得早，夜色降临，正当红木大条案上的雕花自鸣钟当当当当地打了八下，黑四爷叫来三姨太来唱小曲的时候。

"啊！！！"一声凄厉而恐怖的叫声，传遍了黑四爷这座三进三出大院子，带着漫天夜色里不知名的诡异，久久不能平息……

六

且说黑四爷正听着小曲喝着小酒，悠然自乐，忽然，一生凄厉而恐怖的叫喊声唬得他手中酒杯"啪啦"一声掉在硬木桌上，摔了个粉碎！！

"来人！！去看看怎么回事？！！"说着，黑四爷顺手拿起桌边四尺多长的银箍手杖，撒了小妾就冲出了屋门。

好家伙，这声喊叫，把整个黑四爷这座三进三出的大院子里的人全惊醒了，仆人们手执棍棒刀剑跟随黑四爷就往后院奔，丫鬟老婆子们都吓得瑟瑟发抖，挤在一起不敢出声。

四爷心中恼火，自己白花了两千两黄金不说，刚消停点，自己这座宅子自从建成，那是近二十年从来没人敢在这里闹事，太岁头上动土，姥姥！！长了几个脑袋！！

叫喊声是后院王夫人的正房西梢间的小佛堂传出来的。

北京的老宅子，是数百年万变不离其宗的四合院，大四合院套小四合院,大宅门后院都有个小花园。

前客厅、后正房,都是三明两暗的五间房子,就连宫廷王府也不外乎如此。

后院正房门口,有俩小丫头瘫在地下,口吐白沫花容失色。黑四爷一看,里屋亮着忽明忽暗的电灯和五彩玻璃灯,心中也是纳闷,眼珠一转吩咐道:"管家,到我书房抽斗里,把那支干爹尔大人送我的勃朗宁撸子拿来!"

管家一溜烟跑了,黑四爷吩咐众多家丁,把正房团团围住,燃起来灯笼火把,亮如白昼。

他倒是不怕有什么人来行刺,行走江湖这么多年,年轻时他也干过蹿房越脊杀人越货的活儿,在外头打打杀杀惯了,他就怕有人来个灯下黑!! 想到这儿,多年豪横的黑四爷激灵灵打了个冷战,手举着手杖,右手一按绷簧,"刷"的变戏法儿一样,从手杖里抽出一把亮闪闪雪棱棱的宝剑!

这就是老年间,练家子和大户人家主人常用的手杖剑,外表手杖斯斯文文,内里却是用上好的钢口打造的宝剑。

枪拿来了,四爷右手执剑,左手端着手枪,一点头,管家掀开门帘字,四爷就进来了。

正房里还是静悄悄的,一股浓重的檀香味道弥漫四周。

正屋没人,"夫人? 夫人!?"四爷往西梢间的佛堂闪目观瞧。

"夫人! 你……"再看平时吃斋念佛的王夫人,面目狰狞、口鼻歪斜、肤如淡金,早已气息全无地倒在蒲团上昏死过去!

而佛堂里,静谧依然,只有供奉的那尊阿弥陀佛和两边的胁侍菩萨,金身散发着淡淡的荧光,桌上摆着五彩瓷的五供和木鱼,净瓶、香茶供果是崭新的,只有今天自己带回家的白法螺,在紫檀盒子里,闪烁着诡异的光。

那白,惨得跟人骨一样。

四爷招呼人进屋,亲自扶起王夫人,再看王夫人,气息微微,就剩下进气,快没了出气,而管家带人仔细看了屋子里面,一切如常……

四个姨太太装腔作势拿捏着就要开哭,姐姐长姐姐短跟唱喜歌儿一样。

"都他妈闭嘴!! 滚出去!! 管家,赶紧去请大夫!!"又气又怒的黑四眉毛高挑,心理却很明白,这肯定是出事了。

叫过来管家,去厨房、茶房仔细查了查,有没有下毒一事,又让人用银筷子试了试王夫人吃的晚餐剩饭。

啥事也没有,奇怪。

看看四位赔着小心退出去的姨太太,他知道,自己在家里,绝没人敢谋害王夫人,而最近其他三个霸天,也没听说要对付自己,而官面上,更不可能用这种手段对付自己。

就算要谋害,也得谋害自己,吓唬一个女人有啥用?!!

思索许久,看着床上的王夫人,她更是虚弱,全身都抽搐起来,嘴里不停喃喃道:"别过来,鬼!!啊!"

四爷有些心疼。

毕竟快四十年夫妻嘛。"把那两个小丫头灌点姜汤,不行就喷凉水!带到书房见我!找三个老成的丫头,两个老妈子,在这间屋里值夜!剩下的人,散了吧。"

管家一迭声出去吩咐。

"慢着!告诉下人们,嘴都给老子闭上!谁要是敢出去胡呲,我揭了他的皮!!别怪我黑四手黑!"

黑四阴惨惨的一张大脸,下人们知道,这次四爷真的怒了……

老话说,人的嘴,大河水。天下哪有不透风的墙?不到三天,京城里赫赫威名的东霸天黑四爷家闹鬼的事儿,还是像旋风一般,伴着春天的风沙尘土吹遍了四九城。

那时候没有电视手机,识字的人又很少,京城的老少爷们儿大妈嫂子们,最喜欢的就是从大街小巷传来的那些道听途说的故事把戏。

这么一传十十传百,这事简直比黑四爷当年在西山比武,一掌劈死前任东霸天白大爷还家喻户晓。路人都纷纷传言——这是黑四爷坏事干多了,遭了天谴报应!!

传来传去就传到黑四爷耳朵里,他想发怒,可不知道找谁发,接连半个月,西南北三霸天都亲自带着重礼登门拜访,问候王夫人起居,客气得简直不像话,刘二奶奶还抹着眼泪,送了一匣子珠玉首饰,从那张老脸上抹掉了半斤护肤官粉……

从他们形形色色半真半假的神色里，黑四爷真的看不出啥，都在京城混着，而江湖礼数是最不能缺少的，即使这些人心怀叵测，肚子里长牙，不过，大面儿上一点没错。

而京城警察总署、宪兵司令部和大大小小跟他联络不少的衙门，更是派人大包小包的来送礼，送的是礼，看的是人情——太太死了万人哭，老爷死了没人抬嘛！！

黑四爷住的东城炒面胡同，一天到晚车水马龙人影憧憧，好似厂甸大庙会一样热闹非常，洋车、马车、自行车、驴车一直排出胡同口二里地远。

无数的人怀着各种各样的心思，各种各样的笑或者哭，川流不息地进进出出。

不知道真相的老百姓，简直就认为王夫人死了，可都嚷嚷着——人家大门上没挂丧事牌子，也没吊纸钱，你们着什么急？！！

黑四爷看着一窝蜂忙乱的家里，还得硬撑着应酬这些苍蝇似的人，是啊，跟当年撂街当混混不一样喽，自己也是在四九城有名有号的人物，可不能差了礼数儿，让人背后嚼舌头。

还有，不能让那些一直想对自己下手的人，看自己笑话！

爷得挺直了！

而王夫人，依旧昏迷不醒。

黑四爷不怕花钱，让人请来了中医、西医、巫医，像京城鼎鼎大名的四大名医，给老佛爷和光绪爷看过病的御医，德国、日本、法兰西、美国的洋大夫，出马跳大神的巫婆子、神汉和巫师，形形色色赶集一样从各处请来，来了就看，看完都摇头。医生们不行，那些巫婆、神汉们，在四爷宅子里，搭起了法台，各种民间巫术一起上阵，喷火、符水、诵经、念咒，一座好好的大宅门，让这些人搞得乌烟瘴气神鬼四出，比天坛要把戏的还闹腾。

即使这些四面八方的大仙儿们足足折腾了半个月，几乎把整个东城的牛鬼蛇神都请来治病。

王夫人还是不见好转，只能用同仁堂的续命汤吊命。

那位问了，不是有两个丫头吗？她们在现场应该知道点原因！

黑四爷早就拳头加巴掌加皮鞭子教训过她们俩了。

情况问出一点点儿——

那天晚上,刚起灯,也就是七点多钟,王夫人吃完晚饭,溜了一会弯儿,就去小佛堂念经了,两个丫头在门口帘子外面伺候。

到了快八点钟,不知道哪里来了一阵忽悠悠的阴风,吹得人寒毛乍起,屋里的灯也闪烁不明,正当两人有些害怕,要进屋问询,就听屋里"啊"的一声冲破浓重夜色,随之响起一片"吱吱粒粒"又像耗子撕咬棺材板子的声音。

两人吓得抱头鼠窜,还没迈开步,门帘呼呼呼被风吹开了——猛然间,借着月色,一个惨白兮兮的苗条身影就那么一蹦一跳地飘了出来!!!

飘出来……飘出来……

两人没看清咋回事,两眼一翻,吓昏过去了……

黑四爷起初听了,以为两人在编故事,明摆着,佛堂里这么多佛像,都是请雍和宫或大觉寺的大和尚开了光的,哪个妖魔敢在佛前放肆?!

再者说,王夫人平时惜老怜贫救济穷人,他多少知道,反正自己有钱,花多少他不在乎,自己臭名远扬,可王夫人没干过啥坏事啊?!

百思不得其解的黑四爷为了制止谣言,把两个丫头关进后院柴房,不准出门。

而此后,那位飘乎乎的白影仿佛跟黑四爷较上了劲儿,天天出现在四爷家的茶房、厨房、客厅、卧室……

七

一到晚上,四爷家此起彼伏的惊恐喊叫声,成了炒面胡同里的特有交响曲。

医药都不管用。黑四爷给心腹们说了,他的徒子徒孙们也献计献策,请来了白云观的道士、大觉寺的和尚和雍和宫的大喇嘛、白衣庵的尼姑,有些凑趣儿的还想把北堂、东堂、南堂的罗马天主教,俄罗斯东正教,英国教会和美国新教的牧师神父一起请来,摆个安天大会的场面,什么妖魔鬼怪那还不是一起清除。

这位提议的让黑四爷赏了两个嘎嘣脆的大耳光——放屁!! 洋人的佛爷能管中国的鬼??!!

请来的这些和尚道士,屁用没有,还白吃白喝了好多天。有看风水的说了——四爷这是招惹了邪魔,赶紧搬家吧。

又让四爷打了一顿,扔出去了。姥姥!! 爷辛辛苦苦积攒的家业,还能让小鬼儿给废了?!

到了五月初,被足足折腾了一个月的黑四爷饶是身强体壮武艺高超,也被烦得束手无策、心乱如麻、虚火上升、坐立不安了。

嘴上起了一大片水泡,急的!

到了五月初八这天,来的客人少了些,黑四爷正在家里看着下人给王夫人熬药,门口有人来报:"四爷! 有客到! 帖子递进来了!!"

"这他妈什么时候了,叫他们都滚蛋!! 谁再来问,就说我不在! 老子一把火烧了这院子,别人也甭惦记!"

下人吓得吐着舌头走了,不一会儿,又回来了:"爷,他非要见您,说是郑学士的管家。"

"郑学士?! 这⋯⋯"黑四爷沉着脸盘算着,最近家里家外不安宁,没让人送东西去啊?

可是人家主动上门。

"请进来,书房请茶!!"

这正是,好人自有好人救,恶人自有恶人磨!!!

郑五哥进了书房,一身细布半截身大褂,浆洗得干干净净,黑四爷赶紧往上座让,五哥点点头微笑着坐了下首的椅子。

不待四爷开口,五哥道:"我们老爷听说尊夫人身染恶疾,久病不愈,特派我来府问候大安。"

听郑五哥一开口,黑四爷心里就赞叹不已——瞧瞧人家一个下人,说话比学堂里的先生还斯文,自己手里这帮徒子徒孙,就知道搂钱,能说上心里话的,一个没有!

"黑四不敢当呵呵呵,这会子事,把老子⋯⋯把我也闹了个糊涂,不瞒你老弟说,我在江湖行走多年,也是经过见过的,可这会真褶子啦!!药石难救,神仙不来。这可咋办呢!请老弟回去跟学士公请教一声,有啥破解的办法?"

黑四爷摊着双手,愁容满面,倒显得很是真诚。

"这是我们老爷特地交代我的,没有别的奉送,这面镜子,请四爷得便儿在夫人卧室里挂上,面儿冲外,至于其他的,我还得回去禀报,我们老爷说了,自己是一介寒士,没有那么多的礼物好给,再说跟四爷不算朋友,更不是亲戚。不过,尊夫人在京城的善举是众所周知的,能尽一份力,他老人家自然要帮一把。"

说着,从怀里掏出一个红布小包,打开之后,是一枚巴掌大小的方形铜镜,古色古香,红绿斑斓,上面雕绘着云气神兽,黑四爷虽然看不懂,可知道,这东西,是难得的古物!

黑四爷站起来一抱拳:"大恩不言谢!黑四不敢跟翰林公攀附,只是翰林公知道的多,求他老人家给指条路子,黑四感激不尽!"

两人在书房里谈了很久,黑四爷实实在在竹筒倒豆子一样,把闹鬼一事从头到尾说了一遍。

郑五哥听了,咂咂嘴,谨慎地起身去了。

黑四爷看着镜子,不由得心生敬意——还是人家读书人,真够朋友!

吩咐人赶紧挂在卧室床头,黑四爷还是不敢放心,继续折腾着救人。

可煞作怪,自打挂了这枚镜子,王夫人虽然还是整天昏睡,可气息慢慢悠长,每天也能睁眼说几句话了。

那个诡异的白影子晚上出现的次数,也减少了很多。

黑四爷一看郑学士的古物管用,知道这条道儿有门儿,赶紧派人去学士府请教。不料,门上回话——郑学士去西黄寺跟大喇嘛参禅去了,不知道啥时候回来。

妈呀!这不是火上房没人管了吗?气鼓鼓的黑四爷只得再请高人。

那当儿,京城是私人办报,就黑四爷这么有名的大人物,家里出的邪乎事儿,加上大报小报一个劲儿添油加醋地猛吹乎,搞得四九城都嚷嚷遍了。

连炒面胡同里的老住户,也被搞得疑神疑鬼。

七天之后,一个下午,黑四爷正唉声叹气地准备吃晚饭,外面家人匆匆来报:"四爷!!学士府来人了!"

"快请!!!"盼星星盼月亮,救星来喽!

还是郑五哥来访,黑四爷没来得及寒暄,五哥郑重地说:"明儿我们老爷,要亲自来过府探望,不知道方便不方便,老爷最近在西黄寺参禅,因而特地让我来说一声。请四爷届时屏退闲杂人等,老爷喜欢安静……"

啊!!郑学士亲自来!!吃了定心丸的黑四爷高兴地想吼一嗓子长坂坡了!!

送走郑五哥,黑宅可就乱套了,下人们谁也没见过主人这么殷勤地管理过家务,就连前年请他干爹尔大人来吃酒,也没这么大的阵仗。

"你们几个,拿我的帖子,立马儿去韩大爷那里,借十几盆花草摆摆!要最好的!跟他说,他要是不借,就是不认我这个老兄弟!赶明儿我在正阳楼摆席面请他!"

"你去德兴源茶庄,就说我黑四说的,要他们把卖给小皇上的今年茶叶来二斤,钱记在我的账上,要是少一个茶叶末子,哼哼!!"

"你去南城找于三叔,就说我拜上他,请他在南城的干鲜果品盘子里,挑今年最好的送来,各种都要,别嫌多!"

"你们俩加上后院厨房的,赶紧预备八珍席,不要虚套子,来点拿手实惠的!"

"你去稻香村看看,就说我说的,让他们把明儿早晨第一炉点心,全送到咱们家来!不管什么样的!"

"你去东交民巷德国公使馆拐弯儿,路南边那个卖洋货洋烟的铺子,带足了钱,甭管东洋西洋还是南洋各国的烟卷,还有洋人抽的那种小萝卜卷(雪茄)买来,要最贵的!归来路过孙家烟铺,去买几斤西边产的叶子烟,还有南边的水烟,你看着买。甭替你四爷省钱!!"

"天儿热了,你们俩,去双合胜和致美斋,把啤酒、洋酒和果子露都买些来,记账!!去东安市场那个洋酒店,把能买到的洋酒什么士忌、荷兰水、香槟、什么诗都买些来。哦,还有汽水儿,来十箱!"

"剩下的人,管家带着,把全家必须收拾干净,有一点儿灰,我打断他的腿！知道谁要来了？郑学士，人家是大翰林、大名士，是我们黑家的荣耀，明天都把嘴上带个勒子！谁要是冲撞了他老人家，我剥了他的皮！"

饶是这样闹得昏天黑地，全家上下一宿没睡，黑四爷还是觉得哪里不妥帖，连早饭也没吃，带着人把自己的书房、客厅描花样一样细细打理。

"这个画不好，把他们送我的那些挂起来！那座屏风太俗，换成太太房里那个，对。左边那个青花瓶子扔到后院去，换个五彩的。"

忙忙叨叨一早，最后连书房的地毯儿也换了。点上烟，正呼噜着吃了几块点心，又想起什么："管家，找两个长得干净的下人，换干净衣服，去学士公大门口给我盯人，他只要出门，就赶紧去伺候！让大胡子和老怪带上弟子，一里里来报告！回来，说给家里下人，都给我穿得干净点！精神着点！！"

九点钟刚过，就像皇上出巡报三里一样——报三里，是清宫侍卫亲军的规矩，凡是皇帝大驾出巡、省方巡行，前锋营和护军营，各有警备骑兵作为通讯兵，以五里、三里、二里、一里为规定地点报告前方情况和治安问题，一面向目的地侦查，一面向随驾侍卫的御前大臣和领侍卫内大臣报告，起到预先警卫的作用。

从无量大人胡同，到炒面胡同，黑四爷的徒子徒孙们一次次报告，直到两辆洋车到了胡同口。

这边黑四爷收拾利落，换了身玄色大缎子长袍，带领家人走出门外，几位嫡系有脸面的徒弟，在门外雁翅形排开，一水儿的蓝绸大褂、玄色马褂，倍儿精神！

远远只见那位郑学士稳稳坐了洋车，后面跟着的郑五哥下了车，和自己两个徒弟走进胡同口。

下了车，郑学士迈着方步，到了跟前儿，黑四爷有点懵，看着眼前这位一身竹布大褂的翰林老爷，他觉得哪里有点怕。

人家那气度风格，自己怎么学不出来呢?!

"请郑老爷安！！"数十个人一起打千儿下去，倒把郑学士吓了一跳，赶紧弯腰抬手扶起了黑四爷，示意众人也起来。

学士公温和说："以后见面别行这个礼，现在民国了，讲究平等，再说你行这个礼，我也不能回，给你作揖了。"

黑四爷哪敢受礼,赶忙硬拉着郑学士,进了大门。

好家伙,郑学士满眼一瞧,院里花团锦簇,一一指点道:"这是墨麒麟,这是粉琉璃,这是玫瑰紫,四爷,以后我叫你四爷,你叫我郑爷,咱们算个朋友吧。你不依我就走。"

人家学士给了面子,黑四爷乐得咧开大嘴像三伏天吃了冰西瓜。

黑四爷屏退左右,进了书房,学士一看,微微笑了——这个风雅附庸得好!

厂甸摆摊一样,满墙字画排得满满的,红木翘头安上一架大理石紫檀座的插屏还算不错,左右各摆了一只嘉窖五彩大瓶。

红木雕松鹤延年的大隔扇,把书房分成三块,左边硬木大书案,上面是文房四宝,后面楠木书格里,摆满了书。不过,看起来都是装幌子的,连旧年的皇历和《幼学琼林》都赫然在目。

"看茶!"

再看红木八仙桌上的茶杯茶壶,那是乾隆官窑的粉彩,雍正五彩的八个干鲜果碟布列整齐,四周摆满了汽水、旱烟、洋烟和水烟。

"费心了,四爷,我来看看尊夫人的病。如此周张,太破费。"

黑四爷亲自斟茶,拿起一个白银的烟盒打开,给郑学士点上烟,才说:"您老人家,那是文曲星下凡,我们这些人能见您一面,都是修来的福气!请。"

两人寒暄一会,郑学士提出来,先看看大夫的脉案。

"脉案??"黑四爷一头雾水。

郑五哥说:"就是医生开的病情单子和药方。"

取来脉案,郑学士捻着花白胡须沉默良久:"怪,真是怪。"

没等黑四爷问话,郑学士问:"我略懂医术,可否给尊夫人把把脉?"

黑四爷领着郑学士、五哥来到后正房,学士公让丫头把床帐子放下,单单伸出王夫人的手,又让黑四爷拿了块青色丝帕盖在手腕上,这才开始诊脉。

"学士公,哪还有那么些规矩……"黑四爷看了不紧不慢的郑学士,心里着急。

"礼不可废。"闭了眼,郑学士不说话了。

足有半袋烟的功夫,郑学士睁了眼。

"看看面容。"郑学士起身问黑四爷。

丫头掀起金绿撒花的床帐,学士轻轻瞥了一眼,用手翻了翻王夫人的眼皮。

王夫人面色如金纸,气息微微,但肌肤不像不可救药的。

一回头,郑学士看到自己的铜镜挂在床顶,又在卧室转了转:"咱们出去说。"

回了书房落座,郑学士皱眉道:"四爷,恕我直言,那些大夫开的药、看的脉都不错。据我看,尊夫人是骤然惊悸,心惊过度,伤了神志,也就是俗话说的失魂落魄。其他的并没有什么。"

"是啊?!学士公,不瞒您老说,汤药喝了几十付,可半点不见效用,请学士公给指点指点。"

"指点谈不上。"郑学士满眼慈悲,"而奇怪就在这里,尊夫人必然冲撞了邪祟,才药石难医。不过,我看了室内的摆设,都没有什么不对。四爷看见我那面镜子了吗?"

"您老那镜子,挂了之后,比先前好多了……就是昏迷。这个有什么说法?"

"不瞒你说,那面镜子,也是老夫寻来的宝物,说起来虽比不上黄帝的山川九州镜、秦皇的秦皇观心镜和汉武帝的玄阴四象镜,却也是西汉成帝时的十二元辰镜其中之一,一般的恶鬼邪祟别说加害,就是被此镜一照,都得魂飞魄散,打入九幽之外的,但今天看来,确实没有起到什么作用。"

黑四爷瞪大了眼珠子,敬仰地望着学士:"学士公,这么一小块镜子,竟然有偌大的功效??"

郑学士稳重地笑笑:"这镜子,确实不是凡品。"

"三皇定人伦,五帝制礼乐,早有典籍记载。据《三坟五典》记载,当年咱们炎黄始祖的轩辕黄帝,统一各部,抚育苍生,统一华夏九州,后垂拱而治数十年,功德隆盛、洪迈浩恩,上苍降下一方玉印,一部天书,轩辕黄帝垂暮宫中,修道有年,乃有先天道人赤精子又授予仙书秘籍,正待功德圆满,升天而去，不料荆州大泽之南，出了一个邪魔，是当年处死的九黎之祖，蚩尤恶魄与大泽水精合并所化，这个恶兽，有九头九面、身高千丈、体魄巨大、狰狞可怖，专门吸恶人、坏人的魂魄恶气，数年之内便纵横一方，无人可治，反而日益壮大，引得各地凶魔蠢蠢欲动，而当年蚩尤被黄帝分食，所埋葬的各处肢体和镇压在九幽之外、深海之中的魂魄也遥相呼应，眼看就要酿成大祸。

"轩辕黄帝无法，只得以年老之身，集合应龙、风伯、雨师众人联合镇压，可成效甚微，这才有赤精子夜授秘法，以九州之金、昆仑之木、玄冥之冰、归墟之水，定地火水风四秘法咒术，才炼制出一枚后天灵宝的法器——就是俗称的山川九州镜。

"这枚镜子据说有巴掌大小，平放着，可吸取天地之灵气，日月之精华，一旦遇到凶魔邪祟，便可向其晃动照射，凡是九州之内的山精水怪、邪魔外道、魑魅魍魉、万年魔怪，一旦被光芒所照，必然法力尽失，化为灰飞烟灭。

"遇到国有大变，还可用镜卜之法，遥观王朝兴衰，世事沧桑，成王败寇，战事凶吉。可谓上古第一灵宝。

"用以照天，可集日月之辉；用于照地，地脉、龙气、金银铜铁珠玉宝石之矿脉，历历在目。

"轩辕黄帝由此除掉了凶魔，飞升而去，此镜传到后世，由大禹王收存，后来大禹王铸造九鼎，也多靠此镜之力，禹王死后，此镜被供奉在太庙秘藏。

"后夏桀荒淫无道，天下大乱，商汤上应天命，兴起义军，诛邪留正，在攻入夏王宫后，还寻找过此物，不料太庙里九鼎依然，可山川九州镜，却无影无踪了。

"秦皇观心镜，也叫秦皇镇国镜，一直密藏在秦朝咸阳宫的密室中。据说，是当年凤鸣岐山，周有天下，文王之父所得，后辗转入了秦廷。

"若从对面来照此镜，里面则映出人的倒影，如果以手抚胸，就能照见体内的五脏六腑，影像清晰，毫纤可见。更重要的是，它能照出臣下的忠奸，国运之兴衰。对付些许精灵怪物，更是神通广大。灵光之下，不管什么精灵神怪，无不化出原型，化为飞灰。所以，有时始皇帝出巡，此镜都悬挂在御车之内，以防不测。

"后始皇帝驾崩于出巡途中，此镜就没了下落。有一说被二世胡亥放入始皇陵中陪葬，有说高祖刘邦入咸阳，收了府库秘宝珍玩，一起带走，成了汉宫的镇宫之宝。

"有说被项羽一把火烧了。

也算失踪无影喽！！"

听得津津有味的黑四爷像是小学生似的恭恭敬敬竖着两只耳朵静听着郑学士讲的典故，心里着实佩服到了极点！！——听听！听听！这才是真学问！老子年纪一大把了，大字不识一箩筐，人家也是人，自己也是人！这学问，自己再学两百年也学不会呀！

黑四爷看学士公端茶杯，赶紧起来给斟茶。

"再说这玄阴四象镜……

"汉武帝雄才大略，天纵英主，早年用贤臣、猛将，长驱匈奴，领兵御边，可谓一代雄主。然中年后外清勤而内多欲，大兴土木穷奢极欲，好色多内宠，猜忌残刻凶恶暴虐，晚年又好修仙修道，任用奸佞，造成杀妻灭子的巫蛊之乱的惨剧。未央宫、建章宫中怨气冲天，太和不宁，白日鬼祟出没，夜间妖邪横行。移居甘泉宫的汉武帝找了不少养着的道士、方士，设坛法阵打醮装神弄鬼地闹腾了好一阵，闹得宫中人心惶惶，风声鹤唳，大臣们也惶惶然不可终日，请出了密藏在武库中的高祖斩蛇剑镇压，都成效甚微。为此武帝杀了数百名道士，吓得朝廷更没有人敢置喙此事。

"后来有一天，有个终南山的道士来甘泉宫求见，说有一法可驱邪镇魔。武帝大喜，传见了道者，这道者说——战国末年，夏商周传下来的镇国九鼎遗失，秦始皇横扫六国，统一天下之后，派了方士、将军遍寻不着，大为遗憾，但始皇帝末年，从洛水中显出一只小鼎，经丞相李斯和朝廷博士们辨认，乃是商朝高宗时所造，祭祀河洛神祇的礼器，始皇帝将其藏于咸阳章台宫，算是聊以自慰。

"汉有天下，高祖收取秦宫礼器法物珍宝入长安，这只商代小鼎，应该还在国库中。这只商鼎虽然比不上镇国九鼎的神力，却也是一件灵宝之物，望陛下下旨找出，贫道自有道理。

"武帝像是有了救命的稻草，赶紧命少府去国库、武库和大内各宫寻觅，终于在珍宝堆积如山的未央宫中，找到了这只商鼎，还有百字的铭文錾刻。

"终南山的道者,在建章宫内设坛做法,摆了一个玄阴四象阵法,令工匠把商鼎融化,做成了四面铜镜,所以又叫玄阴四象镜——

"东方甲乙木,是为青龙镜,镶嵌东海产青水晶。

西方庚辛金,是为白虎镜,镶嵌西域产和田白玉。

南方丙丁火,是为朱雀镜,镶嵌岭南产赤玉玛瑙。

北方壬癸水,是为玄武镜,镶嵌北边极地产黑玉。

"再用六丁六甲五行秘术加持,半月后,玄阴四象镜制成,分别悬挂在长乐宫、未央宫、桂宫和建章宫正殿内。

"这四面铜镜一挂上,到了夜晚,司天监来报,青白红黑四道雾气直冲天际,消散了原先大内的妖气,满宫得以安宁如初。

"武帝大喜之余,挽留道士在大内伺候,可道士却神秘地失踪了……有了玄阴四象镜,宫廷朝廷又得了多年安谧,等到汉武帝驾崩,据说这四面镜子就被辅政大臣霍光下令,陪葬在其梓宫之内,金缕玉衣之外了。"

"西汉昭宣二帝后,国事日衰,树大中空,汉成帝荒淫无道,昏庸怯懦,又好色多欲,在宫中宠爱赵飞燕。赵和德二人,奢侈糜烂肉林酒池,多做长夜之饮,白日之歌,荒唐得无以复加。

"赵飞燕秘藏了不少未净身的宫奴以供自己享用,几次欢愉后,便要杀人灭口,毁尸灭迹,因而那座昭阳宫的金碧辉煌,珠宝琉璃之下,深藏了不少怨灵邪祟,年深日久,怪事频出。

"无论黑白日夜,凶魔每每现形,赵飞燕惊惧失常,躲藏到妹妹赵和德宫内,不想凶魔怨灵随之而至,两宫越闹越厉害,连着大内未央宫和东内长乐宫内,西内建章宫也频频出现异兆。急得汉成帝每日惊恐犹豫,闷闷不乐。

"天子不乐,朝廷不安,外戚、宦官和文武大臣惶然踟蹰,有人想起了武帝的玄阴四象镜,可当时早已不知去向。

"为此,有大臣提议,再铸宝镜镇压邪魔,汉成帝照准,命少府从未央宫武库中,找了一只原来东周天子祭祀太庙的螭龙纹青铜编钟融化,又命司天监和玄冥观的方士在五龙汇聚之地脉处,摆了青冥两仪阵注入天地日月精华,历经九九八十一天,才铸造出十二枚宝镜。

"这就是十二元辰镜。

每面镜子后面,按子鼠、丑牛、寅虎、卯兔、辰龙、巳蛇、午马、未羊、申猴、酉鸡、戌狗、亥猪阴刻了名目和图像,以黄金填筑其间,摆放在汉宫东、西大内和各处正宫之中宝座后面,镇压邪祟,其法力倒也广大。不多日,宫廷气氛清和。汉成帝大喜之余,又过上荒淫无度的帝王生活,不几年便因误服赵合德所制南海慎恤胶,淫火焚身、元阳暴脱以至暴崩在未央宫。宫廷大乱之际,十二元辰镜并没有被陪葬于成帝延陵中,被王太后收入长乐宫秘藏。

"再后来王莽篡汉,赤眉军攻入长安,大肆劫掠宫廷府库,自此,十二元辰镜失落无存。

"我这面镜子,是二十多年前一个陕西长安府的古董商送来的,确实是其中之一,是辰龙镜。

"然而从尊夫人的病症看来,这枚汉宫的镇宫之物,哎,竟然也没有什么作用,此事……可就难说不测了。"

黑四爷一听,好似一盆凉水浇头,这些形形色色的镜子他没听说过,但看郑学士皱眉头,他知道,情形不太好。

黑四爷又把请来的那些和尚道士的话以及他们做的法事说了,郑学士听了直摇头,只淡淡地吸着烟。

"哎呀!! 我怎么把那件法螺忘了,来人,快去把那件法螺找来,前天不是仍在后院厢房里吗!!"

黑四爷的一惊一乍,郑学士倒是没在意,还在稳稳当当思索办法。

家人兔子一样飞快拿来那只盒子,送进来。

就在黑四爷打开盒子的一刹那,他发现,郑学士的脸色变了……

盯着盒子里的法螺,郑学士先是有些激动嘴里念念有词,一会站起来踱着方步,一会儿又坐下喝茶,两只眼珠子猛然闪过一道绿幽幽的光,连这位久经江湖的黑四爷都有些害怕了……

"想不到,想不到,真想不到!!"郑学士那么稳重的学者,连说了好几个想不到。

"学士公,这到底是什么东西?? 是不是妖物?! 那天就是把这东西拿回家,才出的事儿。"黑四爷一脸无奈。

"呵呵呵呵!!"郑学士突然爆发出一阵笑声:"这要是妖物,那天下之大,就没有妖物喽!"

郑学士按捺住激动的心情,给黑四和郑五哥说起了典故:

"此海螺,全名叫——大利益吉祥天胜妙右旋法螺,乃是大清康雍乾三代之时,西藏黄教两位大喇嘛教主,自黄教建立以来供奉的至宝之一。

"海螺常见,但黄教的右旋螺,在佛教经典记载中,源流颇为特殊。原来,据说释迦牟尼佛在鹿野苑时,帝释天率领众天神,将一右旋白色海螺献给佛祖。自此,右旋白海螺作为无量殊胜、吉祥圆满的象征。而极乐世界的众菩萨,为了众生利益,施广大法力,将婆娑世界的众生福德贯穿于此等海螺之中,让五生之后的海螺里,才出现一只。

"八瑞相记载,此物出现,法螺其声远闻,以喻佛之说法广被大众,其声勇猛,以表佛法之雄猛,又吹螺而号令三军,以譬说法降魔。军荼利明王曾以此镇压魔王。

"且法螺为无量音佛顶尊之三昧耶形,云:'为密教徒用之。其说谓螺贝,乃无量音佛顶尊之三昧耶形,佛之法音标帜,吹之则诸天善神欢喜而影向,且闻之者灭诸罪障。'

"法螺可用于召呼天神,《千手千眼观世音菩萨广大圆满无碍大悲心陀罗尼经》则说:'若为召呼一切诸天神,当用宝螺手。'

"就这么说吧,这种佛教至宝,千年难见,整个前清二百六十多年,西藏青海和廓尔喀诸地,才进贡了大清皇帝四五只!

"而大白伞盖佛母心咒,则是这种佛门至宝的修习咒语之一——修习者,能驱遣一切邪魔,拥护行者。遮止战争,免除诸难、诸病,并保护行旅。可回遮一切外道邪法咒诅诅,能退避一切人鬼怨敌,摧毁一切邪巫诅咒,避免一切灾难横祸,降伏一切阴魔鬼魅,消除一切奇难杂症恶疾,心身安泰。"

滔滔不绝的文化从郑学士口中说出来,听得黑四爷两眼发直!

郑学士欣喜地轻轻点击法螺,又道:"佛教八宝里的白罗伞,就是这种法螺的相化之一,但又有区别,连乾隆爷当年平定准噶尔,内蒙古的章嘉呼图克图大师尊奉圣旨,率领两位黄教上师在科尔沁草原上,开布吉祥大威德金刚威猛战胜法事,其主要供奉法器之一,就是这种大利益吉祥天胜妙右旋螺。后我军大胜,西域重归法统,不能不说,是这种至宝的灵应效力呢……今日有缘得见,难得,太难得了!!"

坐不住的黑四爷夹着烟,站在一边给郑学士斟茶递水,小学生一样恭恭敬敬,半晌,才插了一句:"按您老人家这么说,这是个宝贝!还是辟邪的,可这次我家出的这事,跟这个海螺肯定有关系,那女鬼,怎么跟这么贵重的宝贝连上关系啦?再者说,佛爷们说它辟邪驱鬼的,怎么连个女鬼也赶不走,还往家里招!哎哟,您老这么一说这喇嘛那和尚,我脑仁儿都疼,这辈子我认识的人里,就您学问最深,这个案子您可得帮我断断!"

郑学士点点头,看着满屋子转磨、甩着双手无奈的黑四爷,自己也忽然从兴奋中沉静下来。

对啊,这东西降妖伏魔法力广大,怎么连个什么女鬼都镇压不住?

奇哉怪哉!!

郑学士翻过来倒过去,看着手中的法螺,又看了看盒子:"四爷,我问一句,盒子是原配吗?这件东西是哪来的?现在我不敢说这东西不对,不过我想,只要有这个盒子的来历,也许有办法救尊夫人。"

"哎呀您老不早说!这盒子后配的,原来那个……在佛堂。管家,赶紧去取来!盒子的来历嘛。"

说到这儿,黑四爷傻了!

当时从打小鼓的那里淘来的,谁知道是谁的东西?"赶紧着,二秃子,派你个差事!你麻溜儿去玉丰茶馆,找狗子,就说我的话,把那天送东西来的小子们全都叫回来,就说……那天送的东西很好,四爷很喜欢,还要赏他!!"

摸了一把鼻烟,黑四爷嘿嘿阴险地笑了。

话分两头。

四爷家里,郑学士铺开了书桌,用放大镜仔细查阅着原来楠木盒子内里黑乎乎的文字,那是一张原本杏黄色的签条,被油烟熏得几乎看不出本色,上面用满汉蒙藏四种文字,写着——乾隆二十五年六月藏里布达拉大喇嘛,为恭贺五旬万寿,呈进赤金翅大利益吉祥天胜妙右旋法螺一枚,奉旨收存养心殿,嘉庆七年,奉旨赏……

赏字后面的文字,不知道被烟熏火燎的油泥给污染到哪里去了,找了半天,除了木盒子上的连珠纹,再也找不到任何关于法螺后来的内容。

再看法螺金翅上的小字,也就是一行满文、藏文合书——大利益吉祥天胜妙右旋法螺,其他啥也没有!

这可抓瞎喽!!

而另外一边,那些打小鼓的何止上千,找来找去,一听说黑四爷有赏,都屁颠屁颠地上赶着报名,好容易找到了送货的人,去丰台收货未回,这都过了下午三点了,黑四爷又派人骑快马去接。

郑学士吃斋,闹得黑四爷不得不又让人去紫竹林素斋馆,叫了一桌素菜,家里的八珍席算是便宜了自己手下人。

黑四爷赔着小心,撺了几筷子香菇、豆腐,就说吃饱了,看看郑学士还在细嚼慢咽,自己不好意思,又端来一盘子正明斋的水晶虾饺和牛肉蓉饼吃了。

黑四爷擦擦手,问郑学士:"翰林公,按您说法,这还是难断的案子?"

"这事我看我自己才疏学浅,思索不周了,不过,我还有几位朋友,这样,救人要紧,如果不麻烦,咱们得请位高人来!"

成竹在胸的郑学士很是谦虚,抿抿嘴。

"还有比您高的高人?!难不成得把状元请来??这么吧,您只要说出来,我黑四拼了这张老脸不要,亲自去请!"

郑学士笑了:"人外有人天外有天,四爷也知道,天下之大,什么高人没有,我不过读了几本书而已,这事,用不着请我那位老年弟状元,是我的一位朋友,西黄寺的扎西罗布上师,我去请来,一起参详参详。"

"又是个喇嘛!!前些天雍和宫也请来一些,没啥用呢。"

"喇嘛跟喇嘛不同,再说,请他来一是为看看这件法螺,能不能看出什么渊源;二是今晚,我要会会四爷家里的那个女鬼!"

郑学士笃定地说。

妈呀!!黑四爷大脑袋一扑棱:"这位学士公,看来要疯!!"

我一个江湖汉子都不敢说这种大话,这手无缚鸡之力的书生还有办法?!

八

老年间的西黄寺,可不简单。

这里,是顺治爷那时为外蒙古哲布尊丹巴呼图克图大活佛修建的京师驻锡之地,前清时期,连藏地两位黄教教主来京觐见大清皇帝,也被赐居于此。

扎西罗布上师,就是西蒙古左翼十六旗的本宗大活佛之一,跟学问渊博的郑学士,是多年的好友。

这位胖大魁梧的上师,整天笑呵呵的像弥勒佛,其对藏传佛教各家经典精通,包括密教里驱邪降魔的各种秘术,也是修习多年,只因经常走访于五台山,京城里的老少爷们对他并不熟悉。

郑学士义不容辞,由黑四爷家里套了车,那匹健壮的菊花青骡子高叫一声,"呼啦啦"拉着香色绸套的二轮车,直奔郊外而去。

黑四爷心急如焚地一会掏出金表,一会看着桌子上的座钟,坐立不安。

到了晚傍晌,胡同口传来一阵銮铃声响,几位跑腿的小徒弟来报:"报四爷!! 郑老爷回来了!!"

"迎接!!"

黑四爷大步流星出了大门,外面借着月色,郑学士下了车,再看自己车后头,跟着两位骑马的喇嘛,后头一顶黄呢子双套辕的马车,两匹俊逸的白马在夕阳余晖里格外醒目!

好家伙! 这势派! 比我这个东霸天还牛!

一位身高丈二,胖大魁梧的大喇嘛,身穿杏黄的僧袍,没带冠,光着灯泡亮的大脑袋,小山一般缓缓走来。

黑四爷抢步往前打千:"请佛爷安!!"

"不敢当!! 四爷请起,有事屋里说!"大喇嘛双掌合十稳重回答。

几位爷进屋,分宾主落座,喝了半杯茶,扎西罗布倒是不神神叨叨的;很矜持，听了四爷的讲述，沉默半晌，双手合十念了段经文，再站起身举着法螺看了半天，微微皱眉。

"四爷，学士公跟我说了，这事看来比较棘手，贫僧实话实说。此物，确实是原藏宫内的宝物，现如今，宫中的皇帝还不时招我等僧人去雨花阁中正殿做法事，有一次在养心殿佛堂，贫僧见过一只，跟您这个很像。

"不过这一只是怎么传出来的，我看不出来。也不像最近从宫中盗出来的。贫僧很是费解。"

黑四爷苦着脸："佛爷！您都看不出来，我家夫人，也就真没救了！家宅不安，还有鬼魅……"

大喇嘛笑道："四爷，不是这么说，鬼魅是不可能有的，这种佛门至宝，法力广大，各种邪魔外道，绝不敢侵入。如果四爷不介意，今晚，学士公和贫僧，要见见那个鬼魅，以辨明此事！"

一直静静听着的郑学士点头称是："四爷不必担心，上师早有准备，就凭我那枚铜镜，什么东西也不会作乱。"

黑四爷有心劝阻，看两位这么古道热肠，自己再推辞就显得矫情了。

连忙吩咐人准备斋饭，款待二位。

到了晚上七点多钟，天色就完全黑了。

听从郑学士的布置，黑四爷套车把太太和姨太太们送到大徒弟家去避一避，丫头老妈子也都赶回家，自己带了家丁守在后房正屋门外。黑四爷不含糊，领着众人几步一个岗哨，弓上弦、刀出鞘，自己一身短打扮，挎了自己当年闯荡江湖用的鱼鳞紫金刀，别了两把盒子枪，在院子里来回巡视。

四爷心想：这阵势，就算有个把小毛鬼，早就吓得不知道跑哪儿去了，还能来这儿闹事？！

跟外面杀气腾腾的气氛不同，正房屋里，大喇嘛跟郑学士，两个人吃着茶果，谈禅说法正在尽兴。

郑学士从黑四爷书架上找了半天，才找出一本唐小说《玄怪录》边看边聊，一心二用。

当当当……

八点了。

九点……

十点……

此时的京城,已经人烟稀少,当然除了南城一带的八大胡同和各个街口的酒楼和大酒缸小店,夜晚才是他们买卖高潮的来临。

座钟打了十点半,黑四爷的手下众人,都懈怠了,连黑四爷都打着哈欠,不停往鼻子里抹着荷兰来的鼻烟儿提神。

"阿嚏!!真他妈痛快!这荷兰货真地道!看来,今儿这小鬼儿,是不敢来喽!!"

漆黑的夜里,四爷正房屋里屋外亮如白昼,却透着一丝特别的诡异。得意扬扬的黑四爷不知道,西厢房的屋檐上,一只红眼儿乌鸦,正死死盯着他……

九

子夜来临了。

虽说民国官面上都用了公元纪年,民间还是用老年间的夏历。

黑四爷和无精打采的家丁百无聊赖地无所事事,屋里,一时间没了声音,黑四爷正准备招呼众人散了,回去睡觉。

呼啦啦啦啦,起风了。

吱呀呀呀呀呀呀,黑宅的大门,开了。

里院的黑四爷有功夫,觉得哪里不对劲儿,猛然抬眼望去,一阵薄薄的雾气,从外院弥漫进来,夹着一丝阴霾。

"都给老子精神点儿!!"四爷握着刀把吩咐。

"四爷,看来今天没什么事了,叫家人们都散了吧。"院子外面,郑学士飘然走进来,拍着四爷的肩头,暗夜里,火把灯笼橘红色的光亮有些暗下来。

"哦,我说呢,有你们二位在这里,哪个小鬼敢来捣乱?!"黑四爷懒洋洋地打了个哈欠,挥手吩咐,"都回去睡觉,管家!伺候二位……"

话音未落,再看四周漆黑一片,哪还有什么人??!!

黑四爷揉揉眼正疑惑着人都跑哪儿去了,正房门帘一挑,出来一人冲着他大喊着什么,可四爷凝神细听,却听不见那人说什么。

四周的灯突然又亮了,不过这次,是种绿幽幽的暗色,像狼眼一样闪着诡异。

"我说,你们这帮……"四爷猛然惊醒!正房门前站着的不是别人,正是郑学士!!

妈呀!怎么两个郑学士?!刚才进来的是谁呢?

四爷余光一瞥,身旁这位郑学士嘿嘿嘿一笑,空气中又出现了那种老鼠吱吱吱撕咬棺材板子的刺耳声!

"我长得很像人吗?!!哈哈哈哈哈哈哈哈哈哈哈哈……"

院子里的灯突然都灭了,陷入一阵黑暗的死寂。

四周挤上来几张脸,四爷再看,都是郑学士!!!

"我操!!快来人!"说时迟那时快,要说也就是黑四爷一身煞气,功夫超群,这当儿,虽说毛骨悚然,本能一按刀鞘上的绷簧,"唰"地抽出鱼鳞紫金刀一纵身,摆了个夜战八方式,就要砍人!

雾气更大了。

几只长指甲的爪子,夹着血腥气味直冲而来!!

"吽玛玛吽尼娑哈,吽玛玛吽尼娑哈……"一阵浑厚温暖的梵音,如天籁般驱散了四周的白雾。

四爷四周挥挥刀,并无异状,月亮,也不知道从哪里钻出来了。

再看自己的家丁都浑浑噩噩被人施了定身法一样不能动弹,只有正房门口,那位扎西罗布大喇嘛,右手结了伏魔印,正在诵经,而郑学士,手里执定十二元辰铜镜,在院子一角,照定了一个东西!!

黑四爷活脱脱出了一身冷汗,心里说幸亏请了这两个人,不然,黑四一家子性命就要无存喽!!

"你是何方孽畜!!胆敢随意出形残害人命,我佛有好生之德,看来你邪性未除,今日贫僧收了你,跟我回佛前悔悟祈祷吧!"

大喇嘛杏黄袍袖一甩,手里多串个紫红色甚是精致的菩提念珠,盘坐这门口,手里转动起来:"吽玛玛吽尼娑哈……"

院子角落里,一个白乎乎的影子,似真非真,似实非实,在红黄两色光芒的包围下,使劲儿挣扎,看似还越长越大!!

四爷对着家人们一巴掌一个,全部扇醒了,一众人等被这幕活剧吓得魂飞天外,都围绕在四爷周围,颤抖着不敢大声。

郑学士的镜子,借着月光越来越亮,黄色的光芒刺人眼目,而大喇嘛的诵经声,也越来越大,空灵广阔,如空谷山音,冲击着人心。

郑学士脸上也见了汗水,他可从来没见过自己的十二元辰镜,连个小小的鬼魅都除不掉的。

"疾!!"紧张得快要窒息的气氛,终于被大喇嘛一声断喝给打破了,只见喇嘛把佛珠当空冲着白乎乎就甩过去喽,一道金黄色的光芒,正要击中。

半空中,突然响起一声大海咆哮、山崩地裂的怒吼!白乎乎影子中,一道红色光芒冲出来,顶住了金黄色光芒,轰的一声巨响,再看角落,什么牛鬼蛇神的踪迹全无!

而那串古色古香的菩提佛珠,掉落在尘埃,摔得四散分离!而郑学士手里的铜镜,被巨响震动,裂了……

十

曙光初现。

扎西罗布上师、郑学士和黑四爷,坐在客厅里,喝着又苦又涩的浓茶,大眼儿瞪小眼儿,相对无言。

这一夜的恐怖变故,倒是没吓到三位爷,连上师大喇嘛那串供奉多年的念珠,郑学士的十二元辰铜镜都被破了,也没有让三位爷怎么着,最让人猜不透的,是那个白乎乎的影子,到底是什么玩意儿!!

且不说郑学士那枚汉成帝时期的十二元辰铜镜,是汉宫的镇压厌胜的宝物,就凭扎西罗布上师四十多年的静修,密宗各种法门,连胜乐金刚伏魔心咒和大白伞盖佛母心咒这种法力广大的咒语都运用得炉火纯青的大喇嘛,连京城里的一个不起眼不知名的小邪魔都压不住,难道真的要摆出密教的最高级法阵之一——无上般若瑜伽金刚界曼陀罗法坛,才能制住这个小鬼魅?

传出去,不让别人笑掉大牙?!

老话说的好,人倒霉了,放屁都砸脚后跟!!整个炒面胡同口,围了一大群小报记者,他们苍蝇似的闻风而来,把黑四爷这点儿事抖搂得满世界都知道,有的还添油加醋写起了神魔小说。

"日他们姥姥!!二秃子,派人都给爷打出去!告诉他们,谁敢再胡写,四爷砸他报馆!!"

黑四爷气得鼓着腮帮子,咬牙切齿。

郑学士依然是波澜不惊的那种学者气度:"不可不可,四爷,纸包不住火,你越压,别人吵嚷得越厉害,防民之口甚于防川嘛!他们都靠写小报赚钱,请四爷破费几个,请他们去馆子吃点喝点,也就是了。"

文人嘛,还是对付文人有办法。

说着,从兜里掏出个日本烟盒递给四爷烟,两人对火点燃。

"这是一个日本朋友从京都买来送我的,说起来,咱们这次真是遇到对手喽。"郑学士弹弹烟灰。

"儒家说修身治国,道家说降妖伏魔,佛家说普度众生。这个魔怪看起来厉害,也不过吓唬吓唬人,昨晚我看它幻化成我的样子,想害四爷,其实没下手,不过是想惊惊你罢了。真要下手,十个四爷也交待了!

"如果说上师法力不够,那断然不会。是不是它本身有什么妨碍附体?"

郑学士思索着:"我看,还得从这个法螺入手!"

黑四爷抹抹胡子:"昨晚儿差点要了我的脑袋!幸亏佛爷,我琢磨着,学士公说的有理,妈的!可惜了学士公的那面镜子!这份恩德黑四心里有数,必当厚报!"

郑学士平淡地摆摆手:"东西再宝贵,也不过是个物件,为了救人,怎么也值了,佛说缘起缘灭,可能那镜子有这一劫吧!"

上师大喇嘛静静观察着法螺,忽然抬头:"你们看,法螺上有怪异!"

三个人六只眼盯住法螺,郑学士不由得大惊!

原来乳白色的法螺上,金碧辉煌的镶着宝石珍珠,但有个不起眼的螺旋上,出现了一丝头发丝细的短小的裂纹。不仔细看,还真的看不出来。

"奇怪?!! 前天看的时候,洁白无瑕完整无缺!! 怎么会出了这么个冲纹?"

郑学士严肃了:"四爷,为今之计,看来都出在这个法螺上,你不是让人去找那个卖法螺的人?快去寻来要紧!"

黑四爷这才想起来此事,连声叫骂管家,把派出去找人的徒弟叫来。

直到中午,四爷为了犒劳大家伙儿,从鸿宾楼叫来酒席,让徒弟和家丁们跟着压惊。自己亲自给郑学士、大喇嘛布菜斟茶。

大喇嘛有些落寞,吩咐徒弟:"你们俩立即赶回去,把寺里我的禅堂里,供奉在文殊师利菩萨跟前的钵盂请过来。"

两个小喇嘛匆匆而去。

正没胃口地吃着饭菜,四爷的徒弟二秃子,领着个贼眉鼠眼的小个子从大门口进来。

进了门,二秃子打千请安,给四爷使眼色:"请师傅安!!这人叫小狗子,原先在南城一带踅摸饭辙,东西就是他送来的。我说四爷有赏,叫他赶紧来。"

"哦!你就是小狗子?"黑四爷脸上肌肉抽动着,狠狠瞪着眼前人。

这人看来三十多岁,老鼠眼小胡子,一看就是个浑身机灵的主儿,听四爷叫他,赶紧打千儿请安:"小人狗子,给四爷请安,听说四爷要赏赐,小人不敢领受,都是不值钱的玩意儿。嘿嘿,四爷喜欢,小人多给四爷踅摸几个来,祝四爷福如东海,寿比……"

"放你妈的狗屎罗圈屁!!!""砰"的一声,桌子上的茶杯菜盘子蹦起半尺高,黑四爷此时三尸神暴跳,怒火万丈,过去就是一脚,把懵懂无知的狗子踢出去一丈多远!

"你这个遛狗子拍马屁的玩意儿,差点要了老子的命,不是爷爷命大,有学士公和上师佛爷护佑着,今天你就见不着四爷了!还敢扯淡!来人!把这小子给我扒了,用马鞭子抽死!"

说着,外面冲进来十几个彪形大汉,就要动手拿人。

狗子平时也是小聪明太多,这会儿碰上了大龙头,知道拍马屁拍到马蹄子上了,顾不得满头满脸的血,趴在地下磕头如捣蒜:"四爷饶命!! 饶命啊!

小的真的什么都不知道！四爷……"

"阿弥陀佛！！四爷，先少要发怒，先问明白了再说不迟！"扎西罗布上师和郑学士都劝着，黑四爷这才出口气，挥挥手让徒弟散了。

"带他去洗洗狗脸，带过来站着回话！！"

管家赶紧拉着狗子洗了脸。狗子吓得全身颤抖，哆嗦成一团，连头也不敢抬，看着自己的脚尖："四……四爷，到到到底出了啥事？？"

郑学士毕竟文人出身，端了一盘素烧锅贴让狗子先吃了，又示意郑五哥给他找了个小板凳坐下，看他大口吃完，又递了根鸡腿，过了半晌，这才问："狗子，看看桌上这个物件，你认识不？"

感激莫名的狗子抹着嘴，偷偷抬头看了看，老老实实说："回爷的话，不认识。"

"放屁！你自己拿过去看看，是不是你送到我家里来的？今儿四爷告诉你，在座的都是高人，问你一句你答一句，有半句瞎话，爷碎剐了你喂狗！"

"是是是是！！小的不敢说谎……这……又像又不像！我记得送来府上的，是个黑乎乎脏兮兮的玩意儿，不敢说谎！"

郑学士点头微笑，让人拿过来给狗子细细看了，果然是他打小鼓收来的。

"从哪儿收来的？？谁卖给你的？你还记得吗？狗子，这可是救人的事。"

狗子搓摩着两手，思索了许久，才斟酌着说："四爷、郑先生，我想起来了，这玩意儿，是去年冬天，我在西城影壁胡同收来的，记得是腊月十一还是十二，是个五十多岁的老头，穿的破衣烂衫，看样子有大烟瘾，一会儿工夫就打哈欠流鼻涕的，名字不知道，后来听行里人说，那人是五贝子。"

"五贝子？？"郑学士若有所思，"哪个五贝子？？"

"哎哟，这小的就说不上了，听说原来也是个皇亲国戚，皇上退位后，铁杆庄稼没了，又有大烟瘾，把家里的东西全折腾光了，按说京城里的王爷贝勒也多。到底是哪一位，小的没学问，还真不晓得。"

"你还能找到他吗？？卖了个破烂害我，找了他非打死老丫的不可！"

黑四阴狠地瞪着狗子，狗子吓得一哆嗦："这可没法子找，过了年我想再去搜摸点儿东西,听胡同里人说,早就死在大烟馆里了。"

"砰!"四爷着急了。

郑学士摆摆手:"四爷,我有些原来宗人府和内务府的朋友,这么办我去打听一下,府里的事就请上师在这里主持,最多两天,我给你回信儿!"

黑四爷赶紧道谢,这个情分可大了,越发觉得心里不落忍,命徒弟赶着自己的大骡车跟着郑学士四处寻访。

两天后,郑学士风尘仆仆来告,事情有眉目了!!

学士小心翼翼拿着法螺说:"可对上号了!这件法螺,是嘉庆爷赏给了自己的弟弟,也就是乾隆爷的十三子,赵亲王!我从宗人府的朋友那里问了,赵王确实是乾隆爷那一支,跟嘉庆爷关系很亲密,爱好个参禅打坐,后来宣宗道光爷登基,因为不是铁帽子王,就降等袭爵,五贝子是赵王的六世孙,不是嫡派,他哥就是现在四九城闻名的名票友。最近票戏上瘾,去河南了。"

黑四爷这才放了心,要说还是人家官面儿上的人,自己混一辈子也不知道这么多显贵的人物哦。

"难道这东西在赵王府有过什么事??才沾上了邪祟??"上师问。

"那可就没说法了,这东西估摸着王府里都没几个人知道,我连内务府的人都问了,原来皇上赏人物件,内务府都有记录,但赏出去之后,人家也管不着了。年代久远,就算有什么,也不是现在的事。倒是有个原先的内务府司官说起来,连宫中都不知道什么事,只能问问当年赵王府的家人,可我打听了很久,赵王府早就分家了,各人风流雨散,都不知道去哪儿了。"

黑四爷一听来了精神:"这事交给我,学士公,您跑的是官面儿,下边的事我们这种人门儿清,就是挖地三尺,老子也得找出来缘由!!"

十一

黑四爷不愧是京城一霸,说干就干,连忙请学士公写了帖子,撒了下去,并请其他三霸天帮忙。一时间,京城里被搅得天翻地覆,鸡飞狗跳,只要是在前清各王府待过的家丁、戈什哈、家奴加上老妈子、丫头、厨子甚至赶车的车夫,都被梳头一样篦了一个遍。

连京城警察总署,都派出探子帮忙了,这声势,都超过了张大帅跟吴大帅谈判。

五月底,消息传来,经过众人查找,终于找了几个原先赵王府的奴仆,连给赵王府看坟的也被四爷手下提溜来几个。所幸,那白乎乎的邪祟,并没有再来骚扰。

上师喇嘛也不含糊,亲自在黑宅周围布下了金刚界的法阵,请来自己那只心爱的雕满大日如来咒语的钵盂,安放在黑宅的佛堂。

可问了好几个赵王府的人,都对法螺的事,说不出所以然。最后,一个老妈子提供了消息——"赵王府的管家虽然早就死了,但他的儿子,也是赵王府最后一个管事的首领,在昌平种地呢……"

黑四爷大方,每人赏了五十块大洋,连狗子也在内,让他们欢天喜地去了。

又折腾着从昌平半请半绑票似的,找来了赵王府的管事——王老头。

有人问了——管家和管事的在前清不一样吗??

不一样,清代,王府都有朝廷钦派的长史官,只是每到年节过来看看,都是三品大员。

而管家,是王府自己的总管。管事的,属于管理后勤和内宅事务的官员。都有六、七品顶戴。

王老头就是属于赵王府末代的管事人。

他是满人,下五旗的正蓝旗,老姓索卓罗氏。民国后,没了铁杆儿庄稼,满人也不吃香了,为了生计,大都改了汉姓,他就姓了王。

虽说是王府管事的,当年也威风赫赫,没少捞钱,不过旗人讲究大手大脚,花钱如流水,就慢慢落魄了。即使这样,老头还是当年的做派,那派头,一点儿没变!!

王老头快七十了,穿着一身罗纱的大褂,洗得发白,蓝绸马褂,都是二十年前的样式,下面玄色裤子,绒面的千层底布鞋。手里还玩着两只山核桃,脸上戴了个水晶石的墨镜,小瓜皮帽,脑袋后面还有一根儿拇指粗,半尺长的花白辫子。

不知道的晚上遇见了，还以为见了二十年前的僵尸呢！

进了屋，就是一通问好："给黑四爷请安，给郑学士请安，给上师请安，给黑四太太请安，给郑……"一直问候到了家里的孩子，还在不停请安，气得黑四爷直跺脚。

却没法骂，人家旗人的老礼儿多嘛。

郑学士很会招待这种人，请他坐了椅子，上了茶，这才说："请你老先生来不为别的，四爷遇上难处了，有件东西，满京城也没打听清楚怎么回事，就听说您老在王府伺候多年，见多识广，给断断这案子？"

王老头虽矜持，却也不敢拿大："郑老爷说笑了，谁不知道您老人家，是翰林公！我们王爷当年还常提起您学识渊博呢。哎，虽说现在民国了，见了您，我们这种人也能平起平坐了，按礼数，我们哪能跟您说上话。有什么事，老朽能帮上忙就吩咐……"

郑学士见王老头还没吃饭，让四爷摆席面，王老头算是开了荤，一只天福号的酱肘子，半只便宜坊的烤鸭，四个肉末烧饼外加一盘烧羊肉，吃得王老头撑得直打嗝，满头大汗的王老头一边吃还一边点评菜味，看得三位爷直笑。

饭后，喝了两碗浓浓的普洱茶，王老头这才说："不成了，老喽！！当年便宜坊的烤鸭子，一顿饭我能吃一只半，外加两斤老黄酒。现而今，不提了……提起来，伤心呐……"

说着，掏出一块脏兮兮的手帕抹眼泪。

黑四爷压着怒火："请你老人家来不是哭丧来的！只要是您赶紧给说明白喽，四爷白送你五百两银子！"

王老头唏嘘不已："四爷，虽然现而今不是大清国了，我可不缺钱，张家口外，还有我们王爷赏我的三千多亩地呢，昌平也有我的地。您这么说，是瞧不起我了。"

"哪有的话，您是老前辈，四爷是送您留着赏人的。这么说吧，是四爷府上出了点事。"郑学士岔开话题，把事情简单一说，又让人拿来那只法螺。

黑四爷是江湖人，听出来郑学士给他面子，立即抽出一张五百大洋的银票放在桌上，王老头一见，两眼发直，眼珠子都绿了。

再看桌上缠枝纹雕花红漆盘里的楠木盒子和那只金光闪闪、珠宝生辉的法螺，王老头猛然睁大了眼，又惊恐又震撼似的哆嗦着站起来，颤巍巍扑到桌边定睛细看。

不一会儿，王老头见了鬼似的全身哆嗦着指着法螺，"嗷"的一声！两眼一翻，昏死过去了……

十二

一碗姜汤灌下去，加上四爷几个大嘴巴，王老头醒了。

一时间又哭又笑，疯癫了一般。无论是黑四爷的威吓收买还是郑学士的温言劝诱，老头抱着法螺盒子，就是不开口。

"说了对不起祖宗啊！！啊……"哭得一把鼻子一把泪的王老头瘫在地下，烂泥一般。

郑学士颇为无奈。他很清楚，这些旗人奴才们，有的卖祖宗，有的把祖宗看得比天还大，很多深宫轶事都埋藏在他们心里，你就是杀了他，他们也绝不会说主人一句坏话，不过看起来，这事儿确实是赵王府的蹊跷！

最后，黑四爷使出了杀手锏："王老头！！今儿叫你来不是哭丧来的！实话告诉你，你家里四爷门清儿！你孙子给你又生了两个重孙子是吧?！！今天你把实情说了，还则罢了，不说。老子让你这四世同堂，明天全玩完儿！你自己琢磨琢磨吧！"

四爷从绑腿里"嗖"的拔出一支雪亮的匕首，一甩手"噗"的一声扎进门框！

老头神魂迷乱，在巨大的威压和怀着对祖先主人们神秘的敬仰之下，又顾念着自己孙子一家，不得不吐了口。

"那当儿，我们王爷还在，我们家老祖王爷，是乾隆爷的儿子，嘉庆爷的亲兄弟。这东西，是当年嘉庆爷赏给我们老祖王爷的，一直供奉在王府道德堂内的佛堂里，后来宣宗道光爷一支继承大统，我们王爷后头，就成了旁支喽。

"大清的规矩,不是铁帽子王降一等袭爵位,到了咸丰末年,也就是我出生那几年,赵王过了三代,应该承袭贝勒,可能是因为我们贝勒爷小时候跟咸丰爷、恭王爷在宫里伴读,又娶了叶赫那拉氏做大福晋,那当儿西太后正受宠,咸丰爷看在西太后亲缘上,加恩又赏了郡王爵位,这是多承袭了一代。

"我们王爷比咸丰爷、恭王爷大点,好读书,就是脾气不大好……又不善逢迎上意,还爱美人儿。那时节,王公亲贵都这样。所以,尽管是少年的朋友和伴读,咸丰爷并没有赏我们王爷什么差事,就是吃郡王的一份俸禄。

"我们王爷就整天喝酒听戏,自得其乐,班子里的女人也没少碰。我那时候还小呢,五六岁吧,跟着我阿玛在王府住家,伺候几位小阿哥爷读书。

"也算伴读,说是读书,其实整天玩在一起,前府后院,到处爬,到处窜。按老年间的规矩,六七岁的男孩子就不能进内宅门了。王爷洒脱,说没事,见我六岁都能背四书了,就要了我去,伺候他老人家的笔墨,算个书童吧。

"每月还给二两银子的月钱。王爷上朝,我跟着捧着衣服包袱,王爷读书写诗,我在跟前儿磨墨、铺纸,算是王爷跟前儿的红人呢!"

王老头捋着白胡子,有些眉飞色舞。

"我记得,那是同治末年,同治爷亲政才一年多,我们王爷还是没差事,花钱从清吟小班里,娶了最后一位姨太太,我们旗人,不叫如夫人,也不是侧福晋,我们都叫她张姨娘,您问为啥不封侧福晋??

"那要上宗人府的名册呢!汉人嘛,不能做主子,这是祖宗的家法。可府里的几位侧福晋,都是旗人大家子出身,顶看不惯这位汉人的姨太,说她是汉人的狐媚子,本来王爷四十多岁快五十岁的人了,几位侧福晋还整天摸不着人,张姨娘一来,简直就成了杨贵妃!

"本来府里的女人们,就明争暗斗闹得跟乌眼鸡似的,这次有了全家的敌人,可不就可劲儿的挤兑作践?!

有王爷在还看不出来,王爷一出去玩,这些福晋们可就风言风语什么话都敢往外说。本来嘛,旗人姑奶奶就厉害。要说张姨娘品格儿、模样真没得挑,连气度心胸,都是一等一的!可也架不住那么些闲话啊,刚进门不久,又不能事事跟王爷说。哎……

"喝口茶润润,老人家继续说!"郑学士善解人意地递过茶杯。

"也该着出事!!人算不如天算呐!!张姨娘怀了身孕才不到一个月,一天夜里,宫里传来消息,同治爷驾崩了!!王爷进了宫协办大丧,回来就犯了愁。这哪里是怀孕,这是要命啊!"

郑学士眉毛一挑,说:"是不是在典制上有忌讳?!"

"还是翰林公!!咱们大清祖宗定下来的规矩最多,大清会典、宗人府则例多得我都记不过来,比如说这事,王爷为啥犯难?大丧期间,禁止一切礼仪庆典、婚丧嫁娶、游乐嬉戏,谁要是违反了,按大不敬论处!民间百姓,外省外地的还罢了,天高皇帝远嘛,咱们北京城里,天子脚下,出了这事,您给谁说理去?人家问,万岁爷驾崩不到几天,您这里怀孕了?!!好嘛!您还是宗室王爷,天潢贵胄!你安的什么心?!"

"这也太他妈缺德了,皇帝老子死他的,你们家生你的孩子,难道皇帝死了,连全国孩子都不能生了,偷着送到别地生嘛!你们王爷也是死性子。"黑四爷抹了一把鼻烟,满不在乎。

王老头立即给了他一个大白眼儿:"四爷,不是那一说!!老年间,宗室王公不奉圣旨,不能出京四十里,谁敢犯了,御史老爷们一个奏本上去,皇上必定要处罚,圈禁半年是最轻的!!有的直接赶回黑龙江吉林老家!谁受得了?!您以为这些天潢贵胄那么闲在呢?"

"确实如此,赵王看来两难呐,如果真的让孩子生下来,就是一个大丧期间,私自纳妾生子,大不敬的罪过,按宗室家法,最轻也得革爵拿问!那么……后来呢?"郑学士深通典故,接上话茬。

"翰林公是明白人!您几位爷,别忘了,王爷的嫡福晋就是叶赫那拉氏,虽然是正白旗的,跟西太后不是一个旗,总算是满洲一个老姓!我们王爷愁得吃不下饭,福晋那头还一个劲儿地催促着,让王爷决断!或者是把张姨娘赶出去,或是直接……赐死!!"

"赐死?!"郑学士、黑四爷惊讶道。大喇嘛念了一声:"阿弥陀佛!"

"是啊,虽说是大丧之前怀的孩子,可您给别人怎么说?!这事又不能敲锣打鼓地满世界嚷嚷去!再者说,当时西太后老佛爷当家,谁不知道她老人家的脾气性子,同治爷是他亲儿子,不比光绪爷不疼不亲的,这位祖宗杀伐决断那叫一个狠辣,要是知道了这事儿,还不直接把我们王爷流放黑龙江?!我阿玛当时也出了个主意,让王爷偷偷把张姨娘送到乡下,生了孩子之后,再回府,给宗人府花点银子打点打点。也就过去了。

"可几位福晋联合起来,就是不依不饶,真要是杀了,我们王爷也舍不得,最后,只有一个办法——把孩子打了!!

"那当儿哪有什么洋医院?打孩子,都是吃中药,女人们九死一生。可王爷告诉张姨娘消息,人家不愿意!

"说宁肯死,也决不打胎!正在这节儿上,恭王爷不知道听说什么了,派人来叫我们王爷去说话儿,他老人家当时兼着宗人府宗令呐,吓得我们王爷只有下令——打胎。"

王老头突然目光有些散乱,全身颤抖着:"我当时也不大,还在内宅门伺候,记得那天真冷!阴风一个阵吹,把王府高丽纸窗户吹得呼啦啦乱响,整个王府也像宫里,都挂着孝!五进大院子,黑乎乎的甬道,一直望不到头,全是白花花一片。

"晚上八点多,王爷传我,在道德堂门口,我冷得直打颤抖,见一个茶房的老妈子端着个泥金红漆盘进了屋,王爷在屋里说:'小王,你去把府医叫来伺候。'

"那当儿,不能从外面叫大夫,更不能请御医,府里提前从河间府请来两位大夫,王爷还是挺疼张姨娘。

"我刚要走,就听一声莺莺燕燕吴侬软语:'用不着!!我就是死了,也绝不让她们随了心意!'

"王爷大声呵斥着,一会儿又小声劝解,屋里响起了抽泣声。

"我是去还是不去呢?到了内宅门口,我让一个家丁去叫了,又担心里面传我,回到道德堂门口,还没站稳,就听里面响起打斗,敲击碎片声。

"可也不敢进去呐!!这时,我忘了规矩,在西梢间外头,用手指头偷偷在窗户纸上捅了一个小洞,老天!!"

王老头忽然捂住双眼,泪水滚珠似的落下。

"我们王爷平时那么温和一个人,此时在屋里,按着张姨娘的头,正在大马金刀地给她灌药!黑色的药汁大片地飞溅在张姨娘雪白的皮肤上,那么瘆人!! 等一碗药喝下去,王爷扔了碗,抱着姨娘大哭。

"张姨娘用帕子擦擦嘴,安静得像是大觉寺里的飞天神像,脸上也没泪水,就那么看着我们王爷,眼神全是陌生而冷落。

"她朝佛堂里的佛像拜了几拜,佛像面前的白银盘子里,就摆着这只金翅法螺!!

"突然!张姨娘就像疯了似的,一头就那么一下撞在了佛桌上!!'砰'的一声!那血,浓重的血红,就那么哗哗流水似的,一眨眼儿的工夫,地下就满了。

"就那么一撞,桌子上的法器、花瓶和盘子全掉了,砸在血泊里。

"等王爷醒过味儿来,张姨娘早没了气儿!

"后来,全家都消停了,大福晋和侧福晋们,叫我阿玛去找了棺材,把张姨娘入殓,王爷也是从那天起,就有些呆呆傻傻的。

"等同治爷的大丧过了,就把张姨娘抬出府去,找了块杂巴地,埋了!没让入祖坟。

"这个法螺……正是……正是我们王爷当日亲自放进张姨娘的棺材里的!说姨娘活着时最是仁慈好佛。福晋说是御赐的法器,怎么能给一个贱人陪葬,还让王爷骂了一顿,大家看眼中钉死了,也就罢了。

"可今天我一眼就看出来了,这东西,就是那枚法螺!天意!王爷,怎么就不让我陪你去呐,大清国也完了!"

王老头哭得直噎气儿,这段久远而诡秘的往事,让在座的黑四爷、郑学士不寒而栗,出了一身白毛汗!

连扎西罗布上师修习多年,也不禁叹息不已,手中念珠转得越发飞速……

十三

这段残忍的往事已经揭露,郑学士和扎西罗布上师,才联手揭开了白色影子的真相！！

这种大利益吉祥天胜妙右旋法螺，是佛门至宝，作为一种特殊的殊胜法器，它的供养形式那叫一个复杂。

正因为其种种不可思议的广大法力，且不说平时供养时的香花宝烛、香茶供果、四时鲜花、八节时令，每到藏传佛教的节日，必定得用特殊的仪轨和礼仪，净瓶圣水等等珍异配合。所以，昔时在宫中，都由中正殿事务大臣管理的西黄寺、雍和宫等处上师喇嘛定期去祈祷布置。

这种集数百年无数高僧大德开光诵念的法器，镇邪除妖的功力当然是一等一的。然而，用净瓶圣水、香花宝烛供养起来的法螺，也是世间的宝物，包括种种法器，他们在使用中，最怕的就是沾染了肮脏血腥之气！！

大凡佛道各教派的宗教器物，只要开光，绝大多数最忌讳的就是肮脏、血腥和阴人冲犯。无论是宗教解释或者道德解释，一旦出现这种情况，除了藏地的黑教本身就邪性的器物之外，各种法器的法力功效变异自不必说。有些，还可能出现相反的情况。

大利益右旋法螺，正是如此！！按说，它的广大法力一般遇上点脏东西，没啥忌讳，然而，一个怀孕女子的血腥气，不仅削弱了他的法力，还出现了另外一种奇怪的情况……

上师喇嘛解释道："本身法螺就有不可思议的神秘法力，大慈悲祛除一切噩运。然而，被张姨娘的血气一冲，加之怀了身孕的血污，出现了三种情形。

"一使得清净法器身被血污，污染之后，法力减弱，改变了原有的神秘力量，而恰在此时，张姨娘的死去，一诚有感，中阴身不去，魂魄分离，魂飞而魄留，被右旋法螺力量吸入法螺自身的灵结。

"二虽然如此，但右旋法螺毕竟是经过历代上师喇嘛开光过的法器，其本身的大慈悲、大善大行之本能，不会消失，张姨娘死去的魄，被留下，成了法螺结出法界的一个特殊部分。虽然魂善而魄恶，张姨娘的魄在法界中，修养多年，恶性渐渐祛除，但尚未变善，一旦显出本来面目，或者被其他法力、法器镇压，右旋法螺会以为是在攻击自己，所以出真体对抗镇压的力量。

"但是，张姨娘的魄，并不能危害人命，除了被法螺法界控住，不能远离，更主要的,则是法螺的正性。

"三是张姨娘未出世的孩子尚在胎体,母子双双身亡,血腥之气太大,只有法螺的封印,才能逐年化解怨气。但法螺后来被放进棺材,不知道怎么又流传于世,流落民间,没了供养,因而其子怨气越来越大,才造成张姨娘母体的魄,恶性多年不除。但也是因为如此,母子二人成了所谓的双煞,一般二般的法器和阵法,当然镇压不住。

"法螺上的那丝裂纹,就是对抗十二元辰铜镜和念珠的真气所伤。"

"匪夷所思,奇哉妙哉,也幸亏有右旋法螺的法力,把这种你中有我、我中有你的煞气封存在法螺本身的法界之中。不然,我们这些人可就惨喽!"郑学士感叹不已。

至此,真相才大白于天下。虽然不知道法螺到底怎么流落于世的。很可能就是赵王家的后人民国后窘迫,盗发古墓而出。

毕竟知道了渊源,于是乎,上师大喇嘛跟郑学士亲自制订了解除办法。

先请来西黄寺和雍和宫的喇嘛,以藏地黄教仪轨,布置法坛,举行正式仪式,将法螺正式再次供养。

以胜乐金刚开法仪式,把法螺法界打开,念了七天超度亡魂的真经,超度张姨娘和其子的魄。

再次,镶补右旋法螺,再次祈福。

最终,黑四爷又陪着二位爷折腾了十来天,为了聚人气,大方的四爷又请来众位亲朋好友,大摆筵席。为防万一,请上师在自家宅院布置了金刚界法阵。

奇怪的是,不知道是黑四爷过了噩运还是折腾真的起了作用。王夫人的病,在半个月之后,好了。

这段轰动京城半年多,传遍四九城的故事,终于落下了帷幕……

后来,郑学士一直终老在京城,1940年代去世。扎西罗布上师,去了山西五台山修行。

黑四爷经过此劫,也多少懂了凡事不可做绝,多做好事,自由天佑,多少算是大彻大悟,1920年代末就金盆洗手,把大把的钱布施给京城各大寺庙道观,带了夫人回白洋淀颐养天年去喽。

1924年,末代皇帝被冯玉祥的军队赶出紫禁城,故宫博物院成立。

1928年,北伐大功告成,全国统一。

而那枚神奇诡秘的法螺,再也没有回到宫廷,谁也没敢要,被王夫人礼送到京城白衣庵供奉,引得京城的善男信女老少爷们不断去观赏,咂摸着其中的故事。

1937年卢沟桥事变,北平沦陷于日军之手,再后来,白衣庵被毁,这枚法螺,就这样风流云散,消失在沉沉的历史之中……

回忆本身就是一件劳累的事,或是细节,或是年代,除了记在脑子里的,幸亏还有笔记本,再把这些支离破碎的片段用语言写出来,真不容易。算是比较完整地给大家描述了这段民国的老故事,您各位看看就得了,别当真,因为我也不知道真假。

就当一乐子了。

不过,以后家里有供养的神佛造像、法器都注意些,别让猫狗、不干净的东西胡乱碰。

还是那句话——你不信可以,但不能不敬!!

扳指记

一

这个故事说的是清朝光绪年间,具体哪一年,太久远,记不住了。

说的是山东临清州,有个人叫刘安生。他爹,是原先临清的一个武官,做到把总。

临清嘛,是大运河出河北之后的第一个重要码头,在康乾盛世那当儿,这里是商铺林立,五行八作秦楼楚馆遍布林立,就是远在江南一带的大商人,也得到这里来做买卖,端的是个花花世界,被称为"小南京"。

无论是康熙爷六下江南,还是乾隆爷南巡六次,都是打这里停靠御舟。因此,各衙门和街面上,建筑也是干净严整。

可后来白莲教大起义,加上江南闹长毛、北方闹捻子,大清国国事日衰,朝纲不振,曾文正公横空出世,带领胡林翼、左宗棠、李鸿章诸位大人,使了九牛二虎之力,才算平定长毛及之后的捻军起义,气息奄奄的大清国,才又延续下去。

临清也就衰败了。

然而,这种延续,也不过是耗尽了精力之后,病入膏肓的一种回光返照罢了。

刘安生他爹,是当年跟随李中堂的淮军,参加平定捻军战争的,功劳立了不少。但因为是山东人,不是安徽帮,又不识字,尽自当时朝廷赏了不少赏功证和银牌,却还是官升不上去,最后,只做到千总军衔的把总。

在湘淮军里,像刘安生他爹这样的,没有八万,也有四万多,朝廷怎么安排得过来?许多人当兵之后狠捞一把,过过瘾,也就被遣散,回家养老当财主去了,有些官瘾大的,花钱托门路,才挣上一个不大的小官。

毕竟朝廷的文武官僚,都有定制,一个萝卜一个坑,那些被赏赐提督、总兵衔的兵大爷们,车载斗量,哪里安排得过来？谁也得熬资格不是？

刘安生他爹,算是比较有运气的,遣散淮军时,他爹正跟山东巡抚丁宝桢大人,在剿土匪,战功不大,经验不少,就留在了淮军中,不大不小,也算个老军务。

可清末时节,朝廷银子紧张,又要大兴洋务,又得编练新军,发给旧军的饷银越来越少。武官又比文官来钱的道儿少,所以除了实权副将、总兵官,下属军官都过得不富裕。

刘安生出生以后,开始几年也像别人家官家少爷似的,实实在在多读了几本书,也练了一些武功把子。到了他十八岁这年,还没等家里人给他定亲,山东闹了瘟疫,父母双亡,加上本来家里也没什么底子,家人们四散,一个家就这么散了。

他爹临死,给他说了一条道儿——把家里的薄田、房屋、家具都卖了,换了盘缠,上京找他爹的军中老兄弟去吧。

还把一个黑绸子小包袱交给他,让他好好保管,不到万不得已,不能随便打开。拿出一封给自己老兄弟的信递给儿子,才撒手归天。

刘安生痛哭失声,从此,一个人开始闯荡了。安葬了父母,把家里东西田产卖了一百多两银子,背了个包袱,提溜着父亲留下的一口宝刀,连车也不雇,自己一人,踏上进京之路……

二

六月份的京城,正值盛夏,这天儿热的,能把人烤熟喽！！漫天的骄阳似火,烤得大地一片狂躁,连村带镇,土地板结,一群群没衣服穿的小孩子,皮猴子一样泡在河泡子里避暑纳凉。

过了通州,又走了半天,刘安生,才在快傍晚进了宣武门。

刘安生放眼望去,京城帝都,果然是天子脚下,万户辐辏,大街小巷全是鳞次栉比的人群和买卖商户，人挤马鸣，闹得人昏头涨脑的，五色神迷。

昏头涨脑地又找了半天，才找到了图样胡同，也就是他爹的老把兄弟家里。

胡同口，下午的热风终于过去了，一群闲汉和街坊正对着卖冰的摊子和西瓜摊子大口地嬉笑咀嚼着，不慌不忙吐着嘴里的瓜子片。

"凉粉来！冰凉开胃的凉粉喽！！"卖家的小伙计憋足了劲儿大声招呼着，门口的大盆里，一层晶莹剔透的凉粉上浮着一层冰块，旁边几十个大粗碗，盛的全是作料——红彤彤的辣椒、白色蒜末、绿色的香菜、黑色的酱油、绛红的香醋和浓浓的香油，五颜六色喜煞个人。

刘安生抿抿嘴咽了口吐沫，钱他倒是还留着不少，除了两张五十两的银票，还有二三十两散碎银子在包袱里。

可一会儿就要见自己那位素未谋面的老把叔了，这个时候在外头吃东西，多少失了礼节。

刘安生跺跺脚，忍着饥饿和燥热，走到了老把叔门口。

一座严整的四合院，黑漆大门上绛色的对联——忠厚传家远，诗书继世长。一笔颜体字很是精神。

门口有个小红漆牌子，写着——"兵部宋寓，不得喧哗，违者拿办"。原先听父亲说过，这就是京城的小官儿们，糊弄人的把戏，显摆显摆身份而已，五品以下最是流行，其实是纸老虎，认真不得。

小官儿们也得过过官瘾，可惜京城官太多，穿戴吃喝品级都制定得太严格，别的地方比不上，就得自得其乐地拿出点官威，吓唬吓唬老百姓罢了。不然，五城兵马司和巡查九城御史那些老爷们，岂不是吃干饭的了。

敲敲门，里面懒洋洋地打着哈欠问："谁啊！！这会子家里都准备吃饭了，什么事明天再说吧！水钱不是说好了过几天再算嘛！！"

门一开，出来个家丁，横眉立目的问："您是哪位？？"

家丁上下打量刘安生一番，见他十七八岁年纪，身高体壮，浓眉大眼，高鼻梁，弯弓唇，一条又黑又长的大辫子直垂到腰间。长得一表人才。身上穿着玄色细布的裤褂，蓝色的腰带，一双踢死牛的靴子，挎着刀，背着老大的一个包袱。

裤子上的泥点和看不出颜色的袜子，满头的大汗，显见是走远道儿来的。可看这人既不认识,又穿着一般,却神采奕奕。

刘安生知道人家在打量他,便温和地说:"我是宋老叔的远亲,特来拜访!!"

家丁一听话头儿不对,明白刘安生是个生瓜蛋子,也不懂"规矩",就大大咧咧地说:"哦,这年头儿,都说是亲戚,不是打秋风就是哭穷,哼哼,有帖子吗??哪来的?叫什么名字??"

刘安生一听勃然大怒,顾不得擦汗,虎目圆睁,就想动手,看这瘦了吧唧的家丁,一拳一个没问题。

转念一想,自己来了生地方,寄人篱下,不能第一次就让人下不来台。

想着就拿出父亲的信,递了过去:"劳烦老哥,送给你家主人,就说山东临清刘安生来拜!"

"懂规矩吗?"家人接过信翻来覆去看了看,伸出一只手。

"什么规矩??!"刘安生的火一拱一拱。

"哦!!合着您进京连规矩都不懂啊!俗话说,五里不同风,十里不同俗。我们这是天子脚下,干啥有干啥的规矩,这里不是天桥的杂八地儿,是兵部宋老爷的家,就凭您一封信一句话,我就得跑来跑去好几趟,您不得意思意思??"

刘安生一伸手,噗地抓住家丁的胸口衣裳,怒道:"爷不懂!!滚进去,见了宋老爷,就说他老兄弟的儿子,亲自来拜访,不然……"猛地一松手,家丁摔了个大马趴。

"好小子!!你敢打人!来人,把这个要饭的疯子抓起来,送……"

话音未落,只听一声断喝:"门口怎么回事!!晚上饭没吃就开始撒野啦!"

刘安生一看,摇摇摆摆走来一人……

三

刘安生定睛一看,来了一个五十出头胖墩墩的官儿。

这身肉,足有一百九十多斤,颤巍巍的像怀了孕的妇女,身材中等,两只铜铃眼,一双扫帚眉,一对鼻孔却小如黄豆,不知道的猛一看,活脱脱一只野猪成了精!!

头上戴了一顶亮纱嵌玉的瓜皮帽子,一块碧玉帽正不大不小,细蓝布的大褂,斗大的蒲扇手上,还附庸风雅地拿了一柄湘妃竹的扇子摇来摇去,胸前垂着一架墨晶眼镜。这打扮,说文官吧,不靠边;说武官呢,又装腔作势得厉害。

"老爷,这小子不知道什么来历,在这里大呼小叫的,还想打人!"

当官的上下左右仔细打量了刘安生一番,不认识。礼数上还好,也是这些年官场里待得久了,早就成了油锅里的豆子——滴溜儿圆滑。

"给宋老叔请安!!"刘安生叉手打千。双手递过信。

宋胖子接了信,左看右看,原来是老把兄弟刘某人给他托孤的遗言。顺带着,还说了一件往事。

原来,当年平了长毛,两人一起在军营同吃同喝,带兵冲杀,端的是好得一个人儿似的兄弟。在追缴捻子军时,宋胖子的营中了埋伏,眼见就要全军覆没,还是刘安生的爹亲自带兵从捻子后头搂头就打,才救了宋胖子一命,为了这,宋胖子当场指天为誓——结拜了生死弟兄,宋胖子还答应以后两人成了家,结个亲家。

白云苍狗,世事如烟,说起来,这都快二十五年前喽,自打两人分地做了官,宋胖子在京城也算混得风生水起,比老把兄弟强的多了。虽然大字不识几个,可靠着他大脑袋瓜里学来的官场那一套算盘经和从军时抢来的金银财宝的大撒把,着实显赫了,加上官职越升越高,跟刘安生一家早就没了联系,当年的誓言,也忘到爪哇国去喽。

最近,靠着为老佛爷六十万寿,捐了两千两的孝敬银子,朝廷恩赐由兵部候补员外郎,加三品衔,又因为跟兵部堂官大人走动的多,上头早就传下话来——分发外省,遇缺即补。

这份大运,在众多早就风流云散的老兄弟们里头,那是头一份儿!

今儿见刘安生来投靠,先有三分不快——心说:"这刘某人也忒不懂事了!这么多年往事了,还好意思说!!门不当户不对,这些年也没见你刘某人的孝敬银子和年节礼物,这就托孤了?!

"再者,你看看自己混的这个熊样子,模样长得倒还行,可这身衣服,真够人瞧的!! 别说女儿已经许了人,就是没定人家,也断然不会嫁给刘安生这穷叫花子!"

刘安生也是读过书的人,见宋老叔看了信,闪烁不明,心里有数,正要说话。

宋胖子把信放进袖子里,笑了:"哦! 是刘年侄! 怎么落魄至此? 最近京城不太平,花子要饭的不少,我让家丁看得严点,你别往心里去。快进来!!"

宋胖子这里,是个两进的大四合院,上房三明两暗,住着宋胖子夫妇,后头一个,住着未出嫁的女儿。

进了书房,刘安生见满屋的斯文气,不是书架就是笔墨,可都没动过似的,崭新。心里暗笑不已。

宋胖子坐了正坐,叹了口气说:"大侄子,这些年少有存问,你父亲也许久没有音信,教我想得好苦,不想,我们老哥俩沙场一别,就这么永远见不着喽!! 老哥,你走得太早啦!"

说完,假模假样地嚎哭了一场,滴了几滴眼泪,话里却有话——你老哥也没把我放在眼里嘛。

刘安生没听出来,还陪着悲痛了一回:"小侄父母双亡,潦倒至此,如今听家父遗言,前来投奔老叔,就找碗饭吃,请老叔接纳。"

说着跪了,泪水汪汪。

宋胖子没有答话,低头叹息一声,起身踱步撇撇嘴:"这是从哪里说起?? 别提这些伤心事了,大约你还没用饭吧? 大热的天儿,也得换换衣服,好好休息休息,我如今不比那些外官,应酬的事儿太多,不能多照顾你,你先安心住下吧。有事找管家宋贵,其他家里人我会吩咐的,不至于厌弃你。"

说着,掏出一块银壳怀表看了看,吩咐道:"贵子,备车,七王爷府里的管家请我吃酒,你休息,我先去了。"

说罢,宋胖子迈大步走了。

刘安生呆呆坐在那里,自己原来看过父亲的书信,知道结亲一事,现今见宋胖子绝口不提亲事，又遮遮掩掩口是心非，再听闻后边叫嚣："老刘！随便陪点吃的得了！又不是正经主子，还给他准备八大碗呢！"

心里不禁闷闷不乐——这正是，富在深山有亲友，穷在闹市无人知！！

刘安生就这么住下了。起初，睡在厢房，还有个家丁伺候着，吃喝都跟宋胖子在一块儿。后来，连吃饭也早一顿晚一顿，不让他上桌了，吃的都是宋家剩下的残羹剩饭，住处，也从厢房，搬到了下人住的地方。

各种冷嘲热讽纷扰而来，宋胖子又躲着不见人，刘安生只得打叠精神，除了每天帮宋家干活，就是读书练武。

刘安生来了宋家，别人都瞧不上，后院住的宋小姐，却看上了。

这是宋家的第三个女儿，才十七岁，生得落落大方，宋胖子没儿子，只得过继了一个亲侄子继承自己这一房头，却把女儿当儿子养，从小请了先生教她读书，开始也就是为了博自己乐，不想宋小姐秀外慧中，不大便读了几百篇好文章在肚子里，写得又是一手好字，引得宋胖子的同僚好友们，无不称赞。

可那当儿，男女大防嘛，礼制在那儿摆着，两人虽然在一家住着，可后院像宫闱禁地一样，成年的男家丁都不能随便进，何况刘安生一个外人呢？？

宋胖子打着好主意呢——他看出来了，这个老侄子读书练武，都不错，而女儿又出落得美丽大方，如果刘安生能考中个举人进士的，想想还能凑合凑合。如果不成，兵部、刑部的大人们家里，儿子有的是，还怕委屈了女儿？？

这就是宋胖子尽管不喜欢刘安生，还能给他一口饱饭吃的缘由！

这个双保险的法子，自然只能存在宋胖子的肚子里。不过事与愿违，那几年，先是老佛爷的万寿节庆，让东洋人小日本给搅了，北洋水师全军覆没，朝廷大败，又派了李中堂去日本议和，原定的恩科免了。

宋胖子这个候补员外郎分发外省补缺的好事，当然也免了。

后来，朝廷大肆借款，又消减各衙门开支，差点把宋胖子给减下来。

而再后来的顺天府乡试，刘安生又名落孙山。

一件事挨一件事，让宋胖子对这个老侄子彻底死了心。

亲自操办着，把女儿许给了刑部司马大人之子，定了婚书，就等成亲了。

四

刘安生和宋小姐,两个年轻人的心,可绝不会被一堵高墙阻挡,在宋小姐贴身丫鬟的协助下,两人不时地鸿雁传书,但迟迟不能相会。

这天,正巧宋胖子给女儿找的女婿,司马大人的儿子,司马可来府过礼,这爷俩同类相似,好得跟哥俩儿似的,而司马可此人,更随他那位刑部刀笔吏的父亲,残忍狠毒,面上却一团和气,看起来也是一位翩翩佳公子。

宋小姐的丫鬟出来正想给刘安生送信,不巧,又被派了别的差事,一忙乱,把信给丢了。

正好被司马公子偷眼捡了去,司马公子看了看,眼里淡淡涌上一层不易察觉的奸笑,就藏在了袖子里。

翁婿两人正在客厅吃酒吃得高兴,司马公子好似漫不经心问道:"岳父大人,尊府上那位刘公子听说是您的老侄子,那么说,算小姐的远亲喽??不知道小婿怎么称呼呢?"

宋胖子大大咧咧撇着嘴:"我的好女婿,你不知道,那小子也不算什么侄子,不过是个原来故交的儿子,父母都死了,跑到家里吃白饭而已。哎,本来我还想栽培栽培他,让他考个功名,没想到是个白给!个子不小,也是个窝憋子!"

聊着喝着,又把当年那些往事添油加醋一说,司马可心里有数了。

给宋胖子满了杯酒,笑道:"还是岳父大人仁慈温厚,忠义无双!我看此人,面貌非常,不像个世家子弟,别是来骗吃骗喝的骗子吧?而且,这种人留在家里,恐怕不妥……"

宋胖子一摆手:"过奖了呵呵,我行伍出身,信义二字还是铭记在心的,做我们这行,不就讲究一个忠义嘛!

"留他在家,还能帮着干点活,省了不少雇人的钱呢……嗯?!!你刚才话里有话啊!"

宋胖子也不傻,听女婿最后一句话有疑,猛然惊醒。

司马可笑着,不言声递过那封捡来的信。

借着幽然的烛光,宋胖子一看,不禁怒从心头起,恶向胆边生!

屋里死寂。

信上是一首唐诗——锦瑟无端五十弦,一弦一柱思华年。庄生晓梦迷蝴蝶,望帝春心托杜鹃。沧海月明珠有泪,蓝田日暖玉生烟。此情可待成追忆,只是当时已惘然。刘公子留念。

"啪"的一声,宋胖子厚重的巴掌拍在桌子上,酒壶酒杯震得半尺高!

痛恨女儿不守妇道,大婚在即了,还给一个穷小子闹腾起来了情分儿?!

肯定是刘安生这个小畜生先勾引的女儿。

三尸神暴跳,大胖脸不停抽搐的宋胖子带着歉意:"让女婿见笑了,这都是我治家无方才出的丑事!你要是不说,我他妈还蒙在鼓里呢!小女无才,如果你介意,我亲自登门,向亲家请罪。把刘安生绑起来,送到步军统领衙门治他个调戏良家女子之罪!"

司马公子的吊梢眉一挑:"岳父大人何出此言哈哈哈,这种事,大家子里谁家没几件??六爷府里的贝勒爷不是还跟婶子辈的搞在一块了?这必然不是小姐的主使,小婿是说,这事不能闹大了,闹大了两家包括小姐脸上都不好看,可恶恨难平,小婿的意思,今晚就把这个祸害除了!"

"今晚?!!"宋胖子脸上的肉颤动得更厉害了,突突直抖!他知道,这是京城重地,可不是山村野地,随便杀个人都行,不然五城兵马司和巡城御史那些老爷们,做什么吃的?!

可不除去刘安生这个祸害,不仅自己心里不满意,而且女婿一家怎么看自己,更别说听吴小军机透过风,亲家司马大人,就要升刑部侍郎了……

看宋胖子的熊包样,司马公子冷森森笑道:"不劳岳父大人动手,小婿自有安排。"

说着起身走到门前,左右看看无人,"噗"的吹灭了两根蜡烛,房里的光线顿时阴暗下来。

"岳父大人,我看,只得如此这般……"

天空一个明亮的闪电划过,接着一个石破天惊的炸雷响起,撼得屋子摇动,在巨雷闪电映照下,两人正窃窃私语着。

他们不知道,西梢间的窗户外,有个人正在偷听。

大雨,瓢泼直下。

五

夏雨越来越大,一声接一声的闪电猛烈地撕开天空,瓢泼似的大雨下得京城一片雨幕。一声悄悄的敲门声惊醒了正在熟睡的刘安生刘公子,练武之人,本来睡眠就警醒,加上最近听说宋小姐要出嫁,那是心乱如麻,谁还睡得着??

"谁??"

没有应声,门环又悄悄响了两声,刘安生披衣起床,开了一条缝隙,两个黑影婷婷袅袅闪了进来。屋里没有点灯,刘安生忽然闻到一股淡淡的脂粉香气,血气方刚的少年情怀,立即被引得心猿意马起来。赶紧平平心情,问:"是翠环吗??"

"刘公子,是我们家小姐带了翠环,前来搭救你!"

黑暗中,刘安生只能借着闪电和霹雳的震动亮光,注视着面前的宋小姐。披了雨披的宋小姐,看不出穿戴,只是强忍着镇定,脸上也不知是雨水还是汗水,只瑟瑟发抖着。刚要开口,刘安生的读书人书呆子脾气有点犯了:"宋小姐,这么晚了,男女授受不亲,刘某是个正经人,只是……""我的公子爷!你是糊涂油蒙了心啦!我们小姐不是正经人?!是有人要……杀您!!"

翠环压着声音为小姐打抱不平,气得都想拿扫帚抽他:"这爷们儿,看起来高大魁梧的,书呆子气太浓了。"

"没工夫细说了,刘公子,这里不是善处之地,我爹和那个狼羔子要杀你,已经准备动手了,公子赶紧出去避避吧。如果……如果有缘分,咱们再会。"

刘安生一时毛骨悚然了！！几乎忘情地握住宋小姐的双手，根本不信她的话，宋老叔确实对他很是失礼，脸上的冷漠，是个人就能看出来。可公然在天子脚下杀人，他瞬间有些动摇！但由不得他不信。哪有自己知书达理的闺女污蔑父亲的?！立即攥紧了拳头，握得小姐一阵疼。窗外轰隆隆又是两个闪电过去。"千万别耽搁了，这是翠环妹子伺候酒宴才听来的，宋公子，岂不闻知人知面不知心的老话儿？？我虽是个女儿家，也读了几本书，知道世道的险恶，公子大才，必有出头的那天，千万不可为此不顾身家性命，既然我相中公子，必当来救护，这是三百两银票和几件首饰，就当个盘缠，公子速速离去！"看得出来，宋小姐第一次见了父亲之外的成年男子，还是自己心仪的，脸色涨得红润。

说着递过一个小包袱，想想，又从腰间解下一块玉佩递过来："公子权作纪念吧。翠环，送公子从后门走！快！"刘安生急切间听出了宋小姐的无奈和急迫，感动得不知所以，他是身无长物之人，赶紧把玉佩揣进了怀里，又把宋小姐的包袱塞回去："大恩不言谢！小姐之情，刘安生毕生谨记，这些东西我不能要，我这里还有些积攒。"

说着立马收拾了自己行李，想到小姐的温情，想赠给小姐一件随身之物，可找来找去没啥东西，猛然想起父亲去世前给他的那个小盒子，说危难之时打开，这不就是危难之时吗?！赶紧打开了，里面是一把小刀和一件扳指，底下还有一封信，来不及多想，刘安生随便摸了扳指塞进小姐手里，那冰凉的触感，激得小姐一阵颤抖。

出了屋，翠环在前，刘安生随着小姐慢慢走进后院，蹚着花间小道上的积水，转过一个小屋，眼见一个黑乎乎的角门，翠环站着摸索出一串钥匙，打开了，刘安生一看，外面黑洞洞伸手不见五指，闪电不停划过天空。

四周一片翻江倒海风雨雷电声，震得人肝胆欲裂，激动紧张而感动的刘安生紧紧握了握宋小姐的手，抱抱拳头，转身大步离去……

又是一声闷雷在头顶上划过，宋小姐借着翠环的手，谨慎地回房，手里紧紧握着那枚扳指，手中刘安生身上那股炽热还留恋不已。转过天来，宋小姐就一病不起，起初只是普通的伤风，可毕竟是花一样的年纪，心里装不下事儿，又惦记着刘安生，又怕父亲来追查，又害怕病好了就得出嫁，整天胡思乱想,因此身病好治,心病难医。这么着,病体就越来越沉重了。

宋胖子听家丁说刘安生不告而别,大惊失色,心知有内鬼报信,一时间却查不出来。毕竟京城杀人跟战场上不同,加上心怀鬼胎,惶惶然了几天。后来,还是司马可手面大,暗地里,请了五城兵马司的老爷,下了搜捕文书,说刘安生盗窃官帑、畏罪潜逃、四处捉拿。闹了好几天,也不见人,可听说小姐病了,就成天大包小包地送礼,来探望,虽说进不了闺房,也算隔岸闻香吧。

十来天过去,宋小姐竟然气若游丝了,吃了多少药都跟泼在沙滩的水一样,不管用。宋胖子和夫人长吁短叹,来了闺房探望,夫人哭天抹泪地呼喊着,眼看这位花容月貌的女儿,就要去了……"咦??"宋夫人见昏睡不醒的女儿手攥着拳头紧紧的,想掰都掰不开,以为是女儿心里有事放不开,叫宋胖子来看。

宋胖子一手掰开女儿的手,赫然出现了一枚晶莹翠绿的男子带的扳指!!脸色立即沉了下来。那当儿,尽自外面世界大势早已风起云涌,京城里的那些王孙公子、八旗子弟,还沉迷在祖宗的功劳簿上,竞相奢华,各种老的、新的、中国的、外国的玩意儿层出不穷,珍奇斗艳。

话说旧时京城有这样一话由儿,说"子弟手中三件宝,扳指鸟笼玩核桃。"其意明显,是指京城纨绔子弟们平时所玩不外乎老三样儿,斗大的扳指套大拇指上,养八哥金丝雀儿提个鸟笼,手里把玩两只核桃,没事儿出前门听个戏,寻两个小妞儿喝个花酒,这日子也就一天天过去了。

这三件玩意儿,加上鼻烟壶、京绣八件和扇子,那是京城八旗子弟们最爱的物件,鸟笼子和核桃,还得分个品级、阅历和年龄,而扳指,那是京城里,上到亲王贵胄,下到年轻少爷,内到皇帝皇子中堂侍卫,外到督抚将军们的最爱之物。这物件,没有任何材料、年龄和品级上的限制,因而,各人都龙王爷赛宝似的,花了大价钱从四处踅摸。连京城子弟书里,都有专门形容这玩意的!

如少年侍卫当值时的服饰是"精奇泥哈番顶儿红,俏摆春风的孔雀翎。时兴的帽样儿拉三水,内造鲜明紫杠缨。翡翠翎管金镶口,翎绳儿在帽外头耷拉着蛱蝶相逢。院样儿靴子三直平底,提字号是京都久寓的内兴隆。外套儿是带嗉的貂皮月白绫子做里,库灰线绉火狐皮袍暖而轻。小荷包平金打子三蓝的穗,天青色扣绉搭包里儿红。表抽儿是顾绣瓜蝶赤金口,羊脂佩是寿山福海喜相逢。戴着个油盘三针常行随表,他偏说是钢轮金套单版搂钉。小刀子是镶银什件秦鲤鱼的鞘,大火镰嵌宝镶银式样精。菠菜绿的扳指赤金挂里,水上漂的烟壶儿盖是紫晶。水烟袋是大小两分和阗白的嘴,荷包是红皮太平袋戳纱小胆瓶。"(《少侍卫叹》)

因而,宋胖子见了这种专属爷们戴的物件,转念一想,就知道刘安生是怎么逃走的。不禁勃然大怒,不顾宋小姐有病在身,也不顾夫人在旁。把自己半生学来的那些骂人的话,一股脑的倒在宋小姐身上,才刚刚十七的小姐哪里见过父亲这么狰狞可怖,顿时又羞又恼又惊又怕,眼珠子一翻,身子一挺,归天去了。宋胖子以为两人早定终身,女儿破了身,恶狠狠把这枚晶莹碧绿的扳指扔在了女儿的尸身上,跺跺脚咬牙切齿地扬长而去!剩下宋夫人一人扑在女儿尸体上哭得昏天黑地。

六

宋小姐一死,宋家给司马家送了信儿,这就忙起来喽。

老年间的京城死了人,那是大有规矩。

皇帝驾崩,官员过世都有朝廷的典制,老人寿终,办个喜丧这些自不必说,单说少年夭亡和青年死去。

本家有父母或祖父母在堂的,不能亲自出面,得请人,京城里有专门做这个的,晚清开始大肆流行,或是老太太,或是老头,都有丰富的民俗文化知识和礼仪知识,能把各类婚丧嫁娶办得既体面又合乎规矩,即使有些小小不然的疏漏,本家和客人们,绝不敢挑礼儿,反而会觉得人家说得有道理。

这类人,就好似朝廷里礼部郎官和内务府掌仪司的司官,对京城一带的礼仪门清儿。

请来这类人之后,因为去世的是青年人,尤其是未婚的,那可不比老人去世,只能在门口挂丧吊子,不能大肆发丧帖子,请的也就是本家和最好的亲戚。

接下来,请阴阳仙儿来定丧事日子,去棺材铺买棺材,扎纸铺买各类纸活计,连带着选坟地等,都得由懂礼仪的管事人来指定。

自然,阖府上下的大小家人们也得忙活着。

父母亲友中,凡是五服之内的,不能穿大丧服,尤其是父母,连白带子都不能扎,白花也不许带。灵前祭奠,不能站着,更不能跪着,得坐着。还得从家里人年龄小的里,选出一个指定给死者做儿女,由他在灵前供奉香茶果品。

这番折腾,可算把宋胖子一家累坏了。

宋夫人痛哭悲惨自不必说,就是宋胖子,后来想想自己膝下无儿,就一个最小的掌上明珠还这么窝囊死了,又气又急又悲又痛,不惜多花银子来填补自己的悲伤。

因为本家死的是女儿,所以,请的管事人,是方圆十里最有名的管事姥姥,姓张。

张姥姥做这行已然三十多年了,快七十岁的人,鹤发童颜身康体健,一身蓝边黑布大褂,宝蓝色的三寸金莲绣团花鞋,手里一个湘妃竹的长旱烟袋,精神矍铄神采奕奕,干净利落,一看就不简单!

虽说拿人钱财与人消灾,张姥姥住得不远,对宋家这档子事儿,多少也有些耳闻,因而对宋胖子满眼的瞧不上。

在小殓那天,张姥姥跟宋夫人说了,孩子还没过门就死在家里,不能委屈了她,应该把她活着时候用的东西,多多带了去,才能有助于在阴间消怨气。

这番话,在失去爱女的宋夫人听来,可是大获我心之词。于是乎,让管家定了一个硕大的杉木棺材,把宋小姐用的金珠玉串、金银首饰、房里摆的珠宝玉器和各种小玩意放进了棺材,光绸面被褥就放了七床,簪环衣服塞得满满的。

宋夫人知道小姐心愿,便偷着,把那枚刘安生公子送给小姐的扳指,套在了小姐手上,看看面容惨白的尸体,又忍不住失声大哭。

又请了观音庵的尼姑,念了一夜经文。第二天,小姐的灵柩就移送双林寺暂时安放了。

十六人的大杠,压得十六个正当年的壮小伙子龇牙咧嘴——各位心里都明白,这陪葬的东西,多了去了!

那位问了,为啥宋小姐第二天就出殡,还得送到和尚庙里暂安呢?

这也是当年的老规矩——未婚的少女死了,不能进祖坟,不能进祠堂祭祀,只能先暂时存放在别处,等挑好了离祖坟近的坟地,或者请阴阳仙儿凑合了阴婚,才能正式入土为安。当然,这是汉人的老礼儿,满人不这么办。

张姥姥紧忙活着,算是在紧紧巴巴的日子口儿,给宋家圆了脸面,大面上,亲戚们也没看出啥。宋胖子和宋夫人,那是千恩万谢,宋胖子亲自封了一锭五十两的大元宝,宋夫人又送了两匹绸缎、两对金簪,张姥姥在宋家又吃了一顿丰盛的酒席,这才欢天喜地地回家了。

人家司马大人对这个没过门的儿媳妇,倒是很上心,给了五百两祭银,派了司马可亲自来上祭。

亲事嘛,自然是算了,司马家也不想让大公子弄个死人当媳妇,宋胖子自然也是无可奈何。

正当宋胖子和夫人为小姐的事,在家长吁短叹愁容满面。

这天,五城兵马司赵老爷突然来拜访。

赵老爷一身官服,大步流星进了客厅,没等问,焦急地说:"宋大人赶紧屏退左右!"

吓得宋胖子以为犯了什么事,立即把夫人、丫鬟赶走了。

赵老爷看四处无人,问了句:"宋大人,咱们不是外人,我负责京城地面儿,问您一句,前几天死的到底是谁?"

"啊?!"宋胖子顿时拉下脸大怒,"当然是小女!"

"您没弄错?!"赵老爷摘下凉帽当扇子,看看没上茶,不悦地问。

"您这是什么话?!难道我家死了谁,我……我还不清楚?!"宋胖子气得站起身瞪着赵老爷。

"哎呀我的宋老哥,您呐,赶紧去双林寺看看吧!出了大事啦!!"

"啊!!"宋胖子猛地颤抖,"什么案??"

"命案！！"

宋胖子一听命案，百思不得其解，赶紧换了官服，带了家人，跟赵老爷急匆匆赶往双林寺。

进了庙，一群人围着，不知道七嘴八舌谈论着什么，兵马司的官兵，早就封禁了现场。

等进了暂安棺椁的配殿，宋老爷定睛再看，不由得大喊一声，昏了过去……

七

双林寺，是金朝以来的古刹，寺庙雄伟高大，古树参天，据说大雄宝殿前面的两棵三人合抱粗大的柏树，是金世宗亲手种植的，因此而得名。

历代以来，这里香火旺盛，离京城又近便，所以，礼佛的居士游客络绎不绝。

自打大清定鼎燕京，世祖顺治爷崇尚佛教，更是广为修葺。然而，后来的几位万岁爷偏向了喇嘛教，把藏传佛教的黄教推崇得无以复加，汉传宗派，反倒落了下风。

同治以后，双林寺年久失修，香客稀少，门可罗雀，没了进项，老和尚也得吃饭呐，只得想了办法——外省外地和因各种原因病死在京都的官员、商人和有钱人，不能立即入土，可以在双林寺暂安棺椁，每年送给寺庙里一笔不菲的费用。寺庙里的和尚们，还能帮着超度超度。

这样，双林寺才传下来。

今儿个来了双林寺，宋胖子见了女儿棺椁，为啥大喊一声昏了过去？？

原来，前几天才刚刚安放在西配殿的硕大棺椁里，宋小姐的尸身早已不知去向，赫然见里面躺了一个络腮胡子的中年汉子，面目狰狞，头颅被砍得面目全非，满棺材的鲜血耀人眼目，十分吓人！！

棺材外，地下还趴了一个小和尚，背上插着一把血染的匕首，也是面目可怕,死于非命。

　　一案两命,还牵扯到了官家小姐尸身失踪,方丈见了毛骨悚然,当天就禀报了京城东城巡街御史和五城兵马司。

　　两个衙门听说帝辇之下出此巨案,吓得两腿颤抖,都不敢怠慢,立即调动衙役官兵,把双林寺围了个水泄不通。

　　兵马司的赵老爷,跟宋胖子有过几面之缘,看看现场实在太惨,赶紧叫来宋胖子指认,这才吓得宋胖子魂飞天外。

　　等救醒了宋胖子,连喝了几碗姜汤的宋大人,呆呆看着满地血污惨怖的配殿,悲从中来,一面痛苦,一面断断续续把女儿死亡前情说明,当然,刘安生这个名字是不能说的。

　　赵老爷耐心听完,一点不得要领,又审问了当夜值夜的和尚和火工,也没头绪。只得让仵作验尸,又带宋胖子去了方丈室内,慢慢询问。

　　宋胖子心乱如麻,哪里记得起什么缘由,只想起来,夫人给小姐陪葬了不少金银珠宝,就说了。

　　"哦?!"赵老爷也是京城里的老官油子,一听这话,心里明白了不少,"请老兄开个失单,不清楚的问问尊夫人,据小弟看,此事,必然是匪人盗掘棺材,分赃不均,杀人灭口!"

　　"可、可那个小和尚怎么回事??"宋胖子擦擦眼泪,也清醒了一些。

　　"这、就得慢慢查访喽。"

　　宋胖子回家给夫人一说,夫人又是一阵急痛,也病了。闹得宋胖子一肚子怨气火气没处发。

　　俗话说得好——不怕贼偷,就怕贼惦记!

　　等兵马司赵老爷一看宋胖子送来的失单,大吃一惊!——我说怎么不盗别人的盗你的呢!

　　哼哼,光这些个金银珠宝,贫苦人能吃一辈子……不偷你偷谁??

　　棺材里的中年汉子,查访了两月有余,也没查出是谁,热闹看完了,人们把这事也慢慢忘了。

　　话分两头。

　　宋小姐尸体哪去了呢??

有朋友猜出来了,这是不是牡丹亭里的还魂记呢?!

实话说,还真不是。

那天,宋家送葬的人,把小姐棺椁安放在双林寺西配殿,留下主持的人吩咐和尚们念经超度,其他的就回去了。

双林寺里,有个小和尚,法名广大,叫广大,人不大,二十出头,长得眉目清秀,一表人才,因为父母双亡,没了饭辙,才出家做了和尚。

这人,虽然出了家,可酒色财气一点没忘,端的是心猿意马的一个花和尚。

双林寺虽然放了不少棺椁,游览的人少了,但出门给各位施主做法事的活计,也不少。加上广大油嘴滑舌,嘴甜如蜜,方丈着实看重他。

这样,广大没少干那种出入大户人家内宅、钻妇人床头的勾当。

有句俗话不是说嘛——和尚们都是色中饿鬼。阿弥陀佛,罪过罪过。

广大就是其中之一。

听说宋小姐暴死,又是少女,所以,广大起了歪心思。

因为宋家等着配个阴婚,棺椁看着厚重,其实并没有下钉子,只是合缝之后,等着刷漆。

广大色心一起,有了主意。

这晚,几位僧人在配殿里给宋小姐念经超度,香火缭绕,熏得人昏昏欲睡。本来嘛,这些和尚也就是在别人家丁在的时候,念念经表示表示,等宋家的人一走,就剩了两个留守的家人,跟着忙活了这么久,也偷懒跑去睡觉了。和尚们看没人了,又嘟嘟囔囔念了一会儿,就散了。

三更时分,月色昏沉。城郊的双林寺,陷入一片黑暗。

"吱呀"一声僧房的小门开了,一个秃亮的脑袋伸了出来,广大四处看看,没人……

偷偷进了西配殿,昏暗的烛光下,硕大的棺椁赫然在目,借着窗外哗哗沙沙的树影和风声,让人心里毛毛的。

色心壮胆,广大关了殿门,摸到了棺椁前,深深吸了口气,隔着棺材,他仿佛闻到了宋小姐身上的馨香呢。

"咕咚!咕咚!"

广大正迷醉在自己的想象中,突然,不知道哪里发出一阵响动,吓得他汗毛直竖!

广大赶紧跪在棺材前,自己念叨着:"小僧久仰小姐芳名,想一睹芳容一亲芳泽,小姐阴魂未远,别吓唬小僧,保护小僧心愿得成!"

说完磕了几个响头,果然,声音消失了。

广大起身,仗着自己年轻力壮,使劲推了推,棺材盖吱扭扭扭,滑开了!

一脸淫笑的广大松了松僧袍,闪目观瞧,棺材里,一片金辉璀璨,珠光宝气慑人气魄!一位天仙似的小姐,正躺在那里悄无声息。

广大火气上涌,哪还忍得住,闭眼俯身就要亲嘴,不料,烛火"噗"的一声被阴风吹灭了,一双冰凉的爪子抓住了广大的秃脑袋,一个奸奸瑟瑟的声音传入耳中。

"还我命来!!!!!"

广大和尚,正要轻薄宋小姐的尸体,此时一阵阴风骤然刮起,棺材里传出一个声音。

"还我命来!!!!!!!!!!"

那广大不听还好,乍闻之下,直吓得魂飞魄散,心胆俱裂,"啊呀"一声尿了裤子,软倒在棺材边。

宋小姐,慢慢坐起来了!!

此时,配殿的门吱呀呀开了个小缝,一个中年汉子闪了进来。

冲到棺材跟前,也是一惊,仔细观看,宋小姐满身大汗,气喘吁吁,原来,她没死!

要说无巧不成书,宋小姐被宋胖子大骂一顿,气涌咽喉,顿时身亡,其实是尸厥之症,中医讲体气素弱,气恼闭了静脉所致,但宋家人并没有发现就小殓入了葬。

又赶上京城老礼儿,青少年在家亡故,不能按照风俗停灵三天,当天就得下葬,所以宋小姐在棺材里,被闷出一身冷汗,幽幽然又醒了过来!

到了晚上,这才觉得自己身在棺材里,不能出来,听和尚念经,知道自己身在寺庙。

要说宋小姐也是胆大,毕竟读过诗书,胸有城府,想到万一自己喊叫起来,怕惊了众人,慌乱之下,怕是诈尸,万一被一把火烧了,岂不冤枉。

而满身的金银珠宝,又让宋小姐有了算计,只等待出来的机会。

果然,广大和尚淫心大起,开了棺材就要轻薄,宋小姐急中生智,扮成幽魂猛地一吓,才脱离了险境。

然而,来的中年汉子看到宋小姐花容月貌娇喘吁吁,又见棺内珠宝辉煌,早已按捺不住,上前就要动手。

那位问了——这中年汉子是哪个??怎么夜晚来双林寺了呢??

原来,这汉子,是京城管事礼仪奶奶,张姥姥的侄子!!

张姥姥在宋家得了财物,又吃了酒宴,醉醺醺回了家,正赶上自己的亲侄子,张财来探望。

张姥姥自己有儿子,跟着威泰镖局一直在口外走镖,成年不回家,又没有儿媳,因而张姥姥自己过活,儿子不过半年六个月送些钱物特产。张财呢,不一样了,这小子,在京城是个有名的地痞无赖,蹿寡妇门,挖绝户坟,干尽了坏事。

从小,父母双亡的张财,是张姥姥拉扯大的,平时再坏,对这位姑母,还算有些良心,时不时来探望探望。张财在街面上欺负弱小,开宝局子赌钱,也捞了不少,可贼心不死,知道张姥姥在京城大宅门里,赚了不少钱,儿子又不在身边,因此就惦记上了。

张姥姥也是个老人精,看侄子接长不短儿的来探望,自己孤身一人,儿子又远在口外,担心出事,每次张财来家,带点点心水果,老太太都不让张财空手回去,多少给他些银子礼物,算是维持着这颗狼心。

这天张姥姥昏呼呼刚回来,张财就来了,提溜了两包核桃酥算是孝敬。张姥姥正得意呢,于是拿出一匹绸缎,送了侄子,又把宋家小姐出殡,陪葬了多少珍宝,炫耀似的说给侄子听。

说者无心,听者有意。这张财一听宋小姐棺材里全是金银珠宝,就惦记上喽。

赶到天不黑就出了城,找了个野茶馆,吃喝一顿,夜半时分,才进了双林寺,就要动手,正赶上这一幕!!

张财看广大和尚吓得哼哼唧唧趴在地下不能动弹,又见美女金银,恶向胆边生,"噌"地从靴子里拔出一把匕首,猛地刺进了广大的后心窝,结果了他的性命。

这才淫笑兮兮地抓住了宋小姐的手腕。

"小姐,您命大,别抻着了,跟我回家享福去吧!!"拿了棺材里的绸缎,左右划拉划拉,把陪葬的金银珠宝打成了包袱,拉着宋小姐就要走人!

在这千钧一发之际,外头咯吱咯吱响起了一阵夜猫子的声响,张财一抬头,大殿的门口站立一人,还没等他招呼,耳轮中只听"噗"的一声!一把明晃晃的钢刀,就插进了他的胸膛!!

来者不是别人,正是被宋小姐救走的那位刘安生刘公子!!

原来刘公子当日被小姐送信出走,决然不放心这位美丽善良的女子,就偷偷在大栅栏一带的旅店住下了,暗中盯着宋家,不料两天后,宋家传出凶信儿,宋小姐暴死,刘公子狠狠哭了一场,就埋伏在双林寺周围,想暗中祭奠。

正巧,这天晚上,刘公子借着夜半时分,来配殿祭奠,发觉了张财杀人劫财之事,当即出手,杀掉了张财,又不解恨,砍了张财几刀,把他尸体放进棺材,推上盖儿,这才发觉自己也是一身冷汗。

自然了,别忘了刘公子才刚十八九岁年纪。

刘公子看着早已吓得神情迷乱的宋小姐问:"小姐命大,小可送您回家!"

"公子千万不可!"宋小姐稳稳心神,说"本来我父亲就联合司马家要杀公子,万一回家,事情败露,这杀人劫财的罪名,岂不是要落在公子身上??为今之计,我看只有先逃出去,找个地方安身,再作打算!这些陪葬,正好做个盘缠。"

"这……恐怕委屈了小姐!!"

"小女不才,愿做红拂女,公子难道连李相公的胆识度量也没有吗?"

刘公子一听,小姐把红拂女和李靖的典故都比出来了,早就千情万愿,立即背了小姐,提了包袱,离开了双林寺,消失在沉沉夜幕之中!!

刘公子和宋小姐,都才十七八岁,虽说逃出生天,去哪里落脚,颇费思量。想去南方避难,可小姐毕竟挂念家里的父母,再说刘公子又要准备科考,两人在昌平住了几个月,又转回了京城,潜伏在南城,租住在一个三合院里。

这所院子,在南城唐家胡同,地方偏僻,住家也就二三十户,都是普通老北京,离宋小姐家远得很,不怕家中知道。

自此,两人过起了甜蜜的小日子。

按宋小姐的想法,刘公子要先用功温习功课,待两年后的科举考试,反正带的那些陪葬的金银珠宝,足够两人过个半辈子。因此大门不出二门不迈,自己在家伺候刘公子,也为了躲避闲人。

刘公子可不是这么想的,他毕竟遭受过父母双亡,舍家撇业的危难,知道有金山银山,也得坐吃山空。自己闲来无事,在家读书习武,想着再出去找个差事,多混点嚼裹。

干点什么呢??还得不招风显眼,还得能赚点钱养家。

思来想去,检点宋小姐陪葬的珠宝,刘公子有了主意。

两人虽互换了定情信物,但毕竟在家,用不着那么讲究,宋小姐就把那枚扳指跟自己的陪葬玩意,一起珍藏了。

刘公子想定了,换了身短打扮,出门奔了大栅栏。

天子脚下,万方辐辏之地,说起来京城的富贵繁华,就是苏杭江宁等地,那都是不能比的。

那些五行八作齐集,青楼会馆云聚的地方暂且不说,就是普通最热闹的地界,一是天桥,一个就是大栅栏了。

天桥是老北京看热闹的地界,跟隆福寺火神庙的厂甸相似,而大栅栏,则都是坐商了。

这里,也是京都数百年老字号云集之处,而跟琉璃厂那种书香文雅不同,此地是吃喝药物珠宝金银钱铺杂玩汇集,平日里就人头涌动,到了年节和皇帝万寿、大婚,这里的铺子更是热闹翻了天!!

为啥??这里的物件,都是京都八旗贵胄、世家大族和富豪官僚们喜爱的玩意,当作贡品的珍奇宝物应有尽有,而价值不菲,远远不是琉璃厂那种文人雅士逛街的去处。

而廊房二条,就是帝都最为有名,也是驰名海外的京都第一珠宝市场。

前文书说了,在老年间,琉璃厂、厂甸、各寺庙庙会和大栅栏的珠宝市以及打小鼓的,形形色色等级分类详细。

那当儿,任谁也不会轻易随便经营别处的长手货,就是专业玩意儿。这是规矩。

您要上琉璃厂买珠宝,对不住,人家店家即使有,也是寥寥无几的几件传世的小玩意,绝不会大包大揽的给您端上珠宝盘子请您挑!在老北京的话里,这是打醋的碰上卖盐的——完全满拧!!

反过来亦然,您要去大栅栏廊房二条买古董书画??对不住,不仅没有,即便是有那么几件,也是店里陈设的玩意,决然不会卖您。

这种牢不可破的行业规范,没有那么明文书写成文,但在老年间,却铭刻在每个商家的心里。

唱戏还得讲究个合辙押韵,乱买乱卖,岂不让人看笑话,成了棒槌?!!

自打前明那当儿,大栅栏已经成了规模最大的坐商区域,经过大清两百多年的发展,历经风雨,这里确实成了贵人、福晋们爱逛的地方。

而这里的三条、五条等处,又是牛街的清真们玉器手工匠人的天下,您只要想买,各类珍品玉器,色色精美。

刘安生想在这里找个合适的差事,哪怕当伙计也成。

然而,他想错了。

就像外省人到了京都,连花钱都闹不明白怎么花一样,这里的规矩,那叫一个严肃整齐不近人情。

那位问了,怎么到了京城不会花钱了?

非也非也,那当儿,京城的钱跟外地不一样。

外省各地,包括通州、天津卫都用制钱、白银和银票。

京都不是,京都用大钱,也就是咸丰三年之后,朝廷因为平定长毛乱匪,因军费不足,铜材缺少,铸造的当十大钱,名义上一个大钱兑换十个制钱,然而,老百姓却不认,又薄又毛的铜钱,一个当十个??骗傻子呢。

所以,进了京城,您买东西就要忙活了,先去找钱铺,把带来的制钱银子按照京钱的标准,换成大钱,再按照大钱的购买能力,去买东西!!

反正一般人来京城,绝对蒙了,因为京城的铜钱汇率跟外省绝然不同。

这种特殊规矩,更彰显了京都各行各业跟外省不同的行业规矩和标准。

假比说大栅栏的珠宝店铺,收学徒的规矩,不仅跟其他衣食住行五行八作不同,就是跟同类的琉璃厂也不一样。

来了这儿,想当学徒,必须有五家铺面,或者其他商家的联合保证,写个字据,叫铺保。

三年之内,没有工钱,只能在柜上吃饭,再过两年,每年年底结余,干得好,给几个钱;干得不好,店里直接辞人。

三年之内,不能无故请假、偷懒耍滑、旷工等,必须遵守店里的规定,不能随便离开,晚上不能随便外出,不能结婚娶媳妇,不能抽烟喝酒赌钱听戏,不能……反正一切基本都不能,算是卖给店里了。

等出了徒,虽说松了点,还是得照规矩办事,钱赚得不多。

有的大铺子,连铺保都必须得各省司官一级的官员们签名保证,可见规矩之大。

而店铺里的掌柜到大师傅,完全有任何理由把徒弟踢出去,一文钱不给,或许就是因为看你不顺眼或是早上忘了给师傅倒尿盆。

为啥这么严??

这里每家店铺里的货物,都是成千上万两银子的价值,高的有几十万的,资本之雄厚,别说一般买卖家,就是当铺、金店等地方,也不敢跟这里叫板。

而这里的东家,也全是腰缠万贯的金主儿,不服气?随便拿出一颗南珠,就能买您一溜铺子!

所以,刘公子对此完全蒙了。

来了这儿,猛一看,廊房二条,就是一条不到三百米的小街,道路狭窄,门脸小得还赶不上自己老家临清的磨坊大,屋宇毗连,街道一般,一点也不气派。

但是,这就是外表了,往哪家店里仔细一瞧,立即会把你带进一个珠宝乾坤世界!

这些店铺,在外行人眼里,基本都是一个模子,但在买卖经营上,有明显的区别。

主要呢,有三类。

第一类,是经营玛瑙、珊瑚、绿松石、顶珠、蒙古藏地首饰的蒙藏铺子。

第二类,是经营翎管、戒指、朝珠、帽正、带钩、带扣、烟嘴、鼻烟壶和各种满汉妇女首饰的本地铺子。

第三类,则是经营各种东洋、西洋宝石、珍珠、翡翠、碧玺等首饰玩意儿的洋铺,一般有法国铺、英国铺和日本铺。

这跟古玩行当一样,也是分门别类层层细化得厉害。不懂行的人一进来,准得懵了!!

刘公子蒙着码子逛游了好久,既没有铺保,也没有介绍人,谁敢用他??

回家跟宋小姐说了,倒被小姐笑话了:"你也不问问我,那里能是一般人去做伙计的??没有十年八年你也出不了师,再说了,就算出了师,也不给多少钱,还得吃住在那里呢。他们也收东西,你想进去,等考试可就误了。"

见刘公子生气,小姐思索着说:"这么着,你真想去,我有个主意,花点钱去各省印结局,买个印结单子,再拿着单子找几家店铺,开个铺保。不过呢,去了那之后,必须说明白——每天干半天活,不在那里吃住,半年之后,拿货押货,再出去代卖,这么着,又不费工夫,又能赚钱。"

刘公子听了,大喜,原来自己媳妇还懂得这么多。

话说回来了,宋小姐毕竟在京都长大,这些年没少逛珠宝店,里面的规矩也略知一二。

那位问了,什么叫印结局??还管那么大用处?!

印结局,自打康熙爷那当儿就有了,原本,是各省的商人、秀才、举人进京有事,又没有啥身份证明,别人信不着,必须得有个证明。

而这时候,各省在京的老乡官员,就派上用处了。他们组成了各省的印结局,在各省会馆都有值班人,您来了京都,只要说明要办的事由儿,想去哪里找门路活动,花点钱,由印结局出个单子证明,联络十来个老乡的穷官,署名,盖印,齐活儿!

拿着这种单子,去了哪儿一亮,人家就知道您是个良民喽。

而且,前清那当儿,本来朝廷薪水就薄,发的钱都不够吃几顿会贤堂的,一大家子人怎么办呢？？就靠这个，每年各省印结局赚了钱，按照各省穷官的数量，散发一些资助银子，勉强过活。

因为上至皇帝，下至执政大臣们，都对这事一清二楚，还不能随便加薪，就睁只眼闭只眼，只当是穷官自己救济自己了。

不过，这种钱，只有各部各衙门五品以下的穷官儿能签名作保，能领钱，四品以上的官员，绝对不能掺和。

朝廷有制度嘛，四品以上就是京堂命官，不能随便出保，有失官员体面。而且，四品以上官员更是能觐见皇帝，在等级制度之下，皇帝当然不能容忍四品官去穷凑合了。

再一个，三品以上的官儿，有各省各地督抚衙门的孝敬，年年节节不断。冬天叫炭敬，夏天叫冰敬，就是说，冬天来了，给您送点买炭的钱，夏天来了，给你送点买冰的钱。

因而，那些大官，既不屑，也不能去掺和小官的生财之道。

这就是老年间受贿分赃的规矩，上下和谐，才能开动朝廷这架庞大的机器。

而押货拿货，是珠宝市跟别的行业区别最大的一个特点。

假比说，您是这个铺子的伙计，学业有年，有了自己的专长，脑袋灵活又想赚钱，就可以拿银子或者宝物，押在店里当抵押，然后拿了等值的货物，出去在大宅门卖，卖来的钱，跟店里按比例分成。

这样一来，又能学东西，又能结识人物，又能赚钱。

可那个年月，谁还有宝物去做伙计呢？？所以，基本上极少有人这样做。

但规矩，一直保留着。

八

刘公子按照宋小姐的主意，花了五十多两银子，请客送礼，办好了铺保文书，算是有了正式身份，进了一家叫尚宝堂的铺子。

这家铺子的老板,凑巧也姓刘,看刘公子长得一表人才,又识文断字,着实喜欢,就教授了他不少珠宝买卖的绝活,而刘公子毕竟读过书嘛,又惦记着早赚钱,下功夫使劲学,不到半年,刘公子算是对各类珠宝心里有数了。

转过年,这天,早上起来吃了饭,刘公子去店里,在大栅栏口上,遇见一码子事。

正走着,前头嚷嚷动了:"快闪开!! 快闪开,马惊了!!"一匹高头大马,拉着一辆朱轮铜钉豪华轿车,在大街上飞奔驰骋!

大红呢子的挡车围子,宝蓝锦的车门帘,四周攒着一色黄铜镀金的活计,懂行的人一看,这就是京城里二品以上大员们才能用的红围子马车,马匹嘶鸣嚎叫着,满嘴吐着白沫,疯了似的东撞西碰,满大街的人声鼎沸,大人孩子呼叫着乱跑。

赶车的在后头大喊着追着,车里头,好像坐了两人,一老一少,也不知是吓的还是咋的,老的死命抓住车框,少年狠命地大喊救命。

前门外被闹了个不亦乐乎!!

别人逃跑,刘公子没跑,不仅没跑,文武双全的刘公子,身上功夫一直没撂下,只见穿着短打扮的刘公子,小腹一沉,丹田一叫力,大喝一声,一纵身"嗖"的声,窜出去二丈远近,离得马车非常近了。

看马疯了,刘公子顺着马车车辕一纵身跳了上去,双手狠狠拉着缰绳,两臂一用力,噶蹦蹦,"嗷!!! 吁……"那么一匹疯马,竟然活生生被刘公子拽得四蹄乱舞,在原地打起了磨旋儿,直直一袋烟的工夫!!

车厢差点翻了,但在刘公子千斤坠的功夫重压之下,终于,马匹耗尽了精力,瘫倒不动了。

周围的老少爷们,齐声鼓掌高呼:"壮士好功夫!!!"

端的是满堂彩!!

"佛天菩萨!! 佛祖保佑!! 妈呀,可把我吓死了,师傅?? 师傅? 您老人家没事吧??! 多亏外头的壮士,不然……"

说着,车帘一挑,有气无力地出来一个年轻俊秀的青年,一把抓住刘安生的袖子:"多谢壮士! 不知在哪里发财?! 亏了神功相救,不然,我们可就交待在这里喽!! 请受我一拜!"说着要行礼,可被颠簸得厉害,行礼都站不稳。

刘安生见四周围上来的男女老少太多，担心漏了痕迹，赶紧一抱拳："举手之劳何足挂齿！您二位赶紧看看伤着没有，我还有事，就此告辞！！"

说完，晃动身形，几个窜步就远离了事发地，后头还一个劲儿地喊叫："壮士！！壮士留下姓名！！……"

过了几天，忙忙碌碌白天上店铺学习，下午回家温习功课的刘安生，就把这事忘了。助人为乐嘛，那年月，谁不想着行善积德？

春天来了，又过了一个多月，刘安生跟宋小姐说，想出去卖货了，宋小姐倒是大方，挑了两件赤金点翠的凤头簪子，交给刘安生，押在店里，再跟掌柜的说好了，取货出去卖。

没现钱，这个也成。

掌柜的听了却不大愿意，谆谆教诲说："不是我信不过你，你来的时日太短，有些门道儿你还不清楚，再说京城里的大宅门和贵胄王府多如牛毛，你才熟识了几人？？这事不能急，等哪天我介绍几位大爷福晋，先混个脸熟，再说吧。"

正说着，外头有人步履匆匆地进来："刘掌柜，刘掌柜在吗？？这趟差事让我跑得腿都断喽！"

话音未落，进来一个华服青年，身穿酱色绸长袍，深蓝色马蹄袖翻着，一双薄底靴子，一尘不染，头上还戴了金顶的凉帽，腰里别着彩绣的宝蓝色荷包，一段白银的表链露出半截。

这人大大咧咧进来，也不看刘公子，只冲刘掌柜微微抱拳："我说刘掌柜，您的活儿干得太慢了，木总管可是说了，下回再这么慢，我可去别家做了，您不是不知道，老佛爷这几天就去颐和园驻跸了，到时候我们都得一窝子跟了去，难道我还得来回好几十里地跑来找您？？"

刘掌柜一见此人，像天上掉下来个凤凰蛋，满脸堆着笑，仿佛看不见青年一脸的傲慢和虚荣，故意拿大的表情，赶紧打千儿行礼："哎哟我的木爷！！木公公，哪阵风把您老人家吹来了？？别说活计做完了，就是做不好，我也不敢在这廊坊二条开买卖，我不得原汤原味儿的给您老人家暂摸齐全了？不价，大总管也得拿您问询不是？？伙计，赶紧上茶，把礼部张大人送我的毛峰拿来，咱这里现成的甜水，比不得您老人家在宫里喝的玉泉山水，您先尝尝，我去拿货。"

霎时间，一套嘉庆官窑的五彩瓷器端了上来，刘公子心里有数，这套茶具，连掌柜的自己都舍不得使用，来了贵客才拿出来，可眼前的这位，好像就是个小太监，没啥了不起的。

正纳闷儿，刘掌柜拿钥匙打开铁柜，从最里面，掏出一个紫色绸缎精装的锦盒。

"您试试这个，"掌柜的先掏出玻璃鼻烟壶递过去，"这可是纯正的英吉利货，倍儿地道！我都舍不得闻。"说着递过锦盒："您老人家瞅瞅，这是从雅玉堂趸摸来的一块整玉，纯粹的和田青，您这物件，太贵重，是乾隆爷那当儿的玩意，现成的这么贵的玉，上哪儿找去？？我还是讹人家马大头的，要来了我就找了工匠，按照原物雕琢了一个多月，不然，也不敢拿出手不是？？"

说着，打开锦盒。

刘公子站在桌子后头闪目观瞧，原来，红色的锦缎里，安放着两枚雕刻了浅浅花纹的青白玉暖手！！

暖手，在清代非常流行，是顺治爷那会就传下来的玩意，形状有圆形、椭圆形，猛一看，好似文玩核桃，可细细研究，却不是。

暖手，说起来跟文玩核桃一样的玩法，在手里转圈活动，算是贵族富户的老爷们，既能彰显富贵豪奢，又能活动手掌的一项流行玩意。

但是，暖手的品格，要比文玩核桃高了不知多少倍！

这玩意儿，在乾隆爷那时候，达到鼎盛，原料工艺，讲究到了极点！！

乾隆爷这位富贵天子，那叫一个会玩，指定造办处先选取纯洁无瑕的和田美玉，或是白玉，或是青白玉或墨玉，不能用山料，必须用密尔岱河里的籽料。

籽料还不行，还得是随着冬暖夏凉天气变化而变化的温凉玉，这种玉，在籽料里，也是百里挑一，现存泰山岱庙里的温凉玉圭，就是这种珍贵的玉石做的。

选好之后，根据玉石的大小成色，用木头或蜡，做成模子，或是素纹或是各种吉祥花纹，雕刻上，进承御览，乾隆爷看好之后，再令玉工们，根据模子照猫画虎地做出来。

做出来之后呢,为了增加温润,还得经过内廷工匠们,一次次打磨,用鹿皮、狐狸毛修光,既不能太亮,还必须温润。

这就是华夏玉文化里的经典,玉石必须要有内涵,那温润的光泽,必须由内而外地散发,才符合体统。

玉暖手做好之后,放置在皇帝经常去的宫殿园林里,万岁爷没事的时候,也会握着两只核桃大的暖手,转圈活动手指。

那位问了,不是有保定铁球吗??

这您就外行了,皇上能跟一般老百姓玩一样的玩意儿吗!!

小木公公看了,喜不自胜,尽自知道刘掌柜在面前卖弄费力,也乐得说:"刘掌柜,您就别在我这儿卖弄您的牛黄狗宝喽!这玩意,我一辈子也弄不到一件哦,这一对,原本是太后老佛爷六旬万寿,我师傅木总管伺候得好,一高兴,便把宁寿宫里藏的玩意儿,赐给了他,谁知年初我师傅玩了会,也不知是没福气还是怎么着,给碎了一个。把他老人家弄得六神无主,您说御赐的玩意,万一哪天老佛爷想起来要看,咋办??这不是欺君之罪?知道您刘掌柜道行深,才让我偷偷来找您配一个,果然没找错人!多了没有,这是我师傅的一点意思!"

说着,从袖子里掏出一个小盒,又递过一张银票。

"够不够就这么些了!"

刘掌柜接过来一看:一千五百两!!脸上更笑开了一朵菊花:"多了!多了!!木总管出手就是大方!也不能让您白跑几趟,这是请您喝茶的一点小意思!"

说完,收了大银票,又递过一张二百两银子的银票。

小木公公倒是满不在乎,把银票揣在怀里,端着茶努努嘴:"掌柜的,开眼吧您呐!"

打开小锦盒,里面顿时散发出数道五彩的光芒,一颗莲子大的猫眼儿宝石,端正地摆在中央!

"您瞅瞅,怎么样??"

刘掌柜哆嗦着戴上眼镜,细细看了半天,激动地说:"难得,太难得了!

开眼了！这是锡兰国的猫眼儿，前明那当儿，就贵得天价，这么一大颗，没有一万两银子，连看都看不见一面！"

"呵呵呵呵，"小木公公显摆道，"这是两广总督送给我师傅的，说不值钱，我呸！找了人问了，说在广东的市价，最少就得一万六千两，到了京城，两万银子卖出去，跟玩儿似的！我师傅说了，这东西金贵，让我来问问您，是做个戒指还是镶嵌个帽正，怎么做合适，您看着颠配，弄好了，我来拿，记着，别乱传出去！"

盖上盒子，刘掌柜赔笑道："放心吧您，回去禀告他老人家，给我三个脑袋，也不敢糊弄木公公哦！等做好了，我亲自送到府上去！"

说完，用蓝缎包了玉暖手，起身送小木公公，正走着，小木公公一回头："刘掌柜新收伙计了？？看着挺精神的小伙子……"话音未落，揉揉眼再仔细看，突然，小木公公咧嘴大喜："恩公！！您可叫我好找啊！！"

九

小木公公临出门，才认出了当日在闹市拉马救人的刘安生刘公子。刚才还牛皮哄哄的小太监，立即换了一种脸色，谦恭着请刘公子上座，又亲自打千儿行礼，磕了个头，慌得刘公子赶紧一把拉住他："使不得！木公公千万不可如此，折煞我了。"

木公公起身又是作揖："一点儿也不多！刘公子，不瞒您说，我的小命，说起来一文不值，那天，您知道谁在车上？？"

刘公子懵懂着，刘掌柜恍然大悟，见一向傲慢的小木太监如此多礼，心里雪亮了："难道，难道大总管也在车上？！"

激动的刘掌柜，也不敢再拿刘公子当伙计喽，赶紧递过一杯热茶。

木太监哈哈一笑，从袖子里掏出一块粉色手绢，翘着兰花指一点刘掌柜："我的刘大爷！要是我小木自己，还用这么着大礼叩拜刘公子？实话告诉您二位，那天，我陪着我师父木总管，去颐和园给老佛爷打前站，碰巧了，这匹马,是荣中堂从口外弄来的,说是什么名马,花了三千多两银子,可是个驯不熟的畜生!妈呀,尥蹶子就要翻车,不是刘公子神力,我和我师父早就玩完了!

"我这条小命无所谓,要是我师父少了半根毛,那大清国还不得翻了天!您还别不信,二位!!老佛爷离了我师父,那是连饭都吃不下去的,每次御膳吃完了,还单给我师父挑出几个爱吃的赏赐下来,自己都舍不得吃!一会儿见不着我师父,老佛爷就得念叨了:'荷杰哪去了??怎么不过来伺候着!'

"不然,您以为外头督抚将军大员们,怎么这么看得起我们爷们儿??哪位不是狗屁颠地跑来送东西!就说这颗猫眼,那才算什么?前年老佛爷万寿,两广总督一次就送了三百颗大南珠,又凉又滑,个个跟大葡萄似的。您说,没了我师父,老佛爷心里多懊糟,老佛爷懊糟了,咱们大清国还不得翻了天??

"所以说,刘公子,您这功劳,大了去了!"

刘掌柜看小木太监满嘴白沫,说得天花乱坠,心里明白,刘公子是交了好运哦!!

小木太监站起身乐得转悠几步,忍不住心里喜悦:"我说刘掌柜,刘公子在这儿不能待了,我师父说,为人富贵,不能忘了救命之恩,让我满世界找人去呢!前儿见了九门提督,还说给他了,就是不知道恩公的姓名来历,今儿老天爷有眼,让我碰上了,这么着,您就先在这委屈一两天,等我回去跟师父说了,他老人家必定要见您。刘掌柜,我丑话说在前头,你们行里的规矩,我略知一二,不知道刘公子在您这儿受没受委屈,有,不知者不为罪,就算过去了,没有更好。这两天麻烦您照顾好刘公子,万一刘公子走了找不着了,您这店,也别在京城开了,我师父他老人家的脾气,您还不门清儿??!"

说着,冲刘安生公子一抱拳,点点头扭着屁股扬长而去。

刘掌柜听了这话,吓得一哆嗦!妈呀,这小太监太有心计了,把人交给我,这是拴在一起的两只蚂蚱啊!想起来木大总管那张黑灿灿的长脸,顿时一惊。

再看刘公子,就立马儿矮了三尺,点头哈腰赔笑道:"刘公子!您这算救对了人!!以后,这步大运您算是赶上了!多少王公亲贵见了木大总管,想巴结都巴结不上！外头有人都称呼他老人家叫九千岁呢！以后，小的和小店还托您多照应喽！"

刘公子是正人君子，很厌烦刘掌柜这种势利人，又听说救的人，是名闻天下的内廷总管木大太监，心里这个气哦！

作为读书青年，朝廷大事他不太了解，这个木总管，在整个京城，甚至整个大清国，那是家喻户晓尽人皆知。

这位木总管，少年进宫，咸丰爷那时，分发在懿贵妃，也就是现今西太后老佛爷宫中，做杂役，此人心机深重，城府很深，而且手段老辣，对于宫廷中那种钩心斗角尔虞我诈，混得非常熟练，没几年，因为给西太后梳头，得了宠爱，又因为后来总管太监安总管，擅自以给同治爷采办大婚服装的名义，出京南下，被山东巡抚大人丁宝桢赫然杀头正法，木总管小心翼翼灵敏随心，补了安总管的缺儿，三十多岁，就成了储秀宫大总管，五品顶戴。

近些年，他在宫中的势力，更为盛大，内务府根本不敢管他，因为老佛爷宠爱，木总管经常干一些招权纳贿、卖官鬻爵的勾当，大把的银子淌海水似的赚到手，每次干，还都顺顺当当，谁都知道，连光绪爷见了他，还得叫一声——谙达。这种世人所不齿的人，怎么让自己给救了！

"掌柜的，我不干了，我得走。工钱我也不要了，您再找个伙计吧。"刘公子憨厚诚挚地说，一句话把刘掌柜吓坏了，一把抓住刘公子的袖子："您走！您是要我的老命啊！我的公子爷，您没听小木公公说，要是您走了，木大总管非得拆了我的店铺！让我怎么活哦！"

说着，坐在地上大哭起来，刘安生在世路上毕竟年轻，没见过这种势态，转念又琢磨半天，还是回家跟宋小姐商量商量吧。

说到回家，刘掌柜也不愿意，非得让刘公子等木府的信儿，闹得刘公子头疼，后来折中，刘掌柜让自己店里另外的两个小伙计，也别做买卖了，拿着银子，先得给刘公子打扮打扮。然后，小伙计直接住进刘公子家，名义上是伺候，实际怕他跑了，木府来要人，自己倒霉。

刘公子看刘掌柜可怜兮兮的样子，又都姓刘，就答应了。

欢天喜地的刘掌柜，可舍得下了功夫。

亲自指定两个伙计套上车，带着刘公子满京城买东西去喽。

大栅栏里，瑞蚨祥的绸缎，先买了四身外褂、袍子、马褂，配上中衣、内衣、袜子和各类京绣的配件。

内联升的布鞋、袜子、靴子，亨得利的金表，马聚源的各种帽子。

又给配了琉璃厂的折扇、眼镜和各类文房物件。

又去东交民巷的洋行，买了洋酒、洋烟和各种零食，看看自己店里的物件，没有出色的，又去买了一对英国产的赤金镶珍珠的打簧金表，准备了礼盒送木大总管。折腾了一天，才想起吃饭问题，又去定了三天的泰丰楼，让人顿顿送到刘公子的小院子里，陪着吃喝。

宋小姐听了此事，倒是很镇静，说："是福不是祸，是祸躲不过。我听父亲说起过木总管，老佛爷跟前儿的第一红人，连荣中堂、李中堂和军机们，有事都得看他眼色，我觉得，倒是个机会，公子不必烦恼，救了他，我们今后又不攀附他，只是借他的势力，把我们的事挑明了也就罢了。您就是想考试当官，也不用求他去嘛。多个朋友多条路，你要是不愿意，我就听你的。"

刘公子细思索，也是这么个理儿，总不能让小姐委委屈屈妾身不明地一直跟着自己，这层窗户纸，总得想办法挑破哦。

就答应不走了。

到了第三天早上，木府就来人了。刘公子由宋小姐服侍着，换了一身湖蓝色的绛香纱袍，系了一条香色腰带，玄色缎靴，十三太保铜镀金纽扣的川缎宝绿的马褂，一顶六合一统帽，顶上镶一枚碧玉帽正，又拿了一把折扇。胸口小袋装了金表。腰带上挂了几个彩绣的口袋，什么戒指、扇套、眼镜盒，滴里嘟噜一大串。

刘公子看看自己全身金彩辉煌，满身不自在，想想不妥，就脱了马褂，把扇子放下，又解下腰带上的零碎，这才跟着小木公公，前去木总管府上。

刘公子一看木府来接人的势派，顿时就呆住了。

三合院门口，停了一辆华丽的轿车，比那天木总管自己坐的还要华丽！

前头，是四个蓝翎侍卫，骑着高头大马，一身的戎装，挎着腰刀，严肃整备，这在京城，叫顶马，很时兴的规矩，除了宫中和御前的亲贵王公，任何人不得随意使用侍卫做顶马，就是位高权重、权倾朝野的荣中堂，也就用武卫军的军官呢。

后头,跟着两名穿着干净体面的车把式,都是中年汉子,两个小太监,坐了后面一辆车,跟着伺候。

只见中间这辆车,白银戗金丝饰辕,掐丝珐琅圆帽包头,玄色缎条纳相眼蓝呢车围,万字云头泥金线帷子下面镶一圈红呢,俗称所谓"红围子车",三品以下官员不得使用这个式样儿。两边的窗口,还镶嵌了两块大方形的整面玻璃,水晶似的耀人眼目,这就珍贵得很了,不消说,这车必是贵人坐了。其实再细心一点,就能看见车辕前插遮阳撑伞的槽口旁还有一面明黄镶边宝蓝色小旗,杆上写着一行小字:"内廷总管木"的字样。

车前拉辕的,是两匹高大壮丽的马匹,一水儿的枣皮红色,黑棕色马尾,甚是欢腾。

这车,别说坐,刘公子就是见都没见过,还好他读书练武,稳得住。一边几个太监、车把式,随着小木太监,一甩袖子,打千儿呼道:"给刘公子请安!!请爷上车!!"

喊得那叫一个顺溜!

刘公子上了车,小木随着,盘腿坐了,前头侍卫高喊:"走!"

后头跟着的车马,如流水,"嗒嗒嗒"上了路。

这马车,里面仿佛安了弹簧,又软又舒服,大红锦缎镶金边的褥子,香色银丝缠枝纹的靠枕,中间,还有个红木雕花小炕桌,摆了四碟正明斋的小点心,一把青花的茶壶,四个小杯。

小木使出了浑身解数,伺候着刘公子,外头跟随的小太监,手里捧着白铜长管儿的水烟袋、紫檀碧玉嘴儿的旱烟袋,不时跳下车,透过窗户,一边儿跑,一边把烟袋嘴儿直接送到刘公子嘴里。

刘公子哪里受过这种待遇,弄得浑身不自在,小木嘻嘻笑道:"刘公子,恩人,您可别不自在,这是我们总管大人吩咐的,这些人,平时就是这么伺候总管的,您要不自在,伺候不好您,我们回去可就惨喽!"

一路说,后头车上,不停送来西瓜、香瓜、水蜜桃和鸭梨,也不知道这个月份,从哪儿弄来的,刘公子每样尝了一点,点头称好,问小木:"这才不到五月,这么些干鲜水果,从哪个铺子买的??"

"呵呵呵呵,我的公子爷,您哪家铺子也买不到哦!这是广东巡抚,从广东用大海船,给我们总管送来的鲜货,您尝尝这梨,多甜!!今儿也就是沾了您的光!不然,我也吃不着呢!"

小木无拘无束地大口吃着,倒把刘公子看得大笑。

车一直出了西直门,行走在通往海淀镇的路上,远远看见海淀了,刘公子奇怪:"你们老爷不是住在城里?怎么去郊外了??"

"我的公子爷,您以为我师父就那么一处院子呢??从四九城里,到前门外,我师父的住处,多得数不清,反正自打我跟了他,就没数清过。老佛爷过了年在西苑住半月,就得移驾颐和园,住个半年多,所以我师父,就在海淀也弄了处宅子。您瞅瞅,快到了。"

"不瞒您说,我也从这儿买了一所小院,我们这种人,看起来跟着皇上皇太后吃香的喝辣的,您是没瞅见我们受的那份儿辛苦!!我们都不算个人!就是主子们养的一条哈巴狗,既不是男人,更不是女人,有学问的说我们刑余之人,姥姥不疼舅舅不爱,死了也不能进祖坟呐,不搂点,老了怎么办呐。哎!"

说着,小木被自己的话弄伤感了,看刘公子若有所思,赶紧变了笑脸:"公子爷别在意,做我们这行的,最爱使个小性子,说个黏人话儿,我们总管,那是混出来喽!"

正说着,前头涌出来一片人,最前头一人,站在路口,穿了身玄色缎子衣裳,着实干练精明,后头几十人鸦雀无声,都垂手侍立。

小木一眼看见,赶紧挪动着下车,"李大叔,公子爷接来了!"

话音未落,为首的李大叔领着后头的家丁整齐划一地一甩手,打千儿"请刘公子安!!刘公子如意吉祥!!"

吓得刘安生也要下车,被小木死死拉住:"您可不能不受礼,这是我们总管的吩咐。"

众人簇拥着刘公子一行,来到海淀镇西,一所大宅院门前。

一色的青砖灰瓦,看起来很素朴,但懂行的人仔细一瞧,乖乖!!

单檐黑亮的大门,门框都是京东青石精雕了八仙过海,汉白玉的五层台阶,左右没有狮子,是两个汉白玉的拴马桩,汉白玉的上马台,一水儿雕镂精刻。

再看院墙，那就是临清中号的青砖，层层砌成，还不是糟砌，是京城里最富有的金主儿也不舍得用的水磨砖，磨砖对缝，干摆灌浆！！整面墙连同大门对面的大影壁，全是如此！！

这得花了多少钱！！在京城，老年间有句话——叫强不强，看院墙！！一般再有钱的人，即使家里金银满库，大宅门的主人，也是全力修造房屋花园，院墙一般就是灰砖糟砌，顶上眯缝。因为，只有大型的王府和宫里、皇陵才能用得起磨砖对缝，还是只能在大门两侧使用，其余地方，还是糟砌。就连大清历代皇上最为喜爱的圆明园和避暑山庄，围墙也是虎皮石大墙。

为啥呢？？

因为这种工艺，建筑周期之长和工艺需要的技术之细致，远远超过了一座房子的价值。在那个没有机器的年月，必须使用大量的人工和巨额的财力，才能完成，而且建筑时间过长，根本超过了房屋本身的建筑时间。

简单点说，砌这么一道墙，使用的人力物力财力，能同时修建三四套大宅院！！

您这就明白了吧，刘公子稳稳心神，进了大门，李大叔是管家，谦恭地在前头带路，说："老爷在内客厅等着，您这边请！！"

过了二门、屏风门和客厅，转过一道漂亮的月洞门。一拐弯，是一间五檩上房，也是没有什么油彩，而是素朴精雅，一色的玻璃窗心儿，院中有几棵壮硕的梧桐树，茂密参天，几座汉白玉台子围绕的太湖石，玲珑典雅，一派书香雅韵气质。

这条青砖甬路直通到大厅门口，此时，大厅的红木雕花门开了，一个人踱步走出。

看年纪，大约有五十多岁，满脸黑瘦，死鱼眼，厚嘴唇，脸上的皱纹堆起，每个皱纹里面，都藏着一段隐秘的往事。

穿了身月白纱袍，没系腰带，脚下白袜云头履，全身简洁干净，透着灵敏，纱袍右面，透出一条粗粗的金表链和手上的白玉指环，透着贵气。

不用问，这位，就是老佛爷跟前儿的第一红人，御前太监首脑人物，名镇京师的内廷大总管木公公！

刘公子大步上前，坏了，没准备行什么礼节，按说见了这位二品顶戴的超级别大太监,磕头是肯定的,不过刘公子内心当然不肯。

打千儿那是满人的礼节,抱拳呢,有点不尊重。索性,刘公子像进学堂见老师那样,深深一揖:"晚生问候木老公公!!"

木总管挥手,其他人退下,只留着小木在一旁伺候。

看他,先是给刘公子打千儿行了礼,吓得小木在旁边眼皮直跳!起来又是一抱拳,弯腰说道:"老朽不才,幸蒙公子搭救,以全活命!!公子救人危难、义薄云天!请!!"

刘公子还礼不已,跟着木总管就进了屋,心里还咂摸着:"别看是个太监,这位总管老爷,说话还挺有学问。"

屋子里没有刘公子想象的那般奢华富丽,五间内客厅,全是一色花梨木装饰,透雕花鸟鱼虫人物故事,紫檀木大落地罩,上面镂雕的富贵长春和松鹤延年,煞是精神。

一色的水磨砖地面,铺着彩绣四君子地毯,西边两间,被一道万福如意葫芦落地罩隔开,里面是书房,东边两间也是琳琅满目的宋元瓷器,玉器玛瑙的小摆件,错落有致地安放在一水儿的紫檀家具上。

正中央的墙壁上,一张硕大的福字,龙虎飞腾,大大地写在泥金宣纸上,气势不俗,天头盖了一方——慈禧端佑康颐昭豫庄诚寿恭皇太后之宝。

两旁是竹皮洒金宣的对联——天恩远博邦家运,忠厚门风受业长。看印玺,也是御笔。

对联下面是一张楠木条案,上面供着福禄寿三星,赤金打造,二尺多高,前头还有一块泥金蓝底万岁龙牌,九龙环绕,刻着恭祝圣母皇太后万岁万岁万万岁的吉祥话。

紫檀嵌染色象牙的八仙桌,两边却是明式的圈椅,左右一拉溜儿全是楠木錾银的官式座椅,桌上,一套康熙硬五彩的八卦茶碗里,正冒着热气。

"请上座!!"木总管不由分说,把刘公子摁在上首的圈椅上,自己坐了下首,问小木太监。

"刘公子是我的恩人,不是外人,今儿有什么可吃的物件??"说着,自己亲自起身递了一个鼻烟壶给刘公子。

"这是荷兰货,酸头小,请试试。"

小木垂手侍立，听见喊他赶紧打千儿"回师父的话，黑龙江将军，送来的那几对熊掌还没吃，还有几份奉天将军送来的鹿肉、鲟鳇鱼、野狍子和飞龙，都在冰窖里搁着，其余的……"

"胡闹！刘公子不是外人，你弄这些花头玩意做什么??去，把浙江巡抚送来的笋子、鲜鱼做点来。配上咱们自己园子里种的瓜果，鹿肉不要，蒸几根鹿尾，还有内务府立大人送来的螃蟹。去吧，叫他们小心伺候！做好了我有赏。"

刘公子虽说也是官僚子弟，哪见过这种势派，又见老佛爷的一等红人木总管如此谦恭有礼，不禁心中琢磨：这人，虽是个太监，却不简单！！！

不大一会儿，外头帘子挑起，小木公公一连声响起："打帘子！！"

霎时间，如游龙入海一般，一溜儿进来数十个约莫十来岁大小，俊秀的少年，都是华服璀璨，手中捧着一个个泥金大红雕漆的捧盒，铺排在红木圆桌上。

木总管说是要简单点，满眼望去，一色康熙五彩官窑的碗盏调羹，碗盘上面，扣着银框玻璃面儿的盖子，两双紫檀木镶金的牙筷摆放整齐，一支金胎画珐琅嵌珠宝的酒壶，两只雍正官窑的粉彩葡萄杯。古色古香，令人精神为之一振。

再看桌上的菜肴，都是简素而大有来头，猴头燕窝自不必说，一个大海碗里，飘着几条红润润的鹿尾，配着三盘时鲜果菜，是小黄瓜、莲藕和蕨菜，一碗炖酸菜野山鸡，冒着热气，配着两盘晶莹的虾仁和鱼片。

一条清蒸鲥鱼，鲜香满鼻，一盘素炒笋尖，清新淡雅。外加一大盘热河名吃，五十两豆腐，洁白似雪，配着一碗南味烧鸭。中间一个小四方楠木桌子，宫中叫涂思根，摆了六盘细巧宫点，一旁的小茶几上，还放了几瓶洋酒和汽水。

"刘公子，请上座！螃蟹一会儿就得凉了，吃了伤胃口，老夫不能多饮。请，小木子，打碗盖！"

话音刚落，小木子吩咐众人，一起揭开盖子，奇香异味顿时汇聚成一股奇妙的香气，充满了内客厅。

刘公子不敢大意，到底坐了下首，跟木总管饮酒聊天。

一聊天,刘公子才发觉,这位名满天下的木大总管,并不像外面传说的那样不学无术,满心嚣张,说话语气动作,都恰到好处,说起朝廷宫中的往事,也是大大方方侃侃而谈。

刘公子借这个机会,把自己与宋小姐以及双林寺的事说了,引起了木总管大笑:"原来如此!!真是少年英杰!"

"这档子事,我隐约从九门提督那里,听了几耳朵。还当笑话儿说给老佛爷听了呢。这事不难,都包在我身上!这是宫中的玉泉春露,不醉人,请放开量喝。"

木总管见刘公子一表人才,又诗书武功都有,大起爱才之心,想了想,起身到书桌旁,思索着提笔写了几行字:"小木子,拿我的片子,把这个交给九门提督福大人,就说,过几日请他过府一叙!"

回坐之后,木总管点了旱烟杆,推心置腹地问:"刘公子,我这人呢,您大概在外头也听人说了,您是英杰人才,我也不敢让您归到我门下,只是现而今就算娶了宋小姐,以后您得有个实实在在的打算呢,或是为官或是经商,您怎么想的,不妨说出来,我也能帮您想点主意。"

刘公子稳稳神儿,想想说:"学生想继续做点小生计,等到后年春天乡试,再说。在仕途上,我也不太懂,请公公指点一二。"

木总管嘻嘻笑道:"指点谈不上,我从小也没读过几本书,您年富力强,少年有为,这事我是这么琢磨的,您想,顺天府的乡试,得等一年多,乡试过了,还得多少日子才到会试,从举人到进士,那是一大步。现而今朝廷兴办了不少学堂和新军,倒是不错的路子,听您说,上次没考好,万一这次再绊住了,会试得等到哪年?再说,会试完了,还得在翰林院朝考,考完试才能入院,再等多少年,才能点中差事,这步路子,太长了。也不符合您的心性。"

刘公子一听,里面那么大学问,顿时愣住了。

"您想,您总不能一直考下去吧?人家宋小姐嫁了您,不就图个平安日子或者为朝廷效力,封妻荫子不是??您知道有个袁大人,在天津小站练兵,有些成效,奏报了朝廷,把他的把兄弟徐菊人调去当参赞,徐某人原来在翰林院算个啥??黑翰林,穷的到了夏天去当铺当被窝的主儿,现在可抖起来喽,还不是新军吃香升得快??"

"那学生可以投奔新军。我不怕上战场!"

"不是那一说,公子,要说去新军,武卫军五支兵马,我写个条子您就随便去了。可这样,显示不出您的才能,也让别人说,您是走了我的门路才升官的,对我无所谓,今后,对您的前程可就难说喽!再说,军营重地,跟朝廷说不上话,您就是做得再好,我也管不上不是?"

刘公子听了心里有些感动,这老太监,还挺能为别人着想!

"这么着,您呢,委屈一下,先在我府上,做个西席老夫子,我也有几个过继的侄子要学习,您再传授一下他们武艺,每天一上午就行,下午您回去温习您的功课,每月给您薪银,多少不计,是个意思。

"等后年春天考试,您就别管了,现在文科不好考,咱们就考武举,再进会试。等点了武进士,后面的题目,您就好做喽!!也不算我报您的恩,也不算您巴结攀附我,您跟宋小姐,还能有个生计,您看怎么样。"

这下子,刘公子不能不佩服木总管的心意了,怨不得这位木公公在深宫大内得宠三十多年不衰,恃宠而不骄,礼贤下士,做事有里有面儿,能说到人心里,还显得真诚,还真得对他刮目相看。

刘公子毕竟是读书人,思索着:"多谢公公指点!家学一事,学生肯定尽力,考试,就看运气和努力了。"

两人谈得投机,直聊到桌上的镀金自鸣钟,"咣咣咣咣"连打了四下,这才结束。

木总管嘱咐:"既然如此,海淀这里,我还有一处小小的房子,后天您就搬过来,方便教导子弟,也省得跑来跑去,等天凉了我陪老佛爷回京,您再回去,京城里您别凑合了,我来安排。"

说着,也不管刘公子愿不愿意,叫来小木,细细吩咐了一会儿,小木点头称是。木总管直送到大门口,才握手而别,说好了三天后搬来。

刘公子顺便把刘掌柜准备的礼物,说话间送给了木总管,惹得木总管直摇头:"这个刘滑头,净跟我来这套。"

回身递给了家人。

刘公子坐在车上,仿佛做了一场梦,听说木总管能解决跟宋家的婚事,还能帮忙平了双林寺一案,这心里又惊又喜又忧又闷,是五味杂陈。哎,一个太监,哪来这么大威势!!

小木在车厢里,昏昏欲睡,走了半天,都进了西直门好久,也没见自己家那条胡同。

"木公公,咱们这是去哪里??"

小木露出狡黠的微笑:"公子爷,您就别管了,只管跟我走就成!您今天可是露了脸!"

"啊?!"

小木笑道:"您心里是不是在琢磨,救了木大总管,怎么没见他送金银财宝房屋土地??哈哈哈哈!"

"哪里话!我不是那种人。"刘公子沉了脸。

"玩笑了,公子爷,您往外瞅瞅,咱们到哪儿了??"

说着挑帘一指,刘公子呆了。

原来,这辆轿车,顺着西直门一直往西,再往北,进了皇城,这下子闹得他晕头转向了。

"这是酒醋面局胡同,下车吧您呐,咱们到家啦。"

两人下了车,正面是一座阔大的四合院,在皇城东北角上,看规模,比海淀那座有过之而无不及。

大门口,二十多个穿着干净的家丁老妈子、丫鬟,整齐划一地打千儿喊道:"给刘老爷请安!!"

还没等刘公子说话,一群人簇拥着他进了大院,好家伙,这里门廊富丽,屋宇高敞,一层层院子看不过来,门廊下,都挂起了灯笼。

等过了两层大院子,进了上房屋,门一开,刘公子一惊!

原来,宋小姐款款走出来,福了一福。

如坠云雾的刘公子进了屋,落座,小木当着两人,从怀里掏出一个小包袱:"这是我师父吩咐我送来的,刘公子,您看,这是这座宅子的房契,这是大栅栏一座银号、两个绸布店的房契和账本子,这是东城两个当铺的房契和账本子,还有一个五粮店,一个饽饽店。都是送您的!您可不能不要,瞧这边,书架子上的书籍,桌子上的文房用具,都是我师父让我从家里搬来的,说您温习功课用得上,全送您了!小姐,也是我派人接过来的,您就放心大胆地教我们侄少爷的功课吧！刚才那些家人，都是我师父府上的，也一并送您了。"

说完放下东西，打千儿就跑了，仿佛怕刘公子追他。

刘公子拿着一堆房契账本，彻底懵了……

十

刘公子回了这座酒醋面局胡同的新家，把事情给宋小姐说了，宋小姐倒是很有主意："这样说来，咱们先请他帮着把亲事定了，这些买卖铺户，不过是身外之物，哪天公子要走，咱们连同这座房子，还给他就是了。"

刘公子定定神，说："我是心里不忍，这么大的产业，没有二十万银子，办不下来，还有后面的武举考试，都得欠他的情呢。"

"不是这么一说，公子请想，木总管也不是傻子，他做什么让你考武科？？难道就因为救他一命？？这里面的门道，还深着呢，就算咱们现在不要，扔崩的走了，谁也不知道。可毕竟我家里父母都在，双林寺的案子，也得找个机会结了，不然咱们就算漂流到大江南北，也还是大清国的地盘不是？？再者，公子若是日后真的发达了，您心性正直，咱们不攀附他，持平就是了。不过，这个机会不可失去。"

两人又计议一番，定好了借鸡生蛋，绝不作恶的想法，要见机行事了。

刘安生公子算是稳定下来，在酒醋面局的大院子里待了两天，毕竟不习惯，又带着宋小姐去了海淀，一是要教学，二是得避着点宋家人。

木总管的几个侄子，有几个都在总角之年，最大的不过十三岁，看起来也是富贵出身，不过，比一般官宦人家的子弟，礼貌周全，还强些个。刘公子不含糊，诗书礼仪加上功夫，实打实地教开喽。

不到半个月，朝廷下了旨意。双林寺一案，显见是谋取陪葬钱财，广大和尚与张财分赃不均，互殴身亡。着刑部、大理寺和步军统领衙门，迅速结案。

不消说，在权势熏天的木大总管指点下，这葫芦提的一桩公案，就被刑部、大理寺和九门提督府一群糊涂官，三下五除二就结了，因为"案犯"都死了，尸体、陪葬金银不见的重大疑点，也被刑部的文书一笔带过。这些糊涂官们，终于想方设法费尽心机，给木大总管圆了面子。

接下来是谁也想不到的事，刚刚当上半年多刑部侍郎的司马大人，做了刑部堂官儿还没稳当。突然，一道严旨掷下——奉上谕，查刑部侍郎司马，奸猾狡诈、颠顶糊涂、于公事推诿塞责、冤狱嘈杂，着即革去一切官职差事，交都察院、大理寺严加议处！久闻其子司马可贪婪狠毒、包揽讼词、收受贿赂，借其父之名，招摇过市，害人甚多，着立即革职拿问，交都察院、刑部严加审讯！！钦此。

这道旨意一下来，九城震动！！连辅政的庆王爷也傻了，这司马大人和儿子司马可，原本就是遛狗子拍马屁出名的主儿，在几位王爷跟前儿走得溜熟，几位大军机那里，也是时不常地走动送礼，这才补了刑部侍郎，怎么会一下子来了个大翻盘呢？？

真是奇哉怪哉！！后来，宫中传出信儿来，说是司马大人的儿子，把木总管给得罪了，这可好，原来还去安慰问候的官员们，一窝蜂地散了。刑部、都察院的官儿们，原本还想法外超生他，听了这话头，把满腔情怀都缩了回去，公事公办起来。

俗话说，人一走，茶就凉嘛。最终，司马家被抄家拿问，全家问罪，流放到了黑龙江，永远不赦。直到最后被窝囊死，司马大人也不知道，自己到底错在哪里喽，倒是他儿子司马可心里有点明白，但也被九门提督的如狼似虎的衙役们，一路走，一路棍子打，年纪轻轻就死在奉天府的路上，结束了他作恶的人生。

不用问，这些事，都是木总管一手指挥的，小木子还当笑话讲给了刘公子听。刘公子虽然没了责任，还报了仇，总觉得，官场宫廷真是虎狼之地，令人不寒而栗。

司马家出的这档子事，也吓得宋胖子不轻，毕竟两人原本定过儿女亲家，为了这，他还出去打听了好久，可认识的人面子太小，总也没问出啥。一个兵部员外郎，继续在家候补吧。

这天,闷闷不乐的宋胖子正在家里喝茶,外头人来报:"木大总管府,有人递帖子来了!!"

宋胖子一惊,慌得赶紧换了衣服,颠着庞大的身材,跑到门口迎接,一个眉清目秀的小太监,连大门儿都没进,递过来一张帖子,几个泥金大字,工楷描写——"总管木,拜上。"

宋胖子这种狗屁芝麻官儿,跟木总管离得十万八千里远,根本说不上话,这下,心惊肉跳的,更不敢收帖子喽!赶紧双手奉还,掏出五十两银子的银票塞给小太监,请他喝茶。

小太监这才露出半丝微笑:"谢宋老爷赏茶钱!我们总管说了,请您明天上午去西苑门外夹道胡同等着,有话说。

"您可别误了!"

宋胖子满脸堆笑,连连点头。

目送小太监走远了,宋胖子心里纳了闷:"自己跟木总管说不上话,就是大笔地送银子,人家也许都不正眼看一眼。木总管身边朋友都是些什么人??六部的大人们排着队还挨不上边儿呢!就是内务府的总管大臣或者庆王爷,见了他老人家,也得恭恭敬敬地礼让八分,叫我去做啥呢??!"

不知道是福是祸的宋胖子,一晚上折饼似的没睡着,第二天一早,早早就换了身华服,咬咬牙带了三千两银票,坐车到了西苑。

西苑,是皇上万岁爷和皇太后在内城里面的离宫之一,又叫三海,北海、中海、南海毗邻,风景优美,宫殿巍峨,尤其是光绪爷亲政之后,老佛爷归政,为了有个晚年舒舒服服的养老地,除了在西郊重建了颐和园,又花了数百万两银子,大肆修建三海各殿宇,新建了仪鸾殿,作为老佛爷在皇城里的养老之所。其实,老佛爷何曾一天歇着呢??

这里也门禁森严,护军营、神机营的兵马,加上大内侍卫、乾清门侍卫,三步一岗五步一哨,防护得固若金汤。

宋胖子就是个候补的部曹小官,连大内紫禁城都没进去过,哪见过这势派?!心惊胆战地找个墙根儿,刚蹲下,几个侍卫亲军就来询问,吓得他赶紧起身解释。

"这是有规矩的地方,别乱闯乱走!!到西苑门外护城河边上待着去!

再胡乱看,我们就要拿人啦!"

被嘿呼了一顿,宋胖子小跑着蹲在护城河边上,从七点多钟,直到了十一点半,没见人!

正在他满心焦虑之时,昨天去他家的小太监喘着粗气跑过来:"我说您宋老爷!真够可以的!让你在西苑门夹道等着,怎么跑这来了??赶紧的吧,我们总管刚从颐和园下来了!!再晚了,老佛爷歇中觉起来,又得叫了。"

宋胖子跟小太监道了歉,随着一路小跑,进了西苑北夹道儿,一条不大的胡同,里面可是别有洞天。这里,也是木总管的一处宅子,乃是老佛爷亲自赐给他,歇脚休息的地方。

宋胖子晕晕乎乎不知道进了几道门,客厅里,这位木总管正穿着蟒袍,带了大红的珊瑚顶子,若无其事地坐在那品茶呢!

"属下,不是,是小的……也不对,下官、下官给总管大人请安!!"宋胖子激动得满脸涨红,趴在地上大气不敢喘。

少顷,木总管才懒洋洋地说:"起来吧,不必这么大礼,给宋老爷搬凳子。"

"不、不敢,小的站惯了,不敢在总管面前坐!"宋胖子堆着笑说。

"呵呵呵呵,你这个人儿,真有点意思,你这话,是我们在老佛爷跟前儿常说的,怎么,我又不是老虎,能吃了你?!今儿叫你来,不为别的,是老夫要跟你结个亲!"

"啊??!!结、结、结亲??!!"宋胖子的大脑袋出了一头热汗,丈二和尚摸不着头脑。

木大总管,总算把宋小姐暴死又活过来,跟刘公子的事,简略地说了,又说,刘公子不仅是他的恩人,两人还是把兄弟:"这么着,我兄弟的事,我做主,你女儿的事,我多少听了一耳朵,你这当爹的,也忒狠了点!老佛爷看戏还整天说,有情人终成眷属嘛,你可好,逼死人命,这次我就大事化小小事化了了,你要是愿意,咱们下月初六就办事,你要是不愿意嘛……"

木总管阴阴笑着,望着浑身颤抖的宋胖子:"要是不愿意,这话就不好说了,老佛爷最爱听故事,哪天,我把你家这档子事,当个笑话儿说给她老人家,请她老人家给断断???"

"扑通"一声,宋胖子瘫软在地上,大声说:"愿意!!我愿意!就是倾家荡产,下官也愿意,全凭总管大人处置!"

木总管从袖子掏出两张银票搁在桌上:"愿意就是你的福气。咱也不用你破费,我这位兄弟我知道,是个厚道人,这是两万两银子,一万两,给宋小姐置办嫁妆,一万两,给你们家下人们做衣服,买杂物,收拾收拾院子,打扮得华丽点!我要派人去看哪!"

"不敢让大总管破费,下官……"宋胖子还没说完,木大总管看看赤金怀表:"到点了,我得回园子了,老佛爷该起了。你办好你的差事,其他事,你就别管了,到时候我得去喝喜酒哦。"

说着,抬脚走了。

小太监把两万银子的银票,扔在宋胖子怀里,屁滚尿流的宋胖子回家就病了,一连三天没起来床,第四天,刚好点,就听他大声吆喝着:"你们都是死人啊,赶紧的,给小姐准备嫁妆,翻修院子,一个月之内弄不好,全给我滚蛋!"

就这么着,忙乱了一个月的宋府,又迎回了宋小姐,大肆摆布花钱。从初二开始,六部九卿和内务府的老爷们,就听说大总管的把兄弟要成亲,哪个不赶机会拍马屁,赶紧骑马坐车一溜烟儿跑来送礼,新房定在酒醋面局胡同,整条胡同那人,海啦!!得排出二里地去!

一窝蜂地闹了七八天,这婚礼,在京城也算个上等场面了,在木总管的指示下,锣鼓喧天人言鼎沸,刘公子,算是跟宋小姐有情人终成了眷属。宋胖子,也放了心,虽然女儿出了门子,就基本不回娘家了。

转过年,刘公子就准备考试了。

原本他想先考顺天府的乡试,不过,木总管显然不愿意让他多走这一步,让人花钱从国子监买了文书,先有了监生身份,又疏通了礼部,刘安生摇身一变,成了贡生。

等到大考,也就是礼部会试,刘安生才发现,原来武科考试太容易了。

因为自北宋之后,传统文化一直都重文轻武,造成了文武分离之后的制度性差异。

文官一直受到皇帝的特别推崇，因为书生造反，三百年不成嘛！

而武官阶层，一直在被打压之中，到了清代，尤甚。文官无论从礼仪、制度还是风光程度，都远远超过了武官。

比如，文官五品就可以悬挂朝珠，武官必须四品以上才能用。而同级别的武官，见了文官要行廷参大礼。武官从一品的提督，是文官正二品总督的下属，而正二品的总兵官，却成了从二品巡抚的属下，这么一来，文贵武贱，读书人都往文官那边靠，谁也不太在乎武官考试喽。

还好，自打甲午战败，朝廷重视了军队和武官，可考试，还是严重滞后，刘安生进了考场才知道，武官考试，笔试就一场，默写一篇四书五经的文章，连什么八股文、策论和诗文都没有，而面试，则是举磨盘、摔跤和射箭、耍刀枪，活像天桥打把式卖艺的街头混混！

可就这样，还有很多人被刷下去，那当儿文武分离，武功好的人，基本没文化，有文化的，又看不起练武功的，幸亏，有刘安生这种文武双全的考生，让几位主考大人，看得津津有味，不是他的功夫第一，而是他会写文章。

最终，刘安生考了二甲第一名，也叫传胪的武进士，声名远播。又加上木总管的暗中帮忙，按照惯例，武进士不分发各部，头十名先进宫，被封为侍卫。

侍卫也分好几种，最上等的是御前侍卫、御前行走，通归御前大臣率领，时刻陪伴在皇帝左右。剩下的比较重要的是乾清门侍卫，是侍卫的中转职位，做了乾清门侍卫，才能上调到御前。

而一般的侍卫，也就是大内侍卫，则属于领侍卫内大臣管理的侍卫，三等正五品，二等正四品，一等正三品。

满清的家法规矩就是如此，这些职位，远远高于文官系统，升迁得非常快，几年的工夫，一个红顶子将军就混出来了。

因而，大内侍卫原本就没有汉人的员额，是雍正年间，世宗皇帝促进满汉一家，才决定武进士前几名进入大内当差。

刘安生刘公子，就成了二等侍卫，正四品的前程，虽说是给皇帝站岗放哨的，可一出去，就顶一个文官知府大人！

正当刘公子、宋小姐阖家幸福,过着有滋有味的小日子之时,庚子年到了。

好家伙,义和拳闹了山东,朝廷让袁大人去镇压,一窝蜂的义和拳却来了京城,闹得满城乌烟瘴气民不聊生,后来又惹翻了洋人,八国联军攻了进来。

此时,已经升为一等侍卫的刘公子,绝不含糊,仓促之间,连家都没来得及回去,带了仅有的几个人,随着同样失魂落魄的木总管,伺候着光绪爷和老佛爷,御驾逃亡,途中,才遇上了赶来的宋小姐。

一路落魄到极点的老佛爷一行人,是饥餐渴饮晓行夜宿,吃尽了苦头,直到年末,才总算过了潼关,进了西安府安顿下来。

这档子口,木总管,因为年老体衰,事事不能像年轻那时的灵敏机灵,又加之路途之中,看光绪爷忍饥挨饿没人照管,总算念着光绪爷当年叫一声谙达,尽心竭力地侍奉他,又得小心翼翼地看老佛爷的脸色,这就被西太后看在眼里,慢慢地,对木总管的恩情自然还在,但亲近却别想了。

算是慢慢失宠的木总管,大面上还得提着气硬撑着,在西安府待了半年多,幸亏刘安生公子忠厚仗义,跑前跑后给木总管张罗差事,才没出大错。

后来,朝廷请了李中堂去京城议和,终于结束了这场大难,一行人马,又欢天喜地地回了京都。

此时的大清国,早已是树大中空,民生凋敝,奄奄一息,刘安生公子虽然身在朝廷,可心里门清儿,跟宋小姐商量了,因为宋小姐的父母在庚子之变后都去世了,没了牵挂,两人就想归隐山林,过几天清净的小日子。

这天,宋小姐和刘公子,看着被抢掠一空,后来木总管又重新装饰的酒醋面局的房子,沉默着。

"明天是咱们去木总管家,还是请他老来这里呢??"

宋小姐从包袱里,拽出一个小盒子"那些年收来的银子和我的陪葬、陪嫁,除了藏在井里的,都叫洋人抢走了,就是你家传下来的这个小盒子,还在我手上。你看看。木总管最近在老佛爷跟前不太好,咱们白住了人家这么多年房子,又得了不少银子,还是该去看看。这是店铺的房契和账目,除了咱俩够用的,也就完璧归赵吧!"

两人商量一晚，遣散了家人，只带了两个小丫鬟，除了自己的那些陪葬和足够的盘缠，宋小姐把银子都换成了四大恒的银票，密封在一个大信封里，跟房契账目归拢到一处。

老佛爷的颐和园，叫洋人糟蹋得不像样子，又是袁大人，孝敬了二百万两银子，正在修复，此刻，老佛爷正住在西苑。

在西苑北夹道的宅院里，夫妇二人，再一次拜会了木总管，此刻的木总管，早已没了当日的威风赫赫，风烛残年里，一头白发苍苍茫茫，皱纹更多了。

二人说明来意，木总管心里不舍："刘公子，过了年，我就想给袁大人写封信，让你去北洋任职呢，朝廷的侍卫，现而今不吃香喽，前程也不好。这几年，幸亏你在我身边，帮我料理了不少事务，不然，今儿咱爷们估计早见不着喽！"

刘安生见木总管心灰意懒，想起这些年的恩泽，也有些不忍，劝道："总管不必悲伤，您跟了老佛爷多少年！她老人家心里清楚，只是一时转不过弯来，其实小生也想劝您告老还乡，优游林下呢。不过，不久老佛爷可能就再加恩典，总管别再伤心了。"

木总管听了，算是有了点精神头，点头称是："我是回不去喽，对这里情分儿太深，只等到老佛爷……我也就去了。再说，大内的事，我们这些人，知道的太多了，人家能让你全须全尾地回去养老？？呵呵呵，今天不谈别的，人各有志，我给你们践行！来人，摆酒！"

三人对坐，说起了往事，宋小姐把银票、账目和房契归还，木总管苦笑了两声，也就收下了，刘安生觉得这些年受人家恩惠，也得表示表示，他把父亲留下小盒里的扳指拿出来了。

刚说了句："木老叔，这是家父临终传下来的，这些年小生受老叔的照料甚多，所以……"

刘公子再看木总管，死气沉沉的眼中，竟然忽地放出两道又直又亮的光芒！！直瞪瞪傻了似的，盯着刘公子手里的扳指，嘴唇哆嗦着结巴了！

"这……这是天意！！……天意啊！！！！"

说着，竟然颤巍巍冲扳指半跪了下去！！

十一

　　木总管半跪在地上,傻了一样直愣愣地呆呆望着桌上那枚晶莹剔透的翡翠扳指,豆大泪珠滚瓜似的从眼里扑簌簌流出,半咧着嘴,像哭又像笑,却又不是哭,也不是笑。

　　刘公子去拉他,木总管老迈的身躯却不动摇,猛地一手拿过来扳指,上上下下左左右右看个清楚,当看到内圈时,突然迸发出一阵枭鸟般的大笑,连带着脸上的皱纹都涨得血红!

　　宋小姐也被吓坏了,找来下人,一起把木总管拉起来塞进椅子里,又灌了水,又要叫大夫,好一会忙活。

　　木总管抱着扳指却像孩子一样任人摆布,刘公子纳闷,怎么一个扳指就把威名赫赫的内廷大总管吓傻了??

　　过了个把钟头,木总管才渐渐恢复正常,闭眼流泪,一句话不说。足有半袋烟的工夫,才拿了手绢擦擦眼泪,说:"来人,把廊房二条的刘掌柜叫来,快!!"

　　家人一窝蜂骑马去叫刘掌柜,这边木总管又让人拿来一个乾隆青花的大瓷碗,盛满了清水。

　　经过详细询问,原来,刘公子也不知道这扳指的来历,木总管长叹一声,端了酒杯,静静抿着。

　　不多时,大汗淋漓的刘掌柜被几个木府健壮的家人搀扶着,好似绑架一样,架进了客厅,"扑通"一声瘫在地上大口喘着粗气。

　　"哎呀我的……我的总管大……大人,您……您……您这是咋了?? 我以为是……绑票的呢!"

　　刘公子扶起刘掌柜,又请了安,才拘谨地坐了。

　　木总管阴沉着脸,恢复了一贯的威严势派:"刘掌柜,您看看,这件东西,你认得不???"

刘掌柜先洗了洗手,擦干净,拿过扳指,先是心里大吃一惊!!

这是件武扳指,缅甸翡翠的,水头好到了极点!!晶莹剔透自不必说,连半丝云雾细绺都没有,完美无瑕,并且,浓艳无比,这绿,不是菠菜绿、黄阳绿、葱心绿和青绿,碧绿如清澈流水,是真正的纯正透绿,润泽滑腻,如同婴儿肌肤一般,而且,对着阳光轻轻转动,里面仿佛有股水晶般的五色祥光,盈盈流动,煞是惊人!!

老年间的扳指,自康熙之后,便有了文武之分,乾隆时期讲究到了极点。

武扳指儿多素面,光润无纹,取个自然天成的意思,也是八旗贵胄和子弟们彰显男儿气质戴的,文扳指儿多于外壁精雕镂诗句或花纹,题材材质多样不一,各种金玉宝石玛瑙翡翠以及琉璃、套烧玻璃,五光十色名贵非常,纹饰多用吉祥如意的花纹,比如万代福禄、三阳开泰、五福临门、福寿长春、江山万年等。

那些爱显摆的,比如高宗乾陵爷,玩儿的扳指大多是文扳指。

而翡翠硬度极高,自打晚清流行以来,多为素面的武扳指。

刘掌柜抖动着,小心翼翼把扳指放入乾隆青花大海碗的水中,几人眼珠子紧盯着,扳指入水,没有半分钟,一道春水般的盈盈绿色,似活了一般,迸发出来,连带着碗里的玉泉山水纹,轻轻拨动,一碗清水,顿时被霞光映得满碗春晖!

此时的刘公子、宋小姐和刘掌柜,都傻子般哑口无言……原来看着不起眼的一件扳指,竟有如此神妙之处!!

这比天桥说评书的张快嘴说的,杨香武夜盗康熙爷的九龙杯,还贵重吧?!!

绿色的霞光袅袅盈盈,在水中安静地露出自己的真面目,而木总管喝了杯酒,冲刘掌柜点点头:"你既然认识,就说说吧!"

刘掌柜惶恐不安地挪动着身子,嗫嗫喏喏不敢出声,忍着巨大的震撼,才小声说:"既然总管大人和刘公子不见外,小人就说说。

"这枚扳指,我也是听我师父说过几句,但这些年,根本没见过真东西哦!!

"翡翠这玩意,明末就有了,那时节,抛光不好,硬度也高,没人拿这当宝贝，西南一地多用来做劣质的首饰。

"后来乾隆爷大征缅甸，缅甸臣服，这才通过商路，知道了有这种材料。翡翠才由云贵总督，贡入内廷。

"乾隆爷好古，对这种光泽不好，又不易雕刻的玩意，也着实不喜欢，那当儿，亲贵皇室，一般都玩西域的和田玉。

"后来到嘉庆爷之后，西域商路逐渐不同，朝廷也废了进贡玉石，内廷留存的玉石，基本都是乾隆爷当年攒下来的，咸丰爷之后，内忧外患，玉石更加减少，而东南等地，这才把上好的翡翠进贡入内，成为老佛爷和各位主子们的心爱之物。

"这东西，大名叫玻璃翠，最好的，就是缅甸国帕敢一带出产的，也叫老坑玻璃翠，传入我国之后，又起名叫祖母绿，其实跟西洋人说的祖母绿宝石，是两样东西，以讹传讹嘛。其特征呢，是质地细腻纯净无瑕疵，颜色为纯正、明亮、浓郁、均匀的翠绿色，颜色讲究一个深而不暗，色泽鲜艳、纯正的绿色，即颜色不偏灰，均匀度好，透明度也好，像西洋水晶玻璃似的为贵。

"而这种老坑玻璃翠里，有一种极品材料，就是这种!! 是百年难得一见的，不是什么这绿那绿，缅人叫大镇绿，传到咱们大清国，叫透水绿!! 这么个小玩意，只要把它投入水里，一碗水，一盆水都能被绿色祥光映照，满盆的绿光盈盈容容，环绕以五色祥光，是万中难得一的至宝！

"我师父那时说了，这种东西是天赐的宝物，有些玩这个的，别说见，就是听，一辈子都没听说过。而且，缅甸出产的这种材料，都是小料，没有大料出过世，因而就成了价值连城的宝物喽！"

看刘公子疑惑，刘掌柜赶紧拍着胸脯说："公子！您别不信!! 您知道，荣中堂他老人家最喜欢翡翠，这是连老佛爷都晓得的事，木总管可以作证。庚子之前，荣中堂派人找我来了，要趸摸这玩意，我费了九牛二虎之力，派人去广东、广西、云南找了一圈，才找了两块小料，纯正的祖母绿，还不是透水绿，雕了一个扳指、一个翎管送进去，那翎管漂亮极了！玻璃底子能看清楚毫毛！就这，荣中堂还不太满意呢！按说这东西，连大内有没有都两说着，您是从哪儿得来的???"

"荣中堂那对翎管我知道。"木总管微微点头，"他过生日，老佛爷还派我赐给他几件翡翠玩意儿呢。那翎管，也是流光溢彩不是凡品，听说花了3万多两银子??"

刘掌柜尴尬地笑笑，算是默认了。

木总管拿了烟杆，长吸一口娓娓道来："你们只知其一，不知其二，这么贵重的玩意儿，刘公子他父亲怎么得来的，我现在只能猜出个大概。可是，这东西原本是谁的，你们知道吗？"

见众人都摇头。木总管仿佛回到了当年年轻风光时候，微微笑道："你们怎么不问问，这么贵重的玩意，我怎么认识?? 刘掌柜别插话，实话说，我在内廷当差四十多年，这玩意，就见过两件。"

"两件?!!"刘掌柜惊呼道。

"不错！这东西大有来头。记得，那时同治四年，我还在储秀宫跟着老佛爷做御前小太监。你们可能知道，我进宫，是托了人，这人，就是早先的内廷总管，安大太监！"

原来，四十多年以前，咸丰爷在热河避暑山庄驾崩，朝廷内外很快分裂成两大派，在洋人的支持下，东、西太后联合小叔子恭亲王，把咸丰皇帝留下的顾命八大臣给废了，这位道光皇帝的六皇子、咸丰的亲弟弟和同治皇帝的叔叔，就成了大清国名副其实的第一人！

明面上，两宫皇太后和小皇帝做主，其实呢，两个太后都才二十五六岁，小皇帝更是乳臭未干的毛孩子，女人垂帘听政，毕竟是听政，朝廷大事，外头还得靠恭亲王主持。

这位六爷，成了大清国唯一的议政王、领班军机大臣、宗人府宗令，管理内务府事务，管理神机营、锐健营，又加了御前大臣、领侍卫内大臣的官儿，集军政、皇室、宫廷、禁军所有权力于一身，成为大清国实际上的当家人！

而安总管，此人也大有来历，这人，本来是西太后宫内的小太监，溜须拍马伺候主子那叫炉火纯青，天生一张巧嘴，哄得西太后在懿贵妃时，就拿他当心肝儿小宝贝宠着，后来干掉顾命八大臣，小安子又在西太后指使下，玩了一招瞒天过海——以自己亲身犯法，被西太后下令重责处置，八大处控制的热河行宫禁卫人员，早就看他不顺眼，把他打了个半死，撵回京师。这些人没料到，差点被打死的小安子，内衣里却带了一张由两宫皇太后，联名签署的给恭亲王的密诏，让他联络内外臣僚和洋人，干掉八大臣。

后来恭亲王遵命行事，满蒙亲贵重臣和洋人里应外合，才除掉了刚刚拿到政权的顾命八大臣。

由此，小安子成了西太后身边红得发紫的大红人，没到三十岁就做了储秀宫大总管，四品顶戴，论起来不过是一个四品，可仗着西太后宠爱，小安子端的是权势熏天，连小皇帝和各位亲王都敢顶撞，卖官鬻爵贪污使坏，干尽坏事。

木总管跟安总管，在老家是连着宗族的老亲，虽说隔了七大姑八大姨十八辈子亲戚，木总管还算是安总管的表叔辈，可毕竟是亲戚呐，木总管当年做了太监，就是被安总管一手提拔指教，视为亲信的。

跟飞扬跋扈目中无人的安总管相比，木总管，总算是厚道点，知道安总管犯了众怒，连同治皇帝都想杀他泄愤，因而经常提醒，安总管哪里把木总管放在眼里，该怎么干，还是老样子。

安总管立了头功以后，觉得宫内事务他说了算，就渐渐干预起朝政来了，恭亲王当然不愿意，经常呵斥他，由此，安总管就对恭亲王怀恨在心，两人憋着劲要干倒对方，小安子又嘴巧，经常在西太后面前说恭亲王坏话，挑拨离间中伤其人，弄得西太后也对自己的小叔子恭亲王有了戒备，可没有不透风的墙，这么一来，咸丰的正牌子皇后，东太后又对小安子大为不满。

这些弯弯绕，是外人挤破脑袋也想不明白的。

正巧，同治六年一天，六爷恭亲王，正忙得不亦乐乎，有个外官，想领广东海关监督的肥缺儿，此人家里做了几代肥缺官儿，不差银子，可六爷好歹是个亲王，又赶着整顿吏治，不能那么明目张胆地送银子，这官知道八旗亲贵都喜欢个小玩意儿，就花了重金，请人去缅甸找了半年多才找了这么一块翡翠，雕了个武扳指送了上去，恭亲王一见大喜，没几天，军机处传下单子，这人就补了广东海关监督，发财去喽。

要说恭亲王那时候也才三十多岁，年轻气盛，又是亲王领班军机大臣，也爱显摆招摇，您说，这么贵重的玩意，自己在家、在外头戴戴也就得了，六爷却一直戴在大拇指上，到处招摇。

这下子，就让安总管看见了。小安子多有心机，跑回去跟西太后添油加醋一说,六爷自己整顿吏治,可家里却广收贿赂,一个扳指就花了十几万银子,因为内廷费用不足,让恭亲王想办法却被左右推搪的西太后,勃然大怒,心里把恭亲王骂了个狗血淋头,可慈禧知道,这时候正是用人之际,小安子又一向跟恭亲王不对付,于是,杀伐决断心机深重的慈禧太后,轻轻一笑就过去了。

正当小安子疑惑不解。西太后却出手了。

这天,正当恭亲王进养心殿跟两宫皇太后禀报政事,西太后没等他说完,抿着嘴笑了:"六爷,听说你得了一件宝物,赶紧拿来让我们姐俩看看!"说得恭亲王一惊,再看看西太后正盯着他手上的扳指看,心里明白了,原来是小安子在西太后那里放了话儿!

可面对两宫,又不能说没有,他只得摘下来,让太监递给了西太后。谁知,这位佛爷,递给东太后看了看,顺手就放在御案上了。

等政事说完,恭亲王就等着赏还扳指呢,等来等去,两位嫂子不说话,六爷又气又急,还不能明着要,想想毕竟是皇太后张嘴要,算喽,给她吧!

就跪安出来了。

转过天,恭亲王又进宫理政,刚进了隆宗门,安总管带了一大群太监等他呢。请了安,小安子嬉笑道:"六爷!听说您得了一件宝贝扳指,前些天我想要来玩玩,又怕您老舍不得,这不,圣母皇太后赐了我一个,您瞧瞧,比您的怎么样啊?!"

说着伸出手显摆,恭亲王一看,气得怒火上涌!!原来,自己价值十几万银子的扳指,套在了这个太监大拇指上呢!

毕竟是亲王哦,恭亲王尽自咬碎了钢牙往肚子里咽,可愣是装迷糊,还欣赏了一番。

回了家,恭亲王琢磨了好久,心说:"小安子,爷不宰了你,就不是你六爷!!"

那当儿,木总管还是小太监呢,听安总管嘻嘻哈哈把这事当笑话在大内到处乱说,就知道,安总管命不久矣!!

果然,过了一年多,为同治爷准备大婚,小安子跑前跑后,想去江南搜刮一番,说得西太后耳朵根子烦了,就让他去了。本来让他悄悄去,偷偷回来。

好家伙,这位安总管,雇了十几个彪形大汉的保镖,带了自己的几个徒弟,拉上古玩店的几个老板,偷着把大内内库里的珍宝,拉走了好几十箱子,还别出心裁地带了自己刚娶的小媳妇!!

一路上浩浩荡荡大张旗鼓,惹得各地督抚全知道喽。

其实,恭亲王早就接到了密报,知道小安子要出游江南,这下抓住了把柄!按照大清国的祖制,太监无故决不能出宫半步,更不能随意出京。

虽然老辈子的祖制早就被废了不少,两宫皇太后都垂帘听政了,可祖制这顶大帽子还在呐。这就是杀手锏!

等小安子平平安安出了京城,探马警卫一站站回来密报,恭亲王觉得时候到了,立即进宫,把这事说给了同治爷,小皇上听了龙颜大怒,更说给了东太后听,最终,在三人联合指挥下,六爷在军机处立即拟旨——敕命山东巡抚丁宝桢,将招摇过市的太监总管小安子,立即捉拿,公开正法!

这么着,小安子一条命,就送在这儿!这源头,别人不晓得,木总管可是门清儿!!

后来,侍卫亲军查抄了安总管带往江南的珍宝物件,其他的都在,可独独少了六爷的那枚扳指。最后到死,恭亲王也再没见着这件心爱的宝物。

说完这段往事,木总管脸上纵横的皱纹急剧抖动着,久久不能平息……

刘公子听说这东西这么有来历,心念一转,捧着扳指就送给木总管,两人推来推去,还是宋小姐会说话:"总管的好意我们这些年都领了,这么个珍宝,我们带走一是不方便,让歹人知道了,能要了我们的命,二是毕竟是皇室的东西,还是由老公公收存着最合适!"

木总管听了无话,只得收起来:"说实话,我是真喜欢这玩意,这么多年,在大内,什么好东西我都看完了。就是这个东西,由六爷又到我师父安总管,牵着几人的情分呢。哎,我就不客气了。"

听故事听傻了的刘掌柜问:"总管大人,您不是说有两个吗??那另一个在哪儿呢?"

"那一个??那一个不在世间喽,同治末年,两广总督又进了一枚,同治爷爱的什么似的,整天摆弄,等他殡天以后,随着梓宫进了皇陵地宫喽!咱们是别想看见喽!"

几人又聊了很久,木总管亲自坐车把刘公子夫妇送出去十几里地,三人洒泪而别。

有人说,刘公子二人回了山东,又有人说,在山西见过他俩。

而刘公子父亲怎么得到这枚扳指的呢??据木总管后来回忆,当年刘公子父亲,是丁宝桢大人的手下,可能在抓获安总管时,或是有意或是无意,在安总管身上得到的,知道是宝物,一直没敢拿出来,临死,才交给了儿子刘安生公子。

之后没几年,光绪爷和西太后老佛爷,相隔一日驾崩归天,木总管也谢绝了新太后的挽留,回家养老。

没两年,木总管在家病逝。这枚珍贵的扳指,也从此毫无音信。

直到了半个多世纪后的1966年"文革"那场运动开始,木总管在京郊的坟墓被扒开示众,金丝楠木的棺材里,珠宝辉煌,那枚玻璃底透水绿的扳指,就静静地躺在那里,完美无损。

而同治皇帝把玩的那件透水绿的翠扳指,更是在1945年抗战胜利后的清东陵第二次被大规模盗掘活动中重现天日,却又随之失踪,杳无音信了。

青山依旧在,几度夕阳红……世事如沧桑的棋局,绮丽诡异,招数纵横,终归还是尘归尘,土归土,该结束的结束。

只有些许不起眼的器物,冷眼旁观着人世百态,承载着历史。

佛头记

一

民国五年（1916年），正是袁大总统在他那个不成器的大儿子和一群蝇营狗苟的马屁精们鼓噪劝进，雄心勃勃闹腾着要登基称帝，重登大宝，君临天下的时候。

北平城里被这些大大小小狗屁颠上赶着劝进的官员们闹得天翻地覆，轰轰烈烈，不仅政事堂里不少人成天聒噪，军警宪特和文官们中那些希图富贵荣华的马屁官儿更是欢天喜地，大把的银圆和钞票撒出去，组织了各行各业的人，什么妓女劝进团、叫花子劝进团、洋车夫劝进团，成天在大街小巷嚷嚷着马屁文人们写的那些狗屁不通的文章，叫嚣什么共和不利于中国啦，什么君主是中国的传统啦，什么大英帝国和日本帝国之所以富强，是因为有国王和皇上啦。

按照因为传统道理的缘由，所以中华民国也得改成中国帝国，也得有个皇上，四分五裂的国家才能兴旺发达。

不过，这位皇上自然不能是还住在紫禁城里养尊处优，享受着一切"外国君主"礼仪的宣统小皇上，而是住在西苑南海里那位"德高望重""文武双全""肇造民国"的袁大总统。

连刚刚灭亡不久的大清国那帮遗老遗少们，也被白花花的银子紧急动员起来，在酒馆、茶馆、戏院、澡堂子、青楼妓馆里大肆鼓吹君主符合中国政体，胡吃海塞着神采飞扬，为袁大总统的丰功伟绩吹得天昏地暗，仿佛忘记了前几年宣统退位时他们大骂的这个"袁曹操"领着北洋将领逼宫篡政，逼迫隆裕皇太后和宣统小皇上孤儿寡母退位的往事。

不为别的,大清国没了,这些旗人的铁杆儿庄稼也渐渐消耗殆尽,吃了上顿没下顿,八旗子弟们还在一窝蜂龙王爷斗宝似的比赛着挥霍、显摆,咋办?又不懂持家经济,也不会士农工商,只有拿了人家"袁曹操"的银子,大面儿上帮着他吹嘘几句罢了。

可聊着聊着,就有些走味儿,不是想起来自家老祖宗跟着顺治爷从龙入关的巍巍功德,就是说到自家老爷子在光绪年间当过什么八旗都统、九门提督或者军机大臣,就这么你一言我一语地说开去,一会儿又骂起了要不是这个"袁曹操"逼着皇上退位,八旗子弟怎么能沦落到拿人家的钱帮人家鼓吹帝制呢??

酒喝多了,就出事。看看,这些七老八十的遗老和贵胄子弟们一会儿哭,一会儿笑,一会儿骂,一会儿跳,还有撒泼儿打滚的,仿佛十八辈子的冤枉都嚎出来了。

吓得一旁伺候的店小二都心惊胆战一愣一愣,心里说:"哪辈子也没见过这么多活宝贝儿啊!"

不过四九城里的老少爷们和奶奶大娘们,却很喜欢拿这些小道消息当茶余饭后的谈资笑料。

就这么股乌七八糟的风,在大街小巷、皇城内外吹得猛烈,把个六朝古都熏得乌烟瘴气、一塌糊涂。

琉璃厂也不例外,听说近来商会组织琉璃厂的古玩商人也成立个"古玩行劝进团",不过,要说还是古玩里的高人多。

自然,这些成天捣鼓夏商两周秦汉宋元明清物件的商人,对王朝往事琢磨得那叫一个清楚。

人家聊的都是古事儿,比如好几位老先生都知道,自打前清那当儿,对袁大总统就有说法,他是妖精变的,绝没有真龙天子运。

袁大总统是妖精变的?!不错,光绪年间就有说法。

说的是大清入关前,西山有十个妖怪得道成精,却因为是畜类,不能位列仙班,修成正果,所以下凡为人,变化成帝王奸雄,祸害天下。

里头有几位大名鼎鼎,传说曾文正公曾国藩,就是一条千年大蟒蛇成精投胎。原因呢,则是曾文正公好像有牛皮癣和皮肤病,身上天天痒,天天蜕皮。

名单上还有西太后老佛爷,说她是被太祖爷努尔哈赤杀掉的一个狐狸精变化投胎到叶赫那拉家,进宫为妃,一口气做了四十八年圣母皇太后,把个大清国祸害得病入膏肓、奄奄一息。

剩下就是这位袁大总统,说是一只千年成精的大蛤蟆,篡权夺位,逼迫两宫退位,断送了大清二百多年江山,又要学王莽篡汉自立登基。

正好袁大总统生的脑袋大、脖子粗,不当总统就当伙夫,走路又一蹦一蹦的,活生生一只大蛤蟆成了精,如此,就被人们对号入座喽。

再者说,琉璃厂这些店铺都是古玩行里的"坐商",俗称大买卖家,接待的客人在前朝就是王公贵胄,后来则是民国新贵里那些总长、部长们,绝不能跟那些灰耗子似的偷偷摸摸出溜到四九城大宅门里踅摸物件的打小鼓儿的青皮后生和在隆福寺、护国寺摆摊儿的小买卖一样丢人现眼不是??

因此,谁也不会拉下脸面和上百年的字号名声,傻不唧唧地跟着什么妓女、拉洋车的力巴儿出洋相。因而,就有德高望重的老先生劝了商会会长:"王会长,你可别犯糊涂,你们别的行当愿意怎么搞就怎么搞,咱们这行,还是稳当点吧,前有王莽篡汉,后有曹操夺权,这可都在史书上遗臭万年的人,这么个闹法,不是好事。孙大炮还在南边儿呢,你可别掉进去白染一水。"

几位老先生这么一说,五十多岁的王会长心里也犹豫起来,他可不想在大家伙儿面前栽了面子,让人说自己都土埋了半截还当狗腿子,京城里的老少爷们儿,舌头尖上能骂死人呐,可上头的命令也不能不听啊,谁知道袁大总统这帮子虾兵蟹将能干出什么事儿呢!

最近,还让王会长为难的,还有一档子事儿——他的日本朋友山田一男,要买件佛头!!

原来,东交民巷路西口,有个日本铺子,叫山田商社,专门经营日本出产的土特产品和首饰饰品,比如司空见惯的日本机织绸缎、花伞、东洋肥皂、煤油、火柴和日本手表、小刀、烟盒以及日本人穿的大袍子和服、拖拉板儿鞋,东西琳琅满目,价格也合理,算是物美价廉,在京城也算小有名气,不仅使馆区里的东洋人、西洋人,就连不少大官儿的太太、小姐和有钱的贵妇人,去买东西的也络绎不绝。

老板是个又矮又胖又和气的日本商人,叫山田一男。

这位山田一男,老家住在日本东京郊外,也是个普通人家,山田家子嗣艰难,几代单传,到了他这一辈儿,除了一个妹妹,就他一人,父母去世得又早。因而,早在光绪年间,年轻的山田一男觉得日本不好混,就告别了妹妹,一个人漂洋过海来了大清国的首都北京做生意。

王会长怎么认识山田的呢??

还是庚子年间,义和拳闹得京都大乱,杀了德国公使克林德和日本使馆的书记官,造成了国际外交丑闻,惹翻了洋人们,东洋、西洋各国的洋人荷枪实弹,驾着铁甲船就到了天津大沽口,要西太后老佛爷支持维新变法,把大权交还给光绪皇上。

这消息把临朝听政的老佛爷气得一佛出世二佛升天!又赶上朝廷里的端王、刚毅、徐桐等顽固派和老道学先生们撺掇,一口气杀了四位主和派大臣,就下令跟英法美德奥日意俄八国开了战!

可惜大清国练兵练了这些年,兵将都不中用,洋人一路打到通州,联军进攻北京城。太后老佛爷又惊又怕,生怕洋人进京要宰了她这个罪魁祸首,像四十年前她男人咸丰皇上扔下京都百万军民避难热河一样,连夜带着光绪皇上和皇后妃子,一溜烟儿跑了。

八国联军进了北京,烧杀抢掠无恶不作,当年四十出头的王会长还是个大掌柜,家里被劫掠一空,女儿上了吊。他领着儿子和母亲无路可去,正好被作为联军临时翻译官的山田一男给救了,联军不仅没杀他,还让他给帮着找粮食酒水。后来,王会长又跟负责议和的庆王爷拉上了关系,这才扶摇直上,做起了粮食、古玩生意,买卖越做越大。

为这,王会长和救命恩人山田一男成了好朋友。

最近,在中国待了二十多年的山田一男也许是年纪大了,思乡情切,也许是银子赚够了,几次跟王会长说,要回日本养老了。

王会长自然舍不得,别看山田一男是个日本人,可中国话说得溜熟,穿着、打扮、衣食住行完全是个老北京的做派。

他爱吃的是全聚德的烤鸭、东来顺的涮羊肉、大街上的卤煮火烧和老马家的羊头肉,喝的是竹叶青、二锅头、状元红,穿的是四大祥的绸缎、内联升的鞋、戴的马聚源的帽子,连谭老板和梅老板的京剧,山田也能半真半假地哼上一段。

您要不认识猛然在大街上见了,绝看不出他是个日本人。

再说,王会长跟山田一男很聊得来,山田不像一般东洋人那样对中国人趾高气扬、气势汹汹,为人很是平和热情,两人没事就小酌一杯,说说古,论论今,聊聊北京城的历史,东京城的文化,还有茶道、插花、剑道、书法。

因此,听了山田一男要回国,王会长非常不舍,舍不得归舍不得,博古通今的王会长,也知道狐死首丘、越鸟南枝的典故,思乡之情人之本性嘛,那天两人酒酣耳热之际,王会长多了句嘴,问山田喜欢什么,要送他一件礼物,算是两人友情的见证,也是个念想儿。

两人都财大气粗,山田捏着酒杯想了半天,也没什么想要的,只是说很高兴认识王会长,舍不得两位老友多年的感情。

王会长自然要更热情,非得送。

山田一男长叹一声:"老朋友,既然你想送我一件礼物,金银财宝我不缺,我想请一尊佛像回日本,供奉在我家,可以的话……"

王会长听了,一拍大腿:"可以!嗯……我记得铺子里有明朝成化年间的鎏金佛,传世的,别人要买我也不出,等明儿我去庆寿寺找个师傅念念经,送到你府上。"

"不,不,你误会了,我不想要铜佛,我想,中国历史源远流长,佛教在你我两国都大兴,但是我国的石刻佛像很少很少,更没有像中国那样的摩崖石佛,我想临别之际,请老朋友送我一尊石刻的佛像,回家供奉,你说好不好??"

王会长听山田一男说完,激灵灵打了个冷战,酒意立马全无。

二

山田一男见王会长脸色古怪,笑了:"兄台怎么了?您在北京各行中名望甚高,难道一尊石刻佛像也令您为难了??嗯,如果兄台不好出面办理,我想自己出大价钱收购一尊。"

王会长掏出块素白的纺绸手帕,擦擦额头上一脑门的热汗,问:"贤弟,咱们兄弟这些年风风雨雨,算得上知心,我想问一句,为何非得要一尊石刻的古佛呢??"

山田一男轻叹一声,说了原因。

原来,山田出身平民,祖上自德川幕府那当儿便笃信日传佛教,作为他们家的祖训一直流传至今,父祖辈虽是平民,却是虔诚的佛家子弟,生前便初一、十五的去东京各大寺庙烧香拜佛,即使明治年间,日本朝廷实行毁佛崇神道教的活动,大肆贬低日传佛教的名望,提倡崇拜天皇始祖的神道教,以维护天皇制维新朝廷的稳定。而山田家族也一直不改初衷,算得上矢志不渝。

且山田远渡重洋来中华经商前,在东京提经寺许下了罗天大愿——祈求佛祖保佑他能在中国功成名就,如果真的实现,他将捐资为提经寺重修庙宇,为佛祖再塑金身。还要请一尊石刻古佛在家供养,等他百年后,捐献给提经寺供养。

等到今天,功成名就的愿望算是基本实现了,老婆孩子都很幸福,银子赚得盆满钵满,虔诚的山田一男认为,这是佛祖护佑的结果,重修寺庙没问题,可石刻古佛难办得很,又不是金玉佛像,于是趁今天跟王会长喝酒,直接提了出来。

王会长听了,沉吟许久,心里责怪自己嘴欠!!懊恼不已,脸上还是和颜悦色:"贤弟的虔诚之心可敬可佩啊!!为兄可以助你一臂之力!嗯……你看这样好不好,我出一万大洋,买三百五十两黄金,请工匠铸造一尊金佛,再请大万寿寺的大师父开光入藏,送与你带回日本供养,一是表表我的心意,二是为纪念咱们兄弟的友谊??可好?"

一万大洋?!山田一男心里一震,知道王会长确实为难,才提出了这么个折中的办法。

为啥??

那当儿印的钞票不值钱,袁大总统命令财政总长以盐业银行、中国银行名义发行的那些花花绿绿的票子，在市面上常见，可老百姓习惯了用铜制钱、银子、银圆，而民国的法统又不那么强势，各省，尤其是南方各省都有自己印制的钞票，这种钱老百姓都不怎么认，加上币制混乱，可能北京的票子在北方各省能花，到了南方人家不认，反之亦然，南方票子到了北方也不认。如此这般，银圆——当时因为有袁大总统的头像，也叫袁大头，轰然成了民国最主要的货币。

一万大洋相当于什么？？当年一两黄金才卖三十一块三毛钱！京东富饶的玉田、遵化、固安等地最肥沃的土地，才二十五块钱一亩，一般的旱地也就十六块大洋一亩，一袋美国产三十斤的洋面粉才四块大洋，在正阳楼叫一桌子最好的燕翅席，才五块大洋！

这一万大洋，能买四百多亩好地，可是多少人一辈子的梦想！

山田一男点点头，望着王会长诚挚的眼神，疑惑地问："兄台见谅，咱们是好朋友，我也不缺钱，更不能收您如此大礼。而且，我想请教您，怎么这些石刻古佛，是万金难求还是有什么别的忌讳呢？？请兄台直言告之。"

王会长笑着摇摇头，觉得这日本人实在固执，还是脱不了日本民族的特性，起身背着手踱了几步，慢条斯理答道："贤弟在我中华经商也二十来年了，对我国传统民俗也知道些，不过，有句俗话，叫十里不同风，五里不同俗嘛。你既然问我，老哥哥就跟你念叨念叨，这事儿不是我为难，而是我们这一行儿，有规矩。"

"有规矩？？"山田眨眨眼，抹了抹仁丹小胡子。

"早年间咱们兄弟聊天，我跟你说起过，没说那么透彻。"借着院里西府海棠的花香，王会长娓娓道来。

古玩行自隋唐之际便在长安、洛阳等地出现，再早，则是魏晋南北朝时，文武大臣和富商大贾们自己私家收藏、摆设的爱好，以彰显或显摆自己文韬武略，博古通今，远远没有形成后来的行业圈。

到了北宋时期，因徽宗好古成风，在东京汴梁，才形成了大规模的古玩买卖、鉴赏和仿造、伪造的风气，元明清历朝历代相沿成风，成为上自皇室贵胄、文官集团，下自有钱人附庸风雅的一大体现。

不过呢，古玩行跟别的行业一样，自打出现的那天起，就有自己本身的一系列约定俗成的行内规矩和禁忌,历经千年而不坠,也是中华文化源远流长、博大精深的一种特性。

这些规矩,从来没有什么书面说明,都是从古时候行业内部教授徒弟时,口口相传或是约定俗成,但凡是干这行的,只要您身在行内,即便是再见利忘义、贪财心黑的商人,也不得不被此类不成文的规矩限制着。从北京、天津,到广州上海,再到山西陕西,任何一家古玩行的店主,或多或少都得遵从这些规矩,才算得上自己行里人。

比如说吧,有几个规矩各地的古玩行都遵从。

一、不收盗墓来的玩意儿。

有人问了,古玩除了传世的那些,多多少少都得买卖些盗墓出土的,才能赚大钱嘛!

话不错,可不是这个理儿。

老年间,凡是去古玩铺子销售盗墓物件的人,甭管您的物件多好,价格多便宜,大多数商人只要看出这是出土的玩意儿,人家决然不收。

因为偷坟掘墓在老年间是十恶不赦的死罪,自《大明律例》到《大清律例》,只要犯了偷坟掘墓的罪过儿,律法规定,不论首从诸犯,一律杀头示众,那些跑腿儿的、望风的,按律戴枷一个月,发配三千里。

这些古玩行的掌柜的都是精明人儿,谁也不敢为几个银子就买卖这些物件。

再者中华文化崇尚祖先崇拜,都尊崇礼义廉耻、四维八德,无论历朝历代士农工商,谁不敬仰祖宗??偷坟掘墓大都挖的是古墓,这就是丧了良心,坏了阴德。在那种迷信时代,凡是干这行的,死了都得下十八层地狱,永不超生!

道德良知上的限制,也算当年古玩行里的一个禁忌。

要是谁收了盗墓来的玩意儿,卖了大价钱,行里人知道了,当面不说,背后不把你祖宗十八代骂个狗血淋头才怪。

二、不收各类金铜佛像和显密各教的法器等,包括各类神仙佛祖造像。尤其是被人盗掘、偷凿的摩崖石刻类佛像、神像,就算唯利是图的商人们,也对此十分忌讳。

因中国是多神教信仰嘛，虽说自秦始皇建立帝制，皇权一直大于神权，不过在老百姓心里，无论崇拜的是佛教、道教还是什么教，内心深处对神仙佛祖总有说不清道不明的敬意。因而，不论是玉皇大帝、如来佛祖似的神佛大圣，还是灶王爷、灶王奶奶类的小仙小神，都在老百姓心里根深蒂固。

这也跟老百姓习惯的礼多人不怪、心诚则灵的习俗一样。尽管有时候这种习俗是功利的。

因而，古玩行的商人们非常忌讳这些，万一买卖了此类物件，叫毁坏法身，神佛有灵，不定哪天上苍一个五雷轰顶让你全家玩完！阴司地狱报应，不是不报，时候未到；时候一到，立刻全报。

三、不做秦汉隋唐时代的陪葬陶俑冥器和偶人生意。

这些物件都是当年在帝王诸侯陵寝里陪葬的物件，年深日久、精灵百变，都说人老成精，更别说这些阴气纷纷的偶人喽。

而所谓的唐三彩这种陪葬物件，更是被当时的古玩行视为禁忌物件，这个名词儿，自古以来就没有！是民国初年洛阳古墓被盗发掘出土后，学者文人们定的名字。再早，就是光绪年间，您要是跑到琉璃厂找个铺子进门问："老板，来两件唐三彩！"

一头雾水的老板定然会丈二和尚摸不着头脑，请您出去。

那个时代，您要是买几个秦俑汉像唐三彩放在铺子里显摆，行里人一看准得说："嘚来，这他娘是个大棒槌！！什么人玩什么鸟！好家伙，这些物件都敢收，以后离他远点吧！"

这就是当年的风气和民俗。

自然，从大清国灭亡后，皇上没了，各省多出来一窝子土皇上，礼崩乐坏、天下大乱，谁也不拿北京的民国中央当回事，袁大总统也收拾不了，只能睁一只眼闭一只眼维持着。

加上唯利是图的商人们没了律法的约束，肆意贪财，那几年不少古墓被盗掘，珍宝古器纷纷出世，也流入古玩行不少，这也跟元末、明末天下大乱一样，乃天意如此，非人力可及，也不能一概求全责备。

可是中华大地上的摩崖石刻佛祖造像，毕竟有千年的"神威"灵佑，倒是没什么人敢动手。

王会长是生意人,更是老中国人,老祖宗世世代代传下来的规矩,依然约束着这位声名远播的商人,在他脑子里,身家性命可以不要,但老中国人这份道德良知和四十来年的声望,绝不允许他干出背祖忘宗的事儿。

别人干,他管不着,可他不想也不能这么干。真要是花钱不拘哪里砸下一块古佛送给山田一男,就算别人不知道,他也拉不下这个脸,狠不下这颗心,不能坏了德性。

听了王会长一席谆谆诚意的话,山田一男恍然大悟地点头称是,起身对着王会长轻轻一躬:"是我唐突了!!请兄台不要介意。原以为中国此刻混乱不堪,什么律法德性都能用银子衡量,不想还有兄台这样遵守商业良知的人。有贤者如此,贵国一定不会永远衰弱下去。我看到了一个真正老中国人的心,请饮一杯!"

两人又开怀畅饮了一番,山田一男告辞而去。

王会长以为这事儿就这么过去了,就没放在心上。

不料,没几天工夫,古玩行有人送信儿来,说有个日本商人托人打听谁家有石刻古佛出售,愿意以重金购买。

"这个山田一男,怎么痴心不死,要一意孤行呢?!"

又接着袁大总统指派内务部下令古玩行组织劝进团的事儿,闹得王会长心里实在不安。

三

正是无巧不成书。

王会长一面把自己铺子里那尊传世的大明成化年间的鎏金坐佛重新修整,想送给山田,以阻止他收购石刻古佛回日本的主意,一面又得支应着内务部总长成天打电话,要他组织成立古玩行劝进团的命令。

有些焦头烂额的王会长实在不明白,怎么这个日本朋友如此执拗呢?

这天,王太太听见丈夫长吁短叹,问了情由,缓缓起身道:"老爷也不必为难,这事儿我也听见一耳朵。大街小巷上都传得厉害呢!"

"你个妇道人家懂得什么!"王会长说完就有些后悔,毕竟是四十多年正经夫妻,自己如花似玉的女儿又在庚子年纪上吊自杀,因此,觉得愧对夫人,自那以后,说话做事都敬着夫人三分。

放缓了声音,王会长示意太太落座:"这不比别的事儿,筹款、筹粮食的,这是要劝进呐!谁知道袁大头怎么搞的?!搞来搞去闹出个劝进登基!你也识文断字的,念过些书,这种事能做?别说孙大炮在南边儿闹得厉害,听说被老袁赶到日本,还在闹。就是咱们这种中等人家,也不好凑这个趣儿。咱们是本本分分的买卖人,不是当官的,能翻脸不认人,不要脸似的上赶着拍马屁。要是成了,该交的税一文不少,要是败了,你想想,书上写的那些乱臣贼子是什么下场?我呢,又在这么个位置上,哎,还有那个日本朋友,山田一男,前些天要个摩崖佛像,还得是古佛!我说花1万大洋打个金的送他,他都不要,最近他跑到几家铺子里问人家,这不是跟着添乱?"

"阿弥陀佛!我的天!你答应他了?!"王太太念叨了一句。

"谁敢?这种损阴坏德的事我能答应?这人也太执拗,改不了的东洋毛病!"王会长叹着气说。

思索了一会儿,王太太看四周无人,小声说:"劝进的事儿也没什么,我看呐,只是这个山田要石刻古佛的事儿,要当心。"

"哦?怎么说呢?太太有什么主意?"

王太太嘿然一笑,打趣道:"我们妇道人家懂得什么??只是为老爷想,不能留在京里,跟那些马屁精乱闹,您不要脸面去劝进,我们还拉不下这个脸呢!咱们家只要平平安安,我又不想戴什么凤冠霞帔做官夫人。我说个法子,不知道管用不管用。"

"太太请说!"

王太太剥了一只龙眼,放在嘴里品咂着滋味儿:"老爷不如称病!说是去南边儿医治修养,去金陵我弟弟家住上半年六个月,先躲开这场劝进戏再说,人家几位老先生说得对,不能留在京城里白染一水,让人戳脊梁骨骂咱们!俗话说,皇上还不使唤病人呢!再说老爷这些年在商会维持着,不算有功,也算无过,我看时局不好,有些人还想争老爷这个位子,有什么?就让给他们去台上表演表演,等这事儿过了,您再回来,就算不当会长,咱们还有买卖铺户呢??您说,是不是这个理儿!"

王会长砰然击掌:"呵呵呵呵,原来家里还有位女诸葛啊!!太太一席话,解开了我的心结!也罢,这事儿,就让他们闹去吧。正好,我带着山田去金陵南京府游览游览,让他留在京城,不定买通哪个见利忘义的,再毁了咱们老祖宗留下来的物件。这就一举两得了不是?"

王太太稳重地点点头:"我弟弟那边好说,今儿我就写信给他,让他先预备着,老爷给山田说好了,三天后启程。今儿您先去商会里请假,不,您不能出去,派管家去说。我这就去收拾行李!"

"不,写信太慢,让管家立即去拍个电报给孩儿他舅舅,就说我明天就启程,反正他舅在那边有买卖铺户,也不用准备什么。写个辞呈一刻钟的事儿。你这就去预备行李,多带上些礼物,让他们去正明斋多装几样点心,还有酒铺子里的竹叶青、莲花白,多买,他爱喝。嗯,还有山田送我的那些洋烟卷!都拿上。说走就走!"

王会长来了精气神儿,王太太也欢喜,吩咐管家仆人匆匆而去,自己回内宅收拾去了。

客厅里,王会长装了一袋水烟,咕噜噜抽了几口,花白的短须一颤一颤的,望见西墙上那幅石涛画的水墨画———幅荷叶下头,几只憨态可掬的大螃蟹张牙舞爪,端的是栩栩如生,疏秀明郎中带着纵横恣肆的风气。

旁边一笔颜体小字——看你横行到几时!!

院外传来大街上阵阵又叫又笑,杂乱无章,呜呜呀呀的叫喊:"恭请袁大总统登临大宝!!"

"袁大总统圣德巍巍!!堪为君主!!"

"共和不如帝制!我等黎民恭戴袁大总统君临华夏!!"

"袁大总统万岁!!"

……

不消说,又是那些妓女、车夫、乞丐劝进团的人收了银子在大街上出洋相!

王会长越听越乐,对着石涛的荷叶螃蟹图心里默念:看你横行到几时!!

果不其然,王会长当天递上了因病辞职书,消息传出,不少跃跃欲试想鸠占鹊巢的行里人赶紧去内务部活动,内务总长皱起了眉毛,他可门清儿,这位王会长在前清末年就执掌北京商会,算是两朝元老,跟京城里各行各业的掌柜、把头和东家们都混得溜熟,算得上德高望重,各行业的把头、掌柜的,多少得给他几分面子。

王会长跟政事堂的各位大人们,也走得热络,原先又是庆王爷的门下,虽说大清国没了,可人家庆王爷威势荣华还在,政事堂更厉害,简直成了民国的军机处,是袁大总统处置军国大政的中枢,不看僧面看佛面嘛。自己这个总长对各行各业又不熟悉,还有没完没了的卫生、警政、行政、民政要管,原本管理商业的农工商部总长是个只会贪财的饭桶,自己分内的事都扔给了内务总长,成天贪钱去了。

而王会长在民国之后,不论为袁大总统的新政府筹粮食、筹银子,还是安定北京商业市面,都称得上老成持重、兢兢业业。因此在内务总长眼里,这位王会长竟然是个须臾不能离位的人物!

看来王会长是不想蹚劝进帝制这趟浑水哦,或者王会长从政事堂几位大佬那里得了什么密信儿也未可知!也罢,总不能强人所难不是?八面玲珑的总长大人挥笔批了几句:王会长德高望重、老成有为,今患病须调养,特赏给病假三个月,由副会长暂代会长职务,待王会长康复后再复位视事,云云。

一个批示压根儿连辞职都没提,写的是风雨不透、左右逢源、进退自如,这就是民国大官僚的权术!

王会长得了批语,心中安慰,上头虽不允准,却给足了他面子,还能逃开蝇营狗苟的北京城,何乐而不为??因而立即谢绝了副会长惺惺作态的挽留,回家带了行李。此刻,山田一男听说老友邀请他一起去南京游览,高兴坏了,连忙布置太太看铺子,自己带足银子,领了个小仆人就来王宅相会。

两人先去东交民巷的六国饭店大吃了一顿,又玩了会儿西洋台球,美美睡了一觉,第二天凌晨,趁着薄薄晨雾,两人各带了一名仆人,坐马车来到前门外北京火车站,登车先赴天津换车,再乘津浦铁路南下金陵。

四

一路无话。

两天后,四人在南京府浦口站下了车,一出车站,四周稽查旅客的全是留着大辫子的兵卒,还有些荷枪实弹的在车站外头警戒,如临大敌。

山田有些奇怪,用流利的汉语问:"老哥,咱们这是到了哪儿啦?!怎么又回到大清国去了?这些人看起来怎么跟前清的军队一样??"

一身银灰长袍的王会长从玄色缎子马褂里掏出块怀表看了看,正是下午两点半,笑呵呵地抬头道:"贤弟有所不知,等会出了车站,再告诉你,你看,那边有人接咱们来了。"

大辫子士兵们吆喝推搡着一些看起来普通的百姓旅客,却对车上的穿着拖拉板子和服的日本人、西装革履黄发蓝眼珠的洋人们恭恭敬敬,王会长沉着脸领着山田大摇大摆地走出车站,大兵们看着二位器宇不凡,果然没敢放肆。

车站口停着辆洋式大马车,嗬!这辆马车,黑漆描金边儿的大木车厢,上头的油漆锃明刷亮,大玻璃窗户挂着香色的纱帘,精铜如金的把手和脚蹬,驾辕的是两匹纯黑高头大马,正安安稳稳地矗立当场。

一个四十出头胖墩墩的汉子,正拿着张报纸看得入迷,身边跟着两个仆人都是一色玄色裤褂,白袜布鞋,满透着精明强干。

"子山!子山!"王会长背着手笑吟吟地喊道:"看什么西洋景儿这么入迷!"

那汉子一怔,合了报纸扭头一瞧,立即放下吊在鼻子上的水晶玻璃眼镜,大踏步兴奋地走过来笑道:"姐夫!大驾亲临,有失远迎!失敬失敬啊!!"冲王会长、山田抱拳拱手为礼,王会长介绍了山田的身份和来意,汉子寒暄得热烈,请二人上车,车如流水马游龙,马蹄嗒嗒嗒响动,又稳又轻便。

这位中年汉子,就是王会长的小舅子,徐子山,金陵南京府人士,祖辈就是商人，在商场中营运倒腾了二十多年，也算小有成就。而且，对王会长这个北京商会的会长，十分敬仰，因此亲自驾车来迎。

山田一面欣赏着江南大地的景色，一面听着王会长、子山二人聊得热络。

王会长笑道："子山，这回我可要在你家常住些日子喽！正好到了夏天，你姐也一起过来避暑。"

徐子山拍手笑道："呵呵呵，姐夫，您和大姐来南京避暑？岂不是孙悟空进了八卦炉哦！这里的夏天能热死人！咱们南京这边的达官贵人，都去莫干山和庐山避暑呢。小弟家里还有空房多间，有客自远方来，不亦乐乎呵呵呵，我姐电报里跟我说了，你想住多久住多久！还有这位日本朋友，金陵可是六朝胜地，不比北京那边的气候景色差，我带二位好好游览一番！"

王会长对妹夫的热情大气非常满意，不住点头，问："今儿谁来南京了？好大的势派！那么些大辫子兵稽查？难道是那位张督军也要跟着凑进热闹一把？呵呵呵呵，真是国之将亡，必出妖孽！"

山田眨眨眼："张督军？？老兄说的不是那位有名的长江巡阅使张督军吧？"

徐子山惊讶地看看山田："兄台对我国了解颇深嘛，也是，毕竟在此生活了二十多年。您说得对，不是他还有谁！我方才看的报纸上，就有他出的洋相！"

王会长忽地沉了脸，"花近高楼伤客心，万方多难此登临。原想着北京城里被那帮子魑魅魍魉闹得天翻地覆，来你这里避避喧嚣，不料还是一样！子山，你们南京这边没搞什么凑进吧？？跟你说，做好你的生意，少掺和这些烂事！"

见王会长拿出姐夫的身份，徐子山稳重地点头称是："姐夫说的是！咱们老百姓不就想吃个安安生生的饭？？南京这边的冯督军做事稳妥，为人平和，对百姓也还说得过去，再说江南物阜文明，开化得早，比不得北京那种遗老遗少遍地的地界。就是这位贼心不死的张督军，仗着有几杆破枪，几十营军队，希图富贵，怀念帝制，跟着凑这个热闹！惹得冯督军大为不快呢。听说，要不看着都是北洋的老兄弟，冯督军非得跟他干一场。"

张督军,原名张少轩,是江西人士,前清那当儿,因为参加中法战争和甲午战争,作战英勇,又大字不识一箩筐,年纪轻轻好勇斗狠,非常得几位统领的喜爱。

统领嘛,就喜欢这种没文化又听命令往前冲的军人,由此做了队官。

后来袁大总统小站练兵,张少轩成了袁大帅的麾下,因其愚忠粗率,特受袁大帅的爱护,由此扶摇直上,从营长直升中军管带,又因随袁大帅镇压义和拳有功,再升了总兵官,不仅成了一镇陆军的统领,还是袁大帅的嫡系爱将之一。

在袁大帅眼里,比北洋三雄丝毫不差。

庚子年间,张督军撞了大运!西太后老佛爷自陕西长安府回銮京师,就是已经升任直隶总督北洋大臣的袁大帅特派张少轩领兵护卫,两宫圣驾自河北入京,一路上都是他跑前跑后地安排警卫,扈从御驾,着实出了一番力气。

而这位没什么学问的张督军,表面上粗率,肚子里可颇有乾坤计谋,不知使了什么手段,竟然很快就拜在了内廷大总管、御前太监首脑李总管门下,大把的金银财宝送出去,乐得李总管满脸皱纹的厚脸皮直开花。

李总管得了银子,自然不断在老佛爷跟前儿为张督军吹风叫好,等回了京城,老佛爷一道谕旨下来,命张督军作为亲军守卫紫禁城,并赏加提督衔,太子少保。

可把张督军乐坏了。那几年,张督军跟宫里大小人物都处得好,混得风生水起,在官场熏染多年的他,不仅买好了李总管的路子,还跟新崛起的太后宫御前掌案太监小张子拜了把兄弟,脚踏两条船,安稳做大官!

等两宫驾崩,小张子成了太后宫大总管,撺掇着隆裕皇太后升了张督军为江南提督,驻守南京。

辛亥起义,大清灭亡,鼎革之际,袁大帅摇身一变,成了袁大总统,更是爱重旧部,见张督军愚忠清廷,所部将士都留着大清的辫子,表示怀念前朝。袁大总统对"忠义"非常看重,因此对其多加赉赏,视为在江南的一支重要力量,以制约有共和思想的冯督军。

不久前,为了让张督军支持自己称帝,为其加号——长江巡阅使,移驻徐州，看守南北门户。

自此，早已对共和不满，成天想着朝拜圣明君主的张督军投桃报李，在徐州、江苏等地叫嚣劝进，跟京城一样，闹得各地不安，冯督军只碍着老北洋兄弟的面子，装作不知。

"哎，冯督军也该出来说说话嘛。"山田轻叹，对于帝制一事，他不好乱说，毕竟日本也是帝制国家，又打败了大清和俄罗斯帝国，只是民国搞帝制，怎么也说不通嘛。

"说什么??"王会长皱眉道，"兄弟有所不知，别说张少轩这种帝制积极人物，武昌首义黎副总统怎么样？被软禁在瀛台！徐菊人国务卿，说起来还是前清的太保、宰相，又是袁大总统的密友盟兄弟，还不是送了钱远远打发出京？听说连蔡将军都从云南召回京城坐了冷板凳，这是给各地督军大人们上眼药！"

说完又自嘲似的苦笑："咱们老百姓就是瞎操心，刚从京城来避嚣，管这些个做什么??管他什么总统、皇上，不都得交粮食纳税??《左传》上说——肉食者鄙，未能远谋！呵呵呵呵，这事儿，该他们肉食者去操心，你们瞧着吧，上蹿下跳的跳梁小丑，没什么好下场。"

"谁说不是呢！姐夫，我听同行说，孙大炮渡海去了日本，要组织护国运动，说要维护民国……"

见山田在旁，王会长一摆手制止了内弟，使了个眼色："方才你看的新闻纸上写的什么，拿来我们看看，就当一乐子了。"

徐子山会意，递过报纸大笑："看看吧，姐夫，真是奇文共欣赏！幸亏大家没吃饭，不然，隔夜的蒸糕都得吐出来！"

王会长接过来，山田也饶有兴致地凑过来欣赏，是一份南京小报，这些大大小小的报纸，也算民国之后才时兴的东西，大清那当儿，全国只有几种而已，而江南最有名的，自然是《申报》和《字林沪报》了。

晚报第一版是金陵南京府里的民政、财政、商业广告什么的，打开第二版，好家伙！整整一大版，从右自左通天彻地地占满了，上头大标题——长江巡阅使、定武上将军率两江士民将兵等，恭戴我袁大总统改变国体，实行帝制，早登大宝，君临华夏，进贺表文！

"臣长江巡阅使、定武上将军张,为恭戴我大总统袁公改变国体,实行帝制,早登大位,谨顿首顿首,再拜于我大总统座下曰:

臣闻天生蒸人,树之以君,所以对越天地,司牧黎元。少轩等眷眷,实有愚心。以为圣王作制,百代同风,襃德赏功,古自来矣!圣帝明王鉴其若此,知天地不可以乏飨,故屈其身以奉之;知黎元不可以无主,故不得已而临之。盖此次国体改革,为我国历史上莫大之光荣,不特征诸揖让无此宏模,即揆之各国之名誉改革,应亦未遑多让。尽善尽美,不容有罅隙之留。

所以弘振遐风,式固万世,三五以降,靡不由之,贤哲之士犹以为美谈。

伏惟我大总统袁公,体天隆运,定统建极,神姿秀伟,英明神武,聪明睿哲,玄德通于神明,圣姿合于两仪,应命代之期,绍千载之运。夫符瑞之表,天人有征,大运之兆,图谶垂典。体尧舜之昌明,膺七百之禅代,当汤武之期运,值天命之移受。自任总统以来,世有全功,善治华夏,朝无阙政,民无谤言。德布四方,仁及万物,越古超今,远迈汉唐。

前者九州鼎革,肇造民国,率虎贲之军士,扬盛朝之威武,允文允武,威名远播四海;后则击破民党,稳固政权,以鹰扬之爪牙,平孙、黄之逆乱,克明克哲,皇天俯临眷命。邦内康宁,苛慝不作,宜乎承天受命,君师宇内!

臣又闻:尊位不可常虚,万机不可久旷。且纯化既敷,则率土宅心;义风既畅,则遐方企踵。天祚大顺,必将有主,九州黎庶,万众一心。以迩无异言,远无异望,讴歌者无不吟咏徽猷,狱讼者无不思于圣德,天地之际既交,华裔之情允洽!

愿我大总统袁公,存尧舜至公至大之情,狭巢由抗矫抗伪之节,受兹介福,允当天人。以国家社稷为务,不以小行小德为先,以黎庶万民为念,不以克推克让为事。上以慰宗庙乃顾之怀,下以释海内倾首之望。元功盛勋,光光如彼,国士嘉祚,巍巍如此,内外协同,靡愆靡违。则所谓生繁华于枯荑,育丰肌于朽骨,神人获安,无不幸甚!

伏念臣受知最早,获恩弥深。小站兴军,为王前驱,震慑民党,征南逐北。今景运方隆,元圣临位,躬逢盛事,感怀涕零。恭戴我大总统袁公,受天眷命,抚应民意,改变国体实行帝制,早登大位,君临九州!方慰上下群臣、将领、黎庶之愿也!

臣不胜犬马忧国之情,迟睹人神开泰之路。伏愿陪列阙庭,共观盛礼,踊跃之怀,虽远罔极。

臣长江巡阅使、定武上将军张,顿首顿首,谨奉表以闻。并特率两江士民人将兵人等,望阙叩首!"

五

"呵呵呵呵!这可真是大手笔了!"王会长大笑道,"张少轩大字不识一箩筐,这篇劝进表文写的却是花团锦簇,妙不可言!我看,是从哪部古书里抄来的吧!"

深通汉文的山田一男摸着仁丹胡子点点头:"行文遣词有《三国志·文帝本纪》风采,好像还有南北朝帝王禅让的词句,又加了民国的新词儿,真是融合古今喽。"

"哪儿是他自己写的!姐夫,不瞒您说,这篇玩意儿,一看就是张督军不知花了几万银子,请京城筹安会里那些前清翰林老夫子写的,要不我说幸亏诸位没吃饭,吃了饭再看,不定得吐成什么样子呢。又酸又臭,一大可笑。"

"前清翰林院的文章,本就是京城十大可笑之一!没想到今天传到文化昌明的江南之地,不是可笑,是可悲可叹。把汉献帝禅让的老古板文章拿出来,他不是曹操,谁是曹操??"

几人聊得火热,马车疾驰,一路往南。

江南大地,果真与北方不同,初春之际,桑陌遍野,碧云蓝天,处处丘山一片新绿,云蒸霞蔚,风光迷人。

坐船过了扬子江,江中八卦洲上的渔民们正喊着号子撒网打鱼,热闹异常。

到了下午夕阳满天,众人才到了金陵城下。

南京古称金陵,春秋战国就是南方都会之一,四周紫金山、幕府山、蒋山处处山峦环绕,长江穿城而过,秦淮河、金川河萦绕其间,玄武湖、莫愁湖点缀其中，气势雄伟，山水相依，端的是江南第一。

且此地地脉风水甚好，不输长安、洛阳，据传秦始皇横扫六国、统一天下后，摆出天子大驾巡游四方，一日到了此地，方士密报：金陵地脉处龙脉之中，四象衬托，五龙环绕，王气蒸腾。恐五百年后有王者大兴！

雄才大略、志满意得的始皇帝听了勃然大怒，心想自己君临九州四海，称始皇帝，想把大秦传之二世、三世以至千秋万世，这江南小小的金陵，竟然有王气出现！

为大秦基业千秋万代，始皇帝便密召随驾方士、阴阳术士堪舆了金陵地脉，下诏征发十万囚徒，凿开方山、石硊山一带，凿晰连岗，导龙藏浦北入长江以泻王气，并将紫金山山麓点穴乱挖，以破龙脉。随后，又命少府监将从六国王宫搜刮入秦宫大内的珠玉珍宝礼器法物挑出一批，各装入金玉盒，令方士们用秘法斋醮祈禳以引发灵气，深埋于金陵地脉风水眼之处，用来镇压金陵的王气。

还把金陵改名为秣陵，用贱名侮辱之。

直到三国时代，南京各地的农民耕作之时，往往还能挖出先秦重宝，就是明证。

自以为天纵英明的秦始皇如此一番折腾，以为就能破了金陵王气，保证大秦帝国受命于天，传至万世不替了。不料传到秦二世便盛暴而亡，落得子孙后代被诛戮殆尽，社稷倾覆。

金陵后改名为建业、建康、丹阳，一直是江南第一重镇。魏晋南北朝更是南朝的京都，跟北方的长安、洛阳等地并驾齐驱。

说来也怪，不知道是不是当年秦始皇刻意用法破坏了此地王气，凡是在此建都的历代王朝，往往不过数十年便亡国灭朝，直到南唐也是如此。

不过历朝历代对建康城的修建那是年年增华，岁岁增固。直到大明太祖高皇帝朱元璋定都金陵，改名应天府，意欲修筑万世不拔之基业，耗费金帛亿万，发军兵工匠百万，以巨石城砖，丹铅泥沙，终于建成了一座周回七十多里的雄伟城池，城中又有皇城、紫禁城，各按周天方位所建。其余军营、百工、农商、铺户密布如麻，成了军民百万，繁华富贵的大明都城。可惜人算不如天算，如此耗时费力的南京城，传到建文帝，被叔叔成祖永乐爷夺了大位。

永乐爷雄才大略,顾及塞北边患,又将都城迁往大都燕京,下诏定应天府为南京。

此后南京故宫、城阙历经数百年,逐渐倾颓,盛况不在,大清改为江宁府,到了洪杨长毛之乱,又定为天京,被曾文正公率军讨平,湘军入城之日,烧杀抢掠三日不平,城池大为毁坏。直到清末民初,历经数十年修筑,才算恢复旧观。

中华门外,山田一男眼珠子都不够用了,满眼望去,城阙巍峨,人烟辐辏,繁华似火,连连咋舌称赞:"论中国九州之大,可谓金城万里,幅员辽阔了!本以为北京乃东亚第一大城,比我国东京城雄伟壮阔得多,没想到南京城也如此雄壮,我此次随大哥前来,不虚此行!!"

山田乐得手舞足蹈,一会儿问徐子山南京街道上的青石板如何悠久,一会儿看各道城门如何坚固,王会长也随着讲说,聊得热络。

徐子山接着二人领着仆人回了通济门附近的家,晚上便接风洗尘,盛开宴席,山田应接不暇地看着美食一道道上了桌,品尝了南味烧鸭、风干腊鹅、狮子头、大闸蟹、什锦豆捞、蟹黄汤包、玉带羹,撑得直打嗝儿。

酒宴完毕,几人在花厅品茶,徐子山说:"这是今年雨前的新茶,色淡味厚,着实不错,北京的茶都是隔年的旧茶,不比这个呢。姐夫和山田先生就在我这儿住下,休息两天,咱们先逛逛城里的夫子庙,看看秦淮风光,再去玄武湖和紫金山。"

王会长、山田一男就此住在了徐宅,过后半个多月,由徐子山陪着,把个六朝金粉地、南国第一城玩了个遍,几人都是兴致勃勃,不是谈天说地,就是饮酒说古,不觉光阴如梭。

这天,几人从燕子矶看了风景回来,山田一男问徐子山:"兄台,南京六朝古都,不知有没有著名的禅林古刹??我是虔诚的佛家子弟,想去礼佛进香,瞻仰一番。"

王会长也笑道:"这个山田,念念不忘的就是拜佛。放心,山田老弟没听过那句,'南朝四百八十寺,多少楼台烟雨中'的唐诗?我记得城外就有不少古刹,只是从没见识过,子山,你安排一下,咱们去瞧瞧。"

徐子山来了兴致:"姐夫可算问对人了,南京府古刹甚多,家母生前就是居士,短不了进香拜佛呢,闲暇时我也喜欢探寻名山古刹,嗯,我想想,咱们这儿有夫子庙、龙泉寺、鸡鸣寺、灵谷寺、栖霞寺、华严寺等禅林,要说古寺,还是鸡鸣寺、灵谷寺和栖霞寺三地,后天我领二位去瞻仰进香。"

王会长又要来当天的报纸看了看,北京那边的总商会代理会长,终于遮遮掩掩地发了一个通报,说什么凡商会各行,都恭戴袁大总统变更国体,建立帝制,再登大宝云云。

也不知是谁的主意,一篇含含糊糊的遮羞文章,终于把这个劝进事件糊里糊涂地遮掩过去。

嗨,反正自己没留在北京白染一水,看来商会这些人也挺会糊弄上头的,爱怎么样怎么样吧,王会长打定主意,先不回去,要在南京好好玩玩,等天热了,王太太南下归宁再一起商量。

打定主意,王会长更是气定神闲。第三天,由子山陪着一同游览了鸡鸣古寺,转过天,再去栖霞寺。

等游完了鸡鸣寺,第二天晨曦,几人吃了早饭,驾车直奔栖霞山而去。

栖霞古寺,在南京城东北数十里,始建于南齐永明七年,南朝历代增修,与鸡鸣寺、定山寺齐名,为江南"三论宗"祖庭之一。隋代文帝大兴佛教,下诏于天下名山古刹修造舍利塔,诏书中就以栖霞寺为首庭,可见其地位尊崇,唐宋之时,与山东灵岩寺、湖北玉泉寺、浙江天台寺,并称天下四大丛林,洪杨之乱时被毁,光绪时重修。

其寺在栖霞山中峰,三面环山,北临长江,一带山岗突兀而起,山势如龙,气势巍峨,中天峻及,满眼苍翠,水晶一样的明镜湖杨柳垂垂,回首四望,十里秦淮蜿蜒如练,长江滔滔向东南一泻而去,烟波浩渺处,还能望到兀立在江中的燕子矶。

王会长、山田如痴如醉欣赏着四野景色,不知身处何地。山中叽叽喳喳的鸟鸣,扑棱棱飞动的鸟雀点染得此地更为幽静清雅。

因不是初一、十五的日子,游人居士并不多,三人进了山门,山田在大雄宝殿三世佛前恭恭敬敬上香跪拜如仪,见四周壁画金彩辉煌,佛祖法相端庄,心中大喜,拿出一张银票递给值守的小和尚,王会长、徐子山礼拜佛像,看看山田的银票,都一愣。

三百大洋！

正敲着朱红木鱼的小和尚接过来一看，大惊失色，从没见过礼佛的施主如此豪爽的，赶紧合掌执意，扔了木鱼跑没了影子。

王会长笑道："子山，你跟此地的师父们熟不熟？这小和尚怎么吓跑了？"

徐子山拍着一脸虔诚的山田一男肩头说："山田先生出手太大方了，必然是吓坏了人家小和尚，他这是去请监寺师父了。正好我跟他多时不见，一起拜会吧。"

不多时，后头脚步声响，小和尚陪着一位六十多岁的长眉老僧走出来，和尚一身杏黄的僧袍浆洗得干干净净，三绺短须，目光如炬，满面红光，移步出来，微笑着冲三人合掌稽首道："徐施主别来无恙！！二位施主有礼了！！这位施主随喜了三百大洋，可见对我佛敬意，贫僧有失远迎，望乞恕罪！"

三人躬身回礼。徐子山掏出十块大洋，冲一脸懵懂的小和尚眨眨眼递了过去，对老和尚笑道："法师言重了！两月前我还送来香烛为我母亲祈祷阴福，这不，今天是陪我姐夫和一位日本居士前来进香。喏，这位便是日本朋友山田一男先生。"

山田异常恭敬，又是鞠躬又是念佛，老和尚请三人去偏殿待茶。

徐子山一面走一面小声对山田说："这位大师父法号智明，前清在此出家，已然四十多年了，佛法精深，修为高尚，山田兄可多请教。"

山田连连点头，等进了偏殿落座，便把自己笃信佛家的家事细细说了一遍，智明大师一脸慈悲，闻言不住点头念佛，半晌才说："善哉善哉，不想贵国居士也如此崇信我佛，确是可喜可敬之事！中日两国一衣带水，友邻之邦，佛门一宗渊源如一，据贫僧所知，大唐时便有鉴真大师东渡贵国，传了招提寺一派，可谓盛事！今日山田先生能来我寺瞻仰进香，也是有缘。贫僧今日便陪诸位檀越居士游览一番，有一餐素斋奉上，等山田先生有朝一日回国，也向贵国师父们致意。"

山田恭敬起身："大师父渊博！！鉴真大师的法身，在我国是国宝之尊，每到节庆之日，上自王公贵胄，下自黎民百姓，万众瞻仰。小人家中世代笃信我佛，也是天意，今日能随子山兄前来进香，更是大开眼界，瞻仰了与我国不同的佛门风采,心中十分喜悦!奉上些许香资,算是给佛前添置些灯油,不敢称什么功德。我国佛门也非常繁盛呢,维新之后,我皇陛下大封贵族,有不少佛门宗长,授予了伯爵、子爵爵位,也是我佛门盛事。有幸结识大师,请多多指教。"

智明大师连连称是,跟山田一男聊起了佛门各宗,山田又介绍了日本佛教的宗派和不同之处,十分投机。换了茶,智明大师亲自领着三人游览了天王殿、毗卢殿、罗汉堂、藏经楼和舍利塔。但见各处飞檐斗拱,宝光琉璃,山田如进了天宫一般,一面听智明大师的介绍,一面念了无数声佛。

吃了素斋,喜悦的山田问:"此处真是丛林宝刹!不知还有什么胜景,小人想一起瞻仰拜望一下,等回国也给我国的善信居士们说一说,让他们也听听中华大地的宝刹风光。"

王会长喝着茶转头问徐子山:"我看山田老弟是身入宝刹,乐不思蜀了,真可惜他不是和尚,不然在此出家清修也是他的缘分。这山上还有什么好去处,领他去看看,等他回家,也算是个念想。"

徐子山思索片刻,问智明大师:"请教大师,山上那处千佛岩还在不在??如果可以,今日我们想去看看。"

智明大师微笑道:"贫僧也想到了,山田先生,我栖霞山除了本寺风采,还有一处名胜,名曰千佛岩,乃是禅林胜景。只是年深日久,茂林陡坡,湮没已久,道路不好走。幸而民国之后,四方居士们大发善心,捐纳了银两,修了一条路,我寺徒弟才常过去清扫、进香,今日既然徐居士提到了,我领诸位过去欣赏。"

"千佛岩?!"山田惊喜的心脏差点从嗓子眼儿里跳出来,有些失态地叫了一声,赶忙掩饰地笑笑,鸡啄米似的点头,把几人都逗笑了。

六

智明大师找了两个徒弟,领着众人,由寺庙出来,踏着青石凿出的台阶,悠悠然向千佛岩而去。

一路上鸟语花香自不必说，山田一男心中狂喜，竭力按捺激动，恨不得长出翅膀飞过去。

一路走，智明大师指点着山中景物，说出了千佛岩的来历。

这千佛岩，在大佛阁后，舍利塔东边，是中国佛教唯一的南朝石窟造像群，与洛阳的龙门石窟、大同的云冈石窟相比，更显得卓尔不群，异常珍贵。

此地在东晋之前，是荒凉之处，到了南朝的刘宋年间，因明僧绍隐居栖霞山静修，夜间山崖间往往有灵光异彩爆发，这明僧绍被视为道德高深、天人共祝的贤士，他发了大愿，要修造石窟，雕刻佛像，未成而逝世。他死后，由次子出资，法度禅师筹划，在山崖两壁雕刻出高大的无量寿佛和观世音、大势至菩萨。一面为其祈祷冥福，一面宣扬佛法。

据传说，佛像雕刻而成后，更是时常出现霞光瑞彩，为南朝的王公贵胄文武大臣所知，这些人都是豪门大族，见此地圣妙，各个拿出金银财帛，依山崖的高下深广，请工匠在其上雕刻凿镂佛像飞天。一时间成为南朝的风尚。梁武帝梁代临川王萧宏将佛像加以装修，金碧焕然，天然神妙，蔚为大观。

这里的石窟造像，或五六尊或七八尊为一龛，统共五百余尊，号称千佛岩。共计南朝造像有二百九十四座佛龛，佛像五百一十五尊。以后唐宋元明各代均续有开凿，共计佛像七百尊，乃是江南石窟盛景第一。

近世以来，因天灾战乱，湮没于树丛荒草中，直到清末民初，才被栖霞寺僧侣们清扫开发。

王会长稳稳迈步道："可见如此古物，也得在昌明盛世中，才能窥见神采一二。不然，连我都不晓得此地竟然有此圣物。山田老弟，你可要仔细观赏一番哟。"

"是的！！可惜此地石窟佛像，竟然没有研究的图册、照片流传于世，罪过！罪过！"

徐子山笑笑："山不在高，有仙则名，水不在深，有龙则灵嘛，闻听贵国的东大寺里，还保存着我国大唐时期赠予贵国皇室的甚多珍宝法器，也是中日交往的一段佳话明证。"

山田一脸虔诚："徐兄所言不虚！！当年圣武天皇驾崩，留下遗诏，皇后陛下将圣武天皇陛下的遗物作为进献,封存在东大寺正仓院宝库内,历经一千余年岁月沧桑,战火离乱而珍宝无恙。也是我佛慈悲,以广大法力护佑的结果。先今还传下规矩,正仓院宝库划归宫内府,由皇室直接管辖,每隔数十年,由我皇陛下降手谕开放,清扫整理,少年时,我还跟随父亲去瞻仰过,各类法器珍宝古色古香,完全是盛唐遗风,可谓至宝!待我回国,将正仓院的明信片邮寄几张,请诸位欣赏,如有机会,也请诸位,尤其是智明大师前往我日本帝国游历一番,我当全程奉陪!"

智明大师微笑道:"阿弥陀佛,有此一方,也算传我佛门盛典了,多谢山田先生邀请,如有缘,一定前去朝拜。请看,千佛岩到了。"

众人停住脚步,手搭凉棚闪目观赏,满山葱翠中一座高岗拔地而起,并不巍峨险峻,却阔大广袤,山石间山花野草遍布,石壁中间像撕裂了一样,裂出一片达十几丈高的石窟,绵延出去,四周足有数百步之阔。

密密麻麻星罗棋布的全是历朝历代的佛、菩萨、金刚力士、罗汉、天人的造像,有的慈眉善目,有的笑语吟吟,有的法相庄严,有的怒目而视。因年深日久,千年风雨,有些雕像眉目模糊,神态湮没,不少青苔散散得点燃其上,种种品类果然是苍茫古朴,栩栩如生,惟妙惟肖。

正壁间是一尊高大的无量寿佛,左右观音、大势至菩萨侍立两侧,悲悯微笑。周围的普贤、文殊、地藏,正容端庄,还有那法身较小的五百罗汉,俱各垂坐听法。金刚力士皆一脸怒色,护佑着佛祖。

王会长、山田等人上前由智明大师领着合掌施礼,把带来的香烛在壁前一个青铜大香鼎里点燃敬上。

山田一男瞪大双眼,像是要死死记住眼前的盛景,也不顾头上、脸上热汗直流。

细细欣赏,石壁上的雕像细微之处,流云天花、宝旌璎珞、华盖、锡杖、宝瓶、宝伞,尤其是唐宋的雕像,全然一副衣带天风潇洒风流,真是闻所未闻,见所未见!

"神品!!真是神品!!善哉善哉!不虚此行!真的不虚此行!!"山田一男痴迷了似的摇头晃脑地一尊尊礼拜着,王会长不禁叹道:"鬼斧神工!不知历经了多少年岁,在此地还能保存得如此之完整,真是万幸!!"

一行人走到西头,石壁上出现了七座佛像,跟唐宋风采迥然不同,古朴庄重,天然风流,衣冠也古老得多。

山田迷乱中,不知是不是眼花缭乱,突然觉得眼前一亮!石壁上一尊佛像微笑的嘴唇仿佛动了动!!吓得他悚然震惊,赶忙跪倒念佛。

王会长、徐子山一怔,相视微笑,智明大师合掌行礼,笑着指点道:"山田先生,眼力高超!此七尊佛像,乃是梁武帝时期雕刻的,过去七佛!已经有一千五百多年的岁月了!赶紧请起,待贫僧为先生一一指点。"

过去七佛,在《长阿含经》记载,乃毗婆尸佛、尸弃佛、毗舍浮佛、拘留孙佛、拘那含牟尼佛、迦叶佛和本师释迦牟尼佛。前三佛乃是过去庄严劫中最有名的三尊佛祖,后面四佛,是现在贤劫中的四位佛祖。梁武帝年间,因武帝好佛,朝中王公大臣多有谄媚者,花重金历经数年才雕刻完成,是除了中间的无量寿佛外,千佛岩最早的古佛雕像。

山田诺诺连声,走到佛像跟前细细欣赏,这七尊佛像,都有近五尺高,跟真人大小一般,方才眼花中,那尊微笑的古佛,正是第三尊的毗舍浮佛。山田拜了又拜,请教智明大师此佛的神通。

大师看他虔诚,也很感动,说道:"此位佛祖,乃过去庄严劫千位佛中,最后出现的一尊佛陀,父名为善灯,母名为称戒,子名为妙觉,王城名为无喻。毗舍浮于娑树下成道,初会说法度化七万人,次会说法度化六万人。他的上首弟子有扶游及郁多摩二人,执事弟子名为寂灭。

"此位佛陀,举身放光住行者前,其佛身三十二旬,身紫金色光明威相如前无异。见此佛已,复更增进诸陀罗尼三昧门,于未来世必定不疑,生诸佛家。遍一切自在,一切胜。于诸界皆可现身传法,教化诸天、诸界。福源圣妙,法力无边。"

"多谢大师指教!!小人明白了!今日小人得以观览盛景,十分欣喜、感佩,愿再献纳一千大洋,为我佛重装金身并修理此地,请大师千万不要推辞!"

说着又拿出一张银票,双手奉献给智明大师,王会长显得很惊奇,心里说山田这般舍财,可是少见,难道他……

可看看山田一脸诚挚,并不像在北京那样要执着地买石佛,便没有开口。

大师合掌高声诵念佛号,激动得泪光晶莹:"山田先生真乃我教善信士!!我收下先生一番心意,过段时间便招揽工匠再修大殿庙宇,修理此地,先生如此虔诚,种下福果,我佛必将降吉祥于先生一家!天色不早,请诸位随我回寺歇息吧。"

王会长看山田激动兴奋得蹦蹦跳跳,心里感慨,觉得自己把山田想错了,毕竟人家信仰虔诚嘛。不像自己一个中国人,信佛又崇道,没事了花点钱给庙里,有事了临时抱佛脚,到处去烧香。哎,真有些自叹弗如呢。

几人随大师回了寺庙,因天色已晚,便在寺里住下暂歇一夜。幸而栖霞寺庙宇广阔,几间客房还是有的,晚斋后,智明大师又亲自来陪同,跟山田详谈了不少经卷佛学,很是相宜。

第二天一早,大师将众人送至山门外,又亲自把刚刚翻印的《法华经》《金刚经》等经卷送于众人,挥手而别。

回了南京城家中,别人尚可。这山田一男,心里可翻腾上喽!辗转反侧,夜眠不安,栖霞山、栖霞寺,尤其是千佛岩那些造型古朴、栩栩如生的石刻古佛像是放无声电影似的一尊尊一幕幕在他脑子划过。

要说人呐,有信仰是好的,心神畅通、心意安泰,不论是佛道还是儒家,都是教人至诚向善的不是??可过度痴迷,鬼迷心窍,就入了魔道!

山田一男正是如此。此刻的他,眼前全是数不尽的金彩辉煌的庙宇佛像,那尊过去七佛里的毗舍浮佛,也在冥冥中向他微笑。

这种百爪挠心的感觉,让山田烦躁得不安生,猫见了咸鱼似的馋,馋得他骨子里流哈喇子。要是能把几尊古佛运回日本供奉,让东京那些寺庙瞧瞧,再办个盛大的道场,那得是自己多大的功德!!说不定还能成为帝国的文化名人,万人敬仰呢!

这些胡思乱想搅得山田一男睡不着,起来翻翻智明大师送的经卷,竟然是一个字也看不进去。

屋里的陈设华贵典雅,一派江南风格,雕花木窗上嵌着的大玻璃,映出淡淡昏黄的月色,院子里安静沉谧。

花钱买肯定行不通!只要能买到,几万大洋他也舍得,可现而今别说一身风骨的王会长还在身边跟着,就是栖霞寺里的大和尚们,也决然不能把上千年的古佛变卖给自己,留下骂名!!可真要是让自己放弃这念头,山田是万万舍不得!

怎么办呢!

早年年轻的山田离别故土日本,孤身一人来中国做生意,临别之时,去东京题经寺里祈祷,记得当日有位慧显大师也是得道高僧,教给他几句真言。

"佛说一切众生皆有如来智慧德性,只因堕入轮回,身在婆娑,被贪嗔痴念所扰,因此不能得道,不能成如来智慧德性!"

这是他半生牢牢记住的真言,此刻,却因贪心、执念大起,都扔到万里之外的爪哇国去喽!

忽然一个影子在门外闪过。山田昏暗的双眸闪过一丝警觉。

"谁在那儿!"

"老爷,是我!夜深了,您怎么还不睡?"说话的是个年轻人。

"是小刘啊,进来吧。"

话音未落,"吱呀"一声,门被轻轻推开了,显出个身材敦实,长了一双老鼠眼的小伙子。

此人是此次跟随山田南下的亲信仆人,也是在山田商社里工作了七八年的伙计。安徽人,二十七岁,少年跟着父母去京师闯荡,因赶上庚子之乱,家破人亡,流落街头,被山田收养,留在店里,成了伙计。

小刘自小跟着山田做买卖,着实聪明伶俐,又手脚麻利,十分勤快,跟山田学得一团和气,八面玲珑。在京城跟洋行买办、中国的老铺子走动得溜熟,那张嘴巴也甜得似蜜,不仅把柜上的事打理得妥妥帖帖,还鞍前马后,伺候山田一家人,哄得山田一家高高兴兴,把山田几个儿女都比下去了。因此,山田拿他当半个儿子,是身边的第一个心腹人,什么机密事,也不避讳他。

小刘一身蓝细布短打扮,关上门,恭敬地站在山田跟前儿,察言观色。

山田长叹一声,伸手掏出一支象牙烟嘴,没等吩咐,小刘乖巧地从桌上拿烟卷轻轻塞进烟嘴,递到山田嘴里,擦了火柴点燃。

山田吐出口清香的烟雾，还是不说话，满眼忧虑，胖胖的额头上，拧出一个川字。

小刘轻轻问："老爷，敢怕是这几日跟着王会长在外游览，受了劳累风寒？我看老爷都快五十了，也该多歇歇，明儿我去外头买几样祛风的药，给老爷煮一煮？"

"嗐，哪是受了什么风寒？我是心里有事，睡不着呢，你别在我跟前儿站规矩，又没有外人，坐下，咱们爷儿俩聊会儿。"

山田一指旁边的椅子，小刘不坐，赶紧从门口搬过一只条凳，坐了说："方才我去看了，王会长、徐先生都睡下了。老爷也别熬夜，早歇着吧。"

山田满意地点点头。小刘说话办事永远都是一副不紧不慢、善解人意的姿态，而且从来不主动问主人话，嘴巴也严实，比起那帮店里的伙计，着实让人放心。

两人就这么枯坐着，半晌，实在忍不住的山田才说："今天去栖霞寺了，欣赏到中国古朴庄重的佛像，真是令人难忘！"

就把当年自己远渡重洋来华前拜佛的大愿和跟王会长谈回国、要石雕古佛的事儿原原本本说给了小刘听，觉得心里好多了，又把今日见了栖霞寺千佛岩胜景、看中了梁武帝年间过去七佛的隐秘也说了。

小刘眼珠儿叽里咕噜玻璃球儿似的转了无数圈，老鼠眼快速眨动，只听不说话。等山田一男说完了，小刘笑了！

"老爷不必担忧！小的以为是什么泼天大事让老爷愁闷呢！原来是石刻几尊古佛？呵呵呵呵，不是小人夸口，不就是石刻古佛嘛！要说宫里中正殿、建福宫供奉的大金塔、大金佛咱们弄不出来，这荒山野岭上没主儿的佛像，您想要，咱们还不是手到擒来？？"

"什么？！！"山田猛然瞪大了眼，见了鬼似的盯着小刘，足足半刻没说话。

小刘满脸和煦，挤出一朵菊花的笑，轻轻说："老爷，您呐，就是太实诚！！王会长就是干这个的，他不得不这么说。他们这行，小的我也略有所闻。他说的那些忌讳，都是提不起来的老话儿头了，大明前清那当儿的事，拿到现而今来说，谁还在意？？

"现在大清没了，各地督军都是土皇上！什么《大清律例》就是一堆废纸！袁大总统都睁只眼，闭只眼。小皇上身边那些内务府的奴才们，谁不起着劲儿从宫里往外倒腾东西？？什么金佛、金塔、金印，卖破烂似的卖给金店银号，中间的花头大了去喽。您没听说，树小房新画不古，此人必是内务府，内务府的那家、文家，谁不是金山银海的车载斗量，全是大内的珍宝古董。

"袁大总统怎么样？还不是把热河行宫避暑山庄的宝物往京城里拉，一来一去，谁知道少了多少？？

"他们弄出来的那些古书、字画、青铜古董，还有陕西、山西盗挖古墓出来的物件，大都进了琉璃厂铺子呢！不信您去打听打听，人家只是大面儿上说有这个忌讳、那个忌讳，现而今，谁不爱钱？？不过是撒了灰土，迷迷外人的眼罢了！行里人都装得正人君子似的，两只眼珠子看见白花花的银子，谁不动心？？

"所以小的说您实诚，人家一说，您就当真了。"

山田脸上胖肉急剧抖动着，他知道，这个小刘八面玲珑，可没想到这么精通古玩行，可这是石雕古佛啊！不比买卖几件出土的冥器和大内的珍宝。

起身踱了几步，山田问："这可是你们中国的国宝，还是千年的古佛，难道你不怕地狱阴司报应？"

小刘垂手侍立，咧嘴呵呵笑道："我的老爷。现而今什么是大爷，只要有银子，就是大爷，您没听过有钱能使鬼推磨？？西门庆说得好——咱闻那西天佛祖，也不过要黄金铺地；阴司十殿，也要些楮镪营求。这世道，银子就是神仙，钱能通神！我就不信什么阴司地狱报应！这事儿，只要老爷喜欢，小的出头去办，只要银子够，绝不能让老爷为难。即使抓住了，也是小的一人所为，跟老爷毫无干系。您说呢？？"

听了这些仿佛"大逆不道"的话，山田一男倒吸了一口冷气，瘫坐在椅子上沉默许久，面色死灰一般："让我想想……让我想想……"

小刘温顺地低头要走，山田猛地想起什么，叫他过来，脱下手里的一只祖母绿宝石戒指，塞到小刘手里："这东西是几年前买的，不到一千两银子也差不多。这些年你跟着我鞍前马后的，我不会忘记你……佛像的事，你先筹划筹划。咱爷俩再说。千万不能漏出去，明白吗？？"

小刘紧紧握住戒指，低头隐藏着一脸得意："老爷，您就瞧好吧！！"

过了两天,也许是游玩逛景累了,也许是南京渐渐炎热,山田突然"病了",上吐下泻、不思饮食,可把王会长、徐子山吓了一跳,明摆着,人家是王会长的好朋友,又是日本人,千里迢迢受王会长之邀请来南京览胜,住在徐宅。万一有个好歹,出点纰漏,王会长怎么跟山田家人交代啊!

因此王会长和内弟两人一个忙着照顾山田,一个忙着到处寻医找药,忙得焦头烂额。

大夫找了不少,有的说是水土不服,肝木冲了脾土,有的说是热病伤气,毕竟快五十的人了,要慢慢调养。

王会长听了更是烦恼不已,恨不得有个神医,一剂药下去,就见好。可药吃了不少,山田依旧起不来床,懒洋洋得茶饭不思。

徐子山急得满头大汗,想了半天,对王会长说:"姐夫,这么下去可不行,我看,山田的身体确实不耐烦热,南京这天气,往年真能热死人呐!不行咱们带他去避避暑??"

"哦?"王会长看看窗外刺目的阳光,确实温暖过头了,"我倒没想到他身子骨这么不结实,比我小十几岁呢!哎,子山,你这里有什么避暑的地界没有? 也许你的主意对,江南毕竟不同于北方,火大伤气,你姐姐就有个气喘的毛病,一到夏天就犯。"

"怎么没有? 咱们这儿虽说入夏炎热,可不少达官贵人都有避暑的官邸呢,清凉山、莫干山、庐山都去得。我在清凉山还买了几亩地,建了几处亭台,只是都在城里,只有夏天才去。"

"那就去清凉山,莫干山、庐山太远,他这个身子骨可不成!那里只要气候好,病体好得快嘛。正好我也去瞧瞧。"

说去就去,徐子山吩咐管家大搬家似的先去打扫山中别墅,又搬去了很多家具陈设和应用之物,因在南京城内,也用不着远行,只预备了几辆马车,载着众人去了别墅避暑休养。

不过临走,山田的随从小刘却拿着一张北京来的"电报",说北京山田商社有些杂务需要处理,要他回京一趟,处理妥帖了,三五天就回来。王会长看了看"电报",想到毕竟人家铺子也有急事,南京这边伺候的下人有的是,温语安慰小刘,让他放心,赏了他五十块大洋,又买了车票,派人送他到火车站。

小刘向送他的人挥手告别。眼看着送行的人回身去了,小刘兔子一样提着行李三跳两跳地下了火车,飞身跑没了影……

七

下午,南京城里的福源客栈里,走出一个年轻人,二十多岁的年纪,穿着玉色罗纱大褂,春绸的裤子,白黑相间的南洋绅士皮鞋,一顶礼帽遮住了他的大半个脸,脸上挂着的墨晶眼镜,更是让人看不出他的神情。

他的大褂子纽扣上,垂着一段拇指粗的赤金表链,明晃晃金灿灿,手上一枚硕大的祖母绿戒指宝光四射,晶莹光亮,晃得人脑仁儿直疼,左手夹着根吸了半根的烟卷,走在路上东张西望。

令人奇怪的是,这人穿着打扮一副江南富家公子哥儿模样,走起路来可别扭得厉害。一会儿挺着平坦的肚子大摇大摆,硬装土财主,一会儿撇着八字步摇头晃脑,仿佛上海的大亨,一会儿又被惊吓了似的左右张望,双手揣进袖子里,哼着不知名的小曲儿。引得大街上的行人纷纷侧目。

不用问,这就是山田一男的亲信仆人,小刘。

原来,诡计多端的小刘循循善诱把山田带入了自己诡计,要大赚一笔,各得其所。

山田先给了他一笔银子,自己又装病,把众人带到清凉山避暑,小刘则金蝉脱壳,要拿栖霞寺的古佛!!

小刘当日在山田面前夸下了海口,说得天花乱坠、地涌金莲,其实呢,他自己心里也对此事惴惴不安,忐忑得厉害。南京嘛,毕竟是南京,离着北京好几千里地,别说人,就是条熟悉的狗也没有,办这种事儿,哪能没有帮手自己出马?万一出了事,哭都找不着坟地!

巧的是,上午在火车站,正好有个大兵跟他借火,两人一搭腔才发觉,都是安徽老乡!这人还是辫子军的连长!

嗨！真是踏破铁鞋无觅处,得来全不费功夫！！

小刘偷偷回了南京城,花钱打扮一番,要去找这位老乡密谋。不过,也许是他做仆人做惯了,乍一穿上主子的衣服打扮,全然不自在,只有亦步亦趋地跟着学呗。

叫了辆洋车,小刘到了辫子军的军营。

南京督军原是冯督军,也是北洋三杰之一,可是最近在袁大总统改变国体、登基称帝的事儿上不怎么热心,大总统对他起了疑心,因此特命长江巡阅使张督军,派了两个团的人马,驻扎在南京城外,起个互相牵制、往冯督军家门口砸钉子的意思。

冯督军自然门清儿,所以全然不管,只命令自己的两个师在城内、紫金山等地严阵以待,防止变乱。

"嘿！！你找谁啊！就这么大模大样地往里闯,不知道这是什么地方吗??"站岗的大兵呵斥道。

小刘赶紧摘下眼镜赔笑递烟道:"兄弟、兄弟别误会！我是你们谢连长的亲戚。我找……"

话音未落,军营里传出一阵狰狞的大笑:"哈哈哈哈,我说小老乡,你还真找来了！好嘛,咱们是他乡遇老乡！门口的,别吓唬他,是咱们自己人！"

一个满脸横肉的彪形大汉,光膀子叼着烟卷,斜挎着盒子枪大摇大摆地走了过来。

再看此人,黑脸膛大抹子眉,血盆大口一嘴黄牙板,脸上横肉扭动,一条又黑又粗的大辫子绕在脖子上,一身彪悍的腱子肉筋肉凝结,身高八尺膀大腰圆,带着股子杀伐决断的杀气。

他叫谢黑熊,就是因为长得凶恶,又力大无穷,战场上冲锋陷阵十分勇武,尽管跟张督军一样大字不识几个,却颇得上头喜爱,三十多岁就当了连长。

此人在军中是有名的心狠手辣、贪财好色,战场上连死人的东西都敢踅摸,什么金牙、金戒指、金表、金笔、现大洋,反正只要他看上的东西,强取豪夺都不用,直接开枪杀人再抢。着实干尽了坏事,加上胆大心黑,连上司都不敢怎么管他。

养成了他飞扬跋扈、骄横不法的脾气。

小刘见了谢黑熊，满脸笑成了一朵菊花，一路小跑着过来，拉着谢黑熊大哥长大哥短地奉承了足有一刻钟，比蜜甜的小嘴说得谢黑熊喜笑颜开，非要拉着他去喝酒聊天。

小刘哪能放过这种机会，生拉死拽得把谢黑熊拉出军营，先去了南京丰泰大酒楼要了一桌八块大洋的燕翅席，直把谢黑熊高兴坏了！土匪出身的谢黑熊平日里就知道大块吃肉大碗喝酒，哪里见识过这些个，连吃带喝很快就酒不醉人人自醉，舌头打了卷儿。

小刘丁点不敢怠慢，使出浑身解数奉承眼前的老乡，直夸得他天上少有地下无双，谢黑熊咧着大嘴直笑："小老弟！小老乡！依我看，你这嘴皮子的能耐可大啊，比他娘说书唱曲嘴里说的还好听！别在外头瞎跑了，跟着哥哥我干吧！老乡见老乡，一定喜洋洋！哈哈哈哈，赶明儿我把你送到大帅那里去，看你细皮嫩肉能说会讲的，我们大帅爷最喜欢喽！！"

"哥哥，我的老哥哥，您这是笑话我！我这点子本事，跟您比，连一根儿毛都比不上！别说见大帅爷，就是见了您这般威武神勇，我这腿肚子还转筋呢！我这点本领，上了战场肯定拉稀！来，咱们兄弟喝着！多？不多！这才哪儿到哪儿啊！我知道，老哥哥您是海量嘛。要说也是缘分呐！不介，您怎么在火车站借火还能借到弟弟我这儿来了？"

"嘻！谁他娘说不是呢！来，喝一个！老哥哥没别的本事，就是能打仗，在南京这块，除了冯督军，就属咱们辫子军啦！咱们辫子军那是忠义军啊，看看老哥的辫子，民国这些年，咱们爷们都没剪掉，为的啥？咱们大帅爷是大清的忠臣呐！自然，也是袁大总统的忠臣。老弟，哥哥在这儿碰见你是真高兴，今后在南京遇上啥事不好办，找哥哥我来！"

谢黑熊把胸脯拍得山响，小刘等的就是这句大包大揽的话，赶紧起身抱拳："哥哥既然说了，小弟愿意拜在哥哥门下！为大哥牵马坠镫，万死不辞！"

"哈哈哈哈，好！老乡就是老乡！来啊，小二、小二！给大爷预备香烛纸马，大爷要拜盟兄弟！"

那当儿谁不怕张督军的辫子军?！小二赶紧飞跑着预备了香烛桌子，醉醺醺的谢黑熊和小刘，就在酒楼包间里拜了兄弟。

酒足饭饱，小刘扶着醉醺醺的谢黑熊坐了洋车，去了南京城里最繁华的青楼巷子,这里亭台楼阁名目繁多,都是苏杭娇娃美女,吴盐胜雪、眉目如春,约可二八佳人的地界,跟北京城里的八大胡同有得一比。

找了家门户华丽的燕春楼,小刘掏出一把银圆撒在桌上,一副骄纵模样:"老鸨呢?!还不把你这儿的红牌姑娘叫几个出来伺候伺候我大哥!!"

"哟!哪阵风儿把二位大爷吹到奴家小店来了!嘻嘻嘻,我说姑娘们呐,还不出来见客啦!!"满头珠翠的老鸨子眼珠子直愣愣看着亮晶晶几十块大洋,笑得合不拢嘴,又见后头跟着个膀大腰圆的辫子军,更不敢怠慢,赶紧招呼着。

谢黑熊哈哈大笑,指着小刘连连说:"呃!老弟!你、你可太知道老哥我的心意喽!!那就不谢了!老鸨,给我们哥俩一人两个伺候着,一会儿上了床谁要敢逃跑,按军法处置!哈哈哈哈!"

小刘假意赔笑,由两个漂亮的妞陪着谢黑熊上了楼。自己却要了一席茶宴,跟老鸨子和几个美妞插科打诨、谈笑风生。

这谢黑熊天生神力,又久在军中不能出来,毕竟南京是冯督军的地盘,比不得在徐州张督军那里能时常的"偷鸡戏狗",被两美妞架着上楼,女子身上的脂粉气早熏得他欣欣然不知身在何处,全身火动、春意勃发,进屋就脱衣服,提枪上阵!

这一幕黑熊戏双凤的活剧,足足折腾了一个多时辰,果然搞得两美妞哭泣求饶。

又过了半晌,谢黑熊才春风得意、心满意足地下了楼。小刘赶紧过去伺候,两人勾肩搭背出了燕春楼。

打这起,小刘算是跟谢黑熊勾上了,一连三天,天天请他花天酒地、青楼享受,把个谢黑熊搓弄得真以为小刘是个难得的好兄弟。

到了第四天上午,小刘又请谢黑熊喝酒,酒过三巡,谢黑熊笑呵呵说:"兄弟!这两日让你破费了不少啊!你是不是有什么事要找哥哥帮忙?即便是真的有事,也用不着如此破费,咱们都拜了盟兄弟,有什么不好说呢??你这么一来,让哥哥我怪不好意思呢!我都忘记问了,你这么年轻,哪来这么些银子花销?"

"嘻,今朝有酒今朝醉嘛!大哥何必多问?至于说到钱,大哥您又错了,大哥是军人,谁不知道如今这世道,大炮一响,黄金万两,小弟这点意思,不过是看大哥仗义忠厚,愿意跟大哥交厚。别的事,也没啥。来,大哥喝着!"

又喝了几杯,谢黑熊夹了块鸭子放进嘴里大嚼,笑道:"什么大炮一响,黄金万两?? 这都是外头那些狗屁东西胡咧咧!哎,老弟你说,打仗咱们兄弟冲锋陷阵得拼杀,等给钱发军饷了,还不是督军大人吃肉喝酒,下面大官拿大头,小官拿小头?! 哥哥这种小连长,能有口汤喝就不错喽!"

"是吗??"小刘故作惊讶。

"那是!就说袁大总统要帝制吧,当皇上,是个男人都愿干!吃香喝辣、三宫六院的,搁谁谁不想?? 可总得花银子放赏吧?"

"对啊!张督军不是袁大总统的嫡系? 这钱……"

"别他娘提了!听说大总统一笔就赏了我们督军一百五十万两银子!"

"一百五十万?! 可真不老少!"

谢黑熊撇撇嘴,瞪大眼珠子叫道:"是不少!可督军大帅,才拿出二十万两银子放赏!好几万的弟兄,这么点钱,买盐不咸是打醋不酸!够什么的?? 我才分了不到一百大洋!娘的,当年护卫两宫、打民党,不是老子们拼杀在前,他如今能当上督军?? 在徐州本地还能捞点小钱,睡个寡妇,这可好,把老子们派到南京来,又是冯督军的地盘,成天小媳妇儿似的憋在军营里训练,不敢大张旗鼓地干,老弟你说说,老哥是不是倒霉?!"

谢黑熊一开说,这话就多了,滔滔不绝显摆自己的功业和战绩,又夹杂着对张督军和冯督军的不满,对金银美女的渴望,足足半个时辰没住口。

小刘一听,知道勾起了谢黑熊的心思,精神一振,知道时机已到,便慢慢变了脸。

"哎,大哥说的是啊!现而今这年月,什么都不好干。您就说我这趟来南京,本来……"故意沉着脸装作强打精神的模样,停住不言了。

"嗨,我说老弟,咱们兄弟既然是盟兄弟,你又这么有情有义,有什么事就给哥哥说嘛!怎么,还让哥哥猜谜啊!快说!谁让我兄弟不自在,老哥哥给你做主!"

"算了,说了也没什么意思,咱们兄弟难得相聚,还是喝酒聊天,不说那些烦心事了。"

谢黑熊两眼一瞪："你这小子是不是看不起我?！让你说你就说！"

这两人一个虚情假意地沉默，一个急赤白脸地要问，拉锯战似的演了半天，小刘这才眼含热泪，起身"扑通"跪倒在谢黑熊面前："小弟有一事不好处置，请大哥相助吧！"

谢黑熊一惊，赶紧拉起小刘，一面安慰一面问："这怎么说的?！兄弟，你是不是做了什么杀人放火的事要找个靠山还是怎的??快说啊，急死我了！"

小刘乖巧地为谢黑熊斟满了酒杯，泪光盈盈，小声说："小弟是个本分商人，哪敢做什么杀人放火的恶事？是、是有这么档子事儿……"

谢黑熊捏着酒杯听小刘编起了"故事"：

小刘是个孤儿，在北京城经营一个铺子，东家也是一位安徽人，从小看待儿子似的对他，这位东家，一直笃信佛教，可今年得了重病，就想花重金请一尊古佛供奉，祈祷安康，不想北京那边没有什么合适的，小刘急得什么似的。正好来南京办货，去栖霞寺礼佛时，见了千佛岩摩崖石刻上的几尊古佛，听人说还挺灵验。因此想购置一尊带回家给干爹供奉，以慰藉老人。不想庙里的和尚们出言不逊，多少钱也不卖。因此才忧思过度，不敢回去见干爹。这几日想请谢大哥帮忙，又不敢直言，直到今天才敢说明。

小刘凭着这张口吐莲花的蜜嘴，把瞎话编得天衣无缝，自己装得一副仁孝，说到伤心处更是涕泪交流，看得谢黑熊也眼圈红润，长吁短叹。

半晌，小刘说完了低头坐在那里，用余光偷瞧谢黑熊。谢黑熊长叹一声："没想到咱们老乡里，还有兄弟这么个孝敬人！老哥哥父母也早亡，不如你啊！"

想了想，又说："别的物件好说，就是明孝陵里的石人石马也不是弄不到手，赶晚上找些弟兄们就办了。可这千年古佛……我小时候听老人说过，那些物件都是灵物，别有什么忌讳吧??咱先说好了，不是老哥哥怕什么，你知道，咱也是杀人如麻、尸山血海中杀出来的汉子，只是这古佛……"

谢黑熊也有些踟蹰。

小刘肚里暗笑，脸上满是悲悯："是啊，所以小弟不敢给大哥乱说，怕大哥为难，这回我带了三千大洋，想求尊古佛救我干爹，如此看来，是用不上喽！"

"多少?！一个石头佛能值三千大洋?！"财动人心,谢黑熊一听就动了心!

他一个月的军费才不到一千大洋,上头还七扣八扣,有时候半年才发两个月的军饷,在南京又不能出去巧取豪夺,一听这些银子,谢黑熊一股热血涌上了脑子。

"这要我干爹能好,就是再贵我也想买,只是……哎,不说了,咱们兄弟喝酒,今儿我请大哥好好玩玩,后天我就回北京了,说不定我那干爹等不得……"小刘泪如雨下,痛哭失声。

谢黑熊见自己兄弟痛苦不能自已,又赶着这几日吃喝嫖赌欠了人家小刘的情分,那三千大洋更是在他心里打转,思索了半天,谢黑熊嘬着牙花子目光闪烁,端着酒杯一扬脖子喝干了,"啪"地一拍桌子:"老弟!! 看在你仁孝老人的分上,这事儿哥哥应你了!来,喝一杯,哥哥亲自带人去干,干成了再说,干不成,哥哥一个大子不要!"

"大哥!! 大恩不言谢! 小弟借花献佛,敬哥哥三杯!"小刘立即换了笑脸,两人推杯换盏喝了几杯。小刘伸手从袖子里掏出一张崭新的银票递过去:"这是小弟送给哥哥的一份小小礼物,不成敬意! 事成之后,还有一半奉上!"

"啊! 那哪成! 不行不行! 大哥什么还没干呢,怎么能花你的钱??"谢黑熊瞥见是张一千大洋的银票,顿时心花怒放,抓得死死的,却推来推去。

"哥哥不收下,小弟也不敢让您费力! 咱们兄弟的情谊,还不值一千大洋? 就算事不成,这就是小弟孝敬哥哥的,看哥哥如今年纪还没娶亲,就当小弟给日后嫂子的见面礼喽!"

听到这儿,谢黑熊才忙不迭把银票塞进怀里,哈哈大笑:"兄弟啊兄弟,你就是哥哥的亲生兄弟! 小二,换大酒碗来! 我要跟兄弟好好喝一碗!"

二人喝着酒,又细细商议了"拿"佛像的路线、时间,赶到下午,谢黑熊亲自骑马领着小刘绕过大街,从后山悄悄上了栖霞山观察了地形,在千佛岩上,机灵敏捷的小刘很快找到了山田看中的那尊比真人稍大的毗舍浮佛,指示给谢黑熊认了,两人又偷着做了记号。这才回城。

说干就干,被银子烧得心里大热的谢连长找了几个连里嫡系弟兄,都是战场上一起生死滚过来的。一人面前放了一百大洋。

众人立即被银闪闪的银圆迷住了双眼,听谢连长一说,这群粗野疯狂的汉子们,当场表示跟着连长干!

八

子时到了,夜色深沉。

沿着明孝陵神道的凹凸不平的道路上,疾驰过几匹飞快的马匹,直奔栖霞山而去。两侧山间翻腾涌动的山风吹拂树叶声如山呼海啸,动人心魄。

神道两旁一丈多高的石人石马石翁仲如远古嗜血的怪兽般时起时伏、若隐若现,注视着飞驰而过的一个个黑衣人。

正当子时极深之刻,一行人马到了栖霞山,满山遍野的树影幢幢,鬼气弥漫,山高月小风露极浓。碧沉沉的苍穹下,几丝薄云缓缓飘过,苍茫的山峦在虚无缥缈的雾霭中起伏不定,黝黯阴沉的树丛里不知名的野物蓝蓝绿绿的眼珠儿转动着,死死盯着来人。一阵山风吹过,树林里忽然传出似有似无的阵阵不知是哭泣还是狞笑的喧嚣。

分外阴森。

谢黑熊尽自是杀人不眨眼的大兵,此刻也被大山里"吱吱嘎嘎""呼呼啦啦"的不明声响吓出一阵冷汗,下马又走了小半个时辰,身上的冷汗变成了热汗,黏在身上湿湿腻腻地不舒服。

到了千佛岩,众人仔细观瞧,除了远处的寺庙里还有星星点点的佛前供桌上的油灯蜡烛,庙门口硕大的西瓜灯,其余地界,全是黑漆漆不见五指的黑暗。

千佛岩前头的大鼎里,香火蜡烛早已熄灭,趁着非常淡薄的月色,众人把带来的镐、铲、斧、撬棍等家什按人头分配好。直奔过去七佛的石壁。

"哎哟我的妈呀!"一个小兵刚走了几步,猛然大叫了一声,吓得旁边的兵丁手里的家伙"啷当"掉在地下,瑟瑟发抖。

"叫唤你娘个腿！妈的,就他娘知道要银子！到了正事儿上狗屁顶不上！"谢黑熊也早心惊胆战得厉害！可为了银子,他拼了,不得不强装镇定,见有人烂泥糊不上墙,过来"啪啪"一人给了一巴掌,手里提着枪喝道:"都把胆子提起来！！别跟个娘们似的！等回去,一人再给五十大洋！谁要是敢跑,老子宰了他！"

几人哆哆嗦嗦往前走,谢黑熊使劲儿咽了口吐沫,喘着粗气往前走。他偷偷瞥向石壁,满墙神佛金刚力士或是慈悲、或是微笑、或是怒目的神态恍惚中仿佛活了一般！虎视眈眈注视着来人,举着的刀剑、降魔杵、金刚圈种种法器也跃跃欲试地破壁而出。

我的妈！这三千两银子可真不好赚！！一头冷汗的谢黑熊心里念了无数遍佛,赶紧寻找过去七佛。

可找来找去,白天来看好的过去七佛石壁在那,可佛像就是找不着！几人急得热锅上蚂蚁似的团团乱转。

此刻,石壁上传出一股奇怪的"嗡嗡嘤嘤"声,那三世佛、四菩萨、八大金刚、五百罗汉、三千揭谛以及众多的神兵天将护法尊神身影晃动,伴着阵阵山风呼啸,令人不寒而栗！

"连、连、连长！！这、这钱咱可不好赚啊,您瞧瞧,佛爷们显灵啦！！我在家就听老辈人说过,这数千年的石佛都有灵性啊！咱们这么干,要遭报应的！"

"呸！"谢黑熊过去就是一脚,骂道,"你小子再胡说老子宰了你！赶紧找！快点！都是石头佛,怕什么?！谁见过佛祖菩萨?！不干的,老子这就送你去西天见佛祖！"

几个犹犹豫豫的大兵又是一番找,终于找到了！

谢黑熊认清了那尊毗舍浮佛,因佛像有点高,找了几块山石做垫脚,几人各执利器围了上来。

别看谢黑熊为人粗率,可做事绝不鲁莽。他让兵士展开带来的棉被,两人用大棉被把里头凿佛的士兵围起来,越严实越好。

这样,刀斧声音就能减少很多,不然,在这个空旷有风的山里,直接开凿,不等于让人抓嘛！

可几人凿了半天,那石佛仿佛金刚铁铸,生了根一般,除了少许石头沫子,丝毫不见损毁。

明摆着,几个当兵的本来就惶惶然提心吊胆,又从没干过这活,东一榔头西一棒子的,哪能凿动分毫??

"连、连长,依我看,这佛身太大,年头又长,凿不动啊!您瞧,五尺多高,比咱们还高大,又有青苔灰尘,这要是整个儿搬走,哪有那么大力气!"

谢黑熊在外头警戒,听了气得火冒三丈!

"娘的!谁让你们这么凿全身的!头!!人家要的是佛头!看着佛头凿!你们这群哈孙子!一群窝囊废!快着点!"

说完自己钻进被子,认清了佛头,指点着:"先用斧子顺着脖子砍!砍断了算完!然后拿钎子从耳朵这边慢慢往里凿,贴着石壁,拿好锤子!快着点啊!"

接着抡起斧子照准了石佛脖子狠狠一斧!

几人见连长动手,都七手八脚动了起来。

石沫飞溅、金铁交加,足足有两个时辰,这毗舍浮佛的头颅,终于被刀砍斧剁凿了下来!!

"我看看!"谢黑熊摸索着仔细看了看,除了佛头耳朵上有点残缺,其他地方完好无存。

这帮小子,还真成!银子没白花!

再看佛像上,佛像脖子上痕迹宛然、一片狼藉,连手臂、肩膀上的璎珞神光都被刀斧碰掉了好些。

看看天色不早,谢黑熊赶忙让众人把器械收拾好,用大被包裹了佛头,就要离去。

想想不妥,又领着众人回来跪在地下念叨了几句:"佛祖慈悲!!佛爷爷,您是胸怀广大包容万人,这次小的们借您的头一用,也是被逼无奈,我们当兵的确实穷啊,才不得不干出这事儿,请佛爷爷保佑我们升官发财,等日后发达了,咱们兄弟一定为佛爷爷再造金身!!"

念叨完,众人赶紧走下山找了马匹,飞奔而去。

一路走,当兵的问:"连长,这、这也不难啊!一个佛头能值上千银子!

我算计着,那一堆神佛罗汉,都凿下来卖了,得了金银咱兄弟们还不得花到下辈子!"

"放屁!"谢黑熊黑着脸,佛头是弄来了,可心里老是毛毛咕咕不踏实,仿佛四面八方有双看不见的眼睛盯着他呢!

另一个小兵说:"嗨,你还做梦呢!一次就够本了!没听说咱们过不了多少日子就得回徐州去了,当官的说了,张督军要进京封爵了,大帅走了,这军队得收缩,别让别的大帅趁火打劫呢。"

"行了,都闭嘴!你们几个记着,都把嘴给老子闭严实喽!谁走漏了风声,我杀他全家!这事儿以后谁也不能再提!明白吗??"

"明白!"

第二天一早,小刘就迫不及待乐呵呵去了军营找大哥谢黑熊,两人碰头,谢黑熊咧着大嘴哈哈大笑,小刘立即明白了——事儿办成了!

小刘立即请谢黑熊派人买了个樟木箱子,把佛头层层包裹好,送入自己住的大旅馆,为表示大方,赏了一个大兵二十块大洋。

等乐不滋滋的大兵回营,这才拉着谢黑熊去了酒楼。先听谢黑熊大言不惭牛皮哄哄地说了盗佛头的过程,又显摆了半天自己的英勇,小刘假装惊诧莫名,连连咋舌不已。

过完了嘴瘾,小刘问:"大哥!这次着实辛苦了!不是大哥这等忠义勇士,谁能办得了?您就是张飞张翼德在世啊!!来,小弟再敬您一杯!"

谢黑熊一仰脖子喝干了,撇撇嘴不满:"张飞?老弟,告诉你吧,就算张翼德喝断当阳桥,咱也不在意他。咱拜的是关公关二爷!!忠义无双!张飞算个啥?"

"那是!那是啊!"小刘笑得眯了眼,"大哥就是关公在世!!以后必定威震九州!小弟是张翼德,全仰仗大哥栽培!大哥,只有这一尊搞到了,那六尊……??"

谢黑熊轻叹一声:"兄弟,别赖哥哥说,有这一尊就得了。我倒想把那几尊都搞来,可时机不对啊!谁不想多赚些银子??你现在看着哥哥威风八面,还不是因为手里有枪??咱大字不识几个,想往上爬,没银子成吗??可这石佛不是别的物件,弄得太过分,不定老天爷怎么想呢!再者,"谢黑熊压低了声音,"最近上头传下话来,说我们就要移防调动回徐州了,日子紧,来不及呀。万一这事儿走漏了风声,南京城毕竟是冯督军的地盘。你也知道,他跟我们大帅爷不对付,闹腾大了,对你、我都不好。"

"哦……大哥说的有理!不过大哥说想往上升一升,这是正理啊!怎么,是银子不凑手还是??"

谢黑熊笑笑:"这银子就没有够用的时候!你就说我这个小小的连长,升个营长,还不得去团长那里送个几千??不介等过几年老了没人要,咱成了胡子兵,别说张大帅,就是前清的皇上那当儿,也没人用咱呐。你说咱干的杀人放火这一行,回家能干啥??做买卖?不认识字。种地?吃不了那个苦哟!老子们跟着他们东挡西杀这么多年,等人家用完了咱,还不是踢死狗一样把咱们踹了?"

小刘善解人意地点头称是:"谁说不是?赶上这个年月嘛。除非袁大总统正式登了大位,封张大帅个总督、大将军当当,大哥您也能跟着享福吧。"

谢黑熊摇摇头:"狗屁!人家眼里谁认识咱们这群弟兄??你不知道,我听说云南那位蔡将军在京城大总统眼皮子底下跑啦!回了云南就要起兵!有几个省的将军、督军,看着嘴里喊得挺敞亮,谁知道是啥心思?咱们兄弟在人家眼里,就是一条狗!用得着,赏咱们几块骨头,用不着了,一脚踢走!"

"大哥,小弟明白了!既然如此,小弟不能白让哥哥忙活。这是两千大洋的票子!"说着,小刘掏出一张银票,"前天那一千,是订金,这是谢老哥哥的,另外,还有一千!"又掏出一张银票!

谢黑熊目瞪口呆盯着小刘变戏法儿似的从袖子里往外掏银子:"兄弟,你、你这是……"

小刘气定神闲:"这三千,是本来小弟答应大哥的,佛头弄来了,咱们该怎么办怎么办!剩下的一千,是小弟我孝敬大哥的!您先别摇头。这钱,您买黄金也可以,办几件礼物也可以,抽空送到团长那里,加上您的资历和功业,必定升官!您升了官,以后小弟的好处还能少得了?!您要是推辞,就是不认我这个弟弟!"

谢黑熊咧嘴大笑,不好意思地搓着两手,"哎呀,这、这怎么好啊!嘚来!既然兄弟这么说了,咱要是不要,就是不给兄弟面子喽!好!回去我就办!

等老哥哥升了官,别说一个佛头,就是把千佛岩炸了,全送给兄弟也值!"

两人又推杯换盏喝了一通,因小刘说要回京,谢黑熊不久也得调防,两人各自留了联系方式。谢黑熊把自己的部队去处和营房告诉了小刘。这两人才依依惜别。

小刘回旅店,一溜风儿关上房门,打开樟木箱子,满眼贪婪地抚摸了佛头好一会儿,又点了根烟,想想回去怎么跟山田说。

他这回,可是赚大了!临来,山田给了他七千大洋的银票,许诺只要弄来佛头,还能再拿三千,这不过才花了四千多点,不仅佛头搞来了,买通了一个日后发达的谢黑熊做兄弟,还落下三千大洋的好处!!

小刘啊小刘,原来怎么没发觉你这么聪明!这么会办事儿呢!!

小刘哼着小曲儿,一身华服在大玻璃镜子前扭来扭去,心花怒放,得意扬扬。

心里暗自打算——等老子捞够钱了,也自己开家铺子!省得跟着山田跑前跑后的成天吃苦当仆从!

"小二,小二!!给大爷来一桌上好的酒席,再去堂子里找两个漂亮姑娘!要苏杭的!!"

小刘大喊大叫主子似的躺在松软的大铜床上,做起了美梦!

闹腾了半宿,转过天来,小刘洗了澡,依依不舍换下了华服,又穿上那身顶难看的蓝布大褂和半新的布鞋,打扮停当,偷偷溜出大旅馆去了徐子山府上。

山田跟小刘定下了瞒天过海、金蝉脱壳之计,自己装病去清凉山别墅避暑,其实他这病,就是心病!

小刘外出这几天,山田更是一日三惊,百爪挠心,热锅上蚂蚁似的,一会儿担心事情不成让人抓了,一会儿担心小刘办事不力把佛头凿坏了,一会儿担心王会长、徐子山知道自己密谋偷盗佛头,大怒之余再把自己告了!

除了夜眠不安,更是连饭都吃不下,成日里忧心忡忡。

王会长本来还没在意,一直关注着北京城里劝进的消息,报纸上一登蔡将军逃回云南,率军护国讨袁的信息,就把他和徐子山高兴坏了。

可山田的病,看着却越来越厉害,又不像热病,就让王会长留了心。

小刘一回来,让王会长拉到客厅问了个遍,都让不显山不露水的小刘一张巧嘴说得天衣无缝。

　　王会长琢磨了半天,也没看出啥,便吩咐:"这几日你辛苦了,先去看看山田先生,问个安。好好休息吧。"

　　小刘装得若无其事诺诺连声,等进了山田的屋子,关好了门户,一脸菊花笑着卖弄:"老爷,老爷??您快起来吧,那事儿,小的给您办成了!!"

　　方才还半卧在床上的山田闻言忽地坐起来,两眼圆瞪、凶光毕露:"你、你说办好了?真的?"

　　小刘压低声音:"我哪儿敢骗您老人家!!真不容易!带去的银子花得差不多了,拐弯抹角找了好多关系,求爷爷告奶奶,人家都不敢呐!又是送礼,又是花银子,这才……"

　　山田激动地浑身抖动,嘴唇歪斜:"别提银子了!不用管那个!剩下的都赏你了,东、东西到手了?!"

　　"到手了我的爷!!别提了,您听我跟您说说。"

　　山田也顾不得了,一把拉住小刘按在床边的花梨木圆墩上,凑过耳朵来。

　　小刘一张嘴滔滔不绝编故事一样添油加醋地把盗古佛的过程说得天花乱坠,什么遇到黑帮啦,黑帮抢银子啦,他自己怎么大义凛然说服黑帮啦,什么夜晚亲自去千佛岩盗宝啦,盗宝时日月无光,天降天雷啦,千佛岩出现佛光万道金刚力士现形啦。

　　小刘这番说,好比北京天桥张快嘴说评书,说得是吐沫乱飞,手脚比画着,眼珠子叽里咕噜转得飞轮一般。

　　听得山田一愣一愣,一会儿心惊胆战,一会儿冷汗淋淋,一会儿毛骨悚然,一会儿心满意足。

　　末了,山田才长舒一口气:"万幸!万幸!这么说,东西到手,没留什么后患??"

　　小刘弓着身一嘴蜜糖:"老爷,您呐,就把心安安稳稳放进肚子里!只要栖霞寺那些和尚们不说,谁也不知道!咱们爷们得赶紧走!等他们缓过神儿来,报了官府,就算要查问,这个年月,咱们人在北京,说不定您回了东京,上哪儿查去?"

"只是王会长、子山先生这边……"山田皱眉。

"嗨,这还不好说?? 我早替您想好啦我的爷!咱们就说江南气候实在不习惯,北京那边的店铺没有您主持,家里也弄得不好,要立即回京,回了京城就好办了,赶紧找个洋人把铺子兑出去,带了银子和佛头,您赶紧回日本,我就听您安排。他们再厉害,还能跑到日本国东京府去告您?? 我的老爷,您说,是不是这个理儿??"

半响,山田突然抬头盯着小刘,吓得他一哆嗦:"老爷,我哪里说得不对?您这是……"

"都说中国人聪明,我做生意这么多年了,没感觉,如今看来,最聪明的人就在我身边哪!小刘,这些年委屈你了,等回了京,我不会再委屈你了,佛天菩萨也会保佑你!"山田意味深长地笑了,只是那笑,在小刘看来,很是瘆人……

九

"什么?贤弟要回京?? 这才游览了几天南京城,怎么突然要回去呢?? 是不是京城的铺子有什么急事??"

王会长看看徐子山,又看看红光满面的一脸憨厚的山田笑语吟吟,身边跟着恭顺乖巧的小刘,有些奇怪。

前几天还似重病缠身、身体不适的山田像是吃了太上老君的仙丹灵药,一昼夜的工夫,竟然疾病全无,这病来得突然,去得也突然。尽自王会长见多识广,也猜不出里头有什么猫腻。

山田端了茶杯,大脑门上闪着亮光:"大哥,子山兄,此次来南京游览名胜确实获益良多,感谢之至。说多了就是老北京话矫情喽。小刘这次回京,看着家里的店铺被内人等打理得确实很不像样子!您知道,咱们是商人,不能扔下商铺不管,只在此游乐嘛。

"再说南京的气候对小弟实在不相宜,闹了几天病痛,麻烦二位兄台照料,内子听说我在此有病,也非常不安,让小刘传话,请我早日回京。大哥既然没事,可在此多留些日子,等嫂夫人归宁后一起回去嘛。"

小刘不失时机地赔笑道:"王老爷、徐大爷,我们老爷说的确实如此,这次回去小的才听太太说起,铺子里的买卖她实在照顾不过来,有那么些东洋、西洋各国的老主顾,她都认不过来,德国公使馆要机制绸缎料子,原来的得从神户进货,太太闹不清,送去了大阪的,人家德国人不满意了,当天就退了回来。美国使馆要的象牙梳子和裁纸刀,太太打电报催,价码儿又不对,闹了个满拧,大阪那边的老主顾都说起了闲话,我们太太让我跟二位老爷告罪——说老爷一去就一个来月,平日里,我可操不来这个心,眼看就换季了,还有两批货要从长崎运过来,老爷不在家,到时候货物到了,怎么点查? 还有京里各位总长太太、奶奶们都是老主顾儿,她们喜好什么、爱什么物件,只有老爷最清楚,又听说我们老爷在这儿病了,说年岁不饶人,又这么远,心里着实惦记着。因此让小的跟二位爷说,请我们老爷早日回京,要是愿意来南京府玩,等过了八月节,她也一起来逛逛。"

一席话说得滴水不漏八面玲珑。

徐子山大笑道:"呵呵呵呵,山田兄,你身边这位小刘着实是个人才呐! 听听,这口才,是个掌柜的材料! 什么爷爷奶奶一大堆,把我都听傻了。姐夫,我看,既然山田太太照应生意不太合适,山田先生身体又康复了,不如送他们回京吧。"

王会长笑着点点头:"山田老弟,你们日本太太平时可比我们中国女人温良恭俭让呢,这回看来真是支应不开喽。也罢,来人,去火车站订票吧,明儿一早咱们送山田老弟回京,只是后几天我们莫干山和庐山之游,你可赶不上喽。"

山田起身鞠躬道谢,又是红脸又是搓手,显得十分诚挚。徐子山吩咐人备酒践行,一面又打理了不少南京的土特产,让山田带上。

晚上,小刘出门一趟,吩咐大旅馆的人,把箱子严密封存,送到京浦车站待用。第二天,王会长、徐子山备了马车,送山田、小刘到了车站,几人热络得挥手而别。

小刘花了银子,早就预备了一个一等车厢,等火车一开动,山田赶紧让他从座位底下拉出了樟木箱子,打开一看,正是那尊古朴典雅的佛头!!

　　山田"扑通"一声跪在地下,小刘闪身出了门,站在车厢门口望风。

　　"罪过!罪过!!佛祖保佑!是小人实在喜爱您的法身,才出此下策,请佛祖跟我回东瀛,小人将世世代代供养佛祖,您千万不要生气!"说着"砰砰砰"磕头不已。

　　小刘瞥见山田跪在地下闹神闹鬼的样子,肚里暗笑:"还出此下策??这个老东西真会编瞎话!!"

　　叩拜完,山田叫进小刘,两人细密地把佛头包裹好,山田坐了椅子上,心里又惊又怕又喜又急,担心东窗事发,恨不得长了翅膀赶紧飞回北京城。

　　这一路,两人惶惶然如丧家之犬,是风声鹤唳草木皆兵!看见铁路警察来回走动,紧张得话都说不出,好歹山田有个日本侨民的身份,还略撑得住,每次来查票、送水,都急得他能出一身冷汗。

　　就这么一路走,一路害怕。三天后,车到了北京前门外车站,两人却并没有下车,而是直奔天津而去!

　　山田心里有数,这事儿抖出来,自己身份体面都没了!必须赶紧处理。

　　到了天津卫,山田找到日本国天津领事馆里的一位朋友,以日本侨民的身份赶紧办好了回国的一切手续,又送了他一份重礼,把佛头寄存在天津领事馆里,说好了过段时候来取,一起带回日本。

　　不论中国还是日本,果然是火到猪头烂,钱到公事办!这位朋友见了礼品满口答应,把佛头封存进领事馆的档案库里严密保存,又亲自给长崎海关的朋友打了电话,说不久有个日本侨民要带些中国"古老的小玩意"回国养老云云。那头自然也是答应了。

　　这边小刘又伺候着山田一男马不停蹄回了北京城,一到北京山田就跟太太和儿女们说:"咱们要赶紧回日本了,收拾东西!七天……五天……不,三天后就走!"

　　山田太太四十出头的年纪,也是日本来华商人的子女,大阪人士,十分贤惠听话,一听丈夫火急火燎地要回国,大感意外。

　　"三天??!!老爷,您不是说梦话吧??咱们家这些产业,别说三天,就是半个月也算不完账啊！行礼要收拾，账目要算清，铺子产业要盘出去，就是在中国住了这么些年，那些经常来往的朋友人家也得去告辞一声才是，还有孩子们的学校也得去说一声，我说老爷你一回来……"

"你个女人懂得什么！！"山田一瞪眼喝道："我说三天就三天！别啰唆！等回了日本我告诉你缘由！"

谁知这位大阪府出身的太太并不像其他地方的女性那么"温良恭俭让"，又在中国学了些新派女性的居家理念，听了山田的话，怒气上涌，杏眼圆瞪："老爷说得奇怪！我是这家的女主人，咱们又不是犯了什么法律，又不是作奸犯科的，这么急着回国干吗？再说孩子们那里你去说！我就奇怪了，好好地出去玩了一趟，刚回来还没休息呢，怎么突然急着回国啦？？咱们的铺子产业可不是你一个人的，别忘了还有我父亲生前交代给你的呢！我那些中国朋友怎么说也来往了二十几年，该给人家告辞一下嘛，不然人家怎么说咱们家？？老爷，你这回出去没病吧？？"

"你才有病！！"山田急乎乎地大喊，一想到太太这些年跟着自己不易，铺子又有岳父生前给予的大量资金，忍了忍才说："我的太太！在中国待久了，您这脾气也见长呐！这回是真有事，您就听我的，咱们回了东京再说，好吧？？"

山田太太拿了柄广作的象牙嵌玳瑁人物花鸟团扇摇来摇去，就是不吭声。小刘在外头听了两人吵嘴，进来劝道："太太！按说没我说话的分儿，这回老爷确实有急事，嗯……老爷，我看太太说得也有理。咱们这铺子，在北京城里也算小有名气，这么一下子要盘出去，谁敢那么大把银子接手？？恐怕没那么快，您想想，铺子里的账目要清查，还得查库底子，少爷小姐们学校那边也得告辞，太太的朋友们也得告辞一声，还得收拾行李物件。我看也得缓几天。"

山田叹了口气，坐在红木官式椅子上低头盘算。

那年月，日本还是帝制国家，男尊女卑的礼法，比中国有过之而无不及，山田太太在中国待了这些年，又赶上民国成立，多多少少沾染了摩登女性的气质，让山田十分头疼。可听了小刘说的，也不无道理。

"依着你说，该怎么办？？"

小刘欠身笑道:"这事儿不难。太太那边呢,只管去各位总长太太、奶奶那里辞行,在家收拾行李物件和金银财物,小姐、少爷那里,我去学校说一声。等个三五天,让太太、小姐少爷们先从陆路去天津稍待。我跟着老爷在此处理完铺子产业,最多十天半个月,一起去天津相会,趁这个机会,正好太太领着少爷小姐们逛逛天津卫,等咱们处置完,一起去天津登船再去日本不迟,您说呢??"

"嗯……也好,反正东西存在天津领事馆,谁也不敢造次!那就赶紧收拾吧?我的太太?"

小刘不失时机地奉承一句:"老爷英明!"

山田一家子按小刘的主意分头安排去了,辞行的辞行,收拾行李的收拾行李,去学校休学的休学,这家人自打来了中国二十多年,差不多完全被老中国的礼俗熏陶了,礼多人不怪嘛。

山田自己也不能免俗例外,备了礼物去各家相好的店铺、老主顾那里拜望辞行,一连闹了五天,家里才算稍稍收拾停当,又赶着送山田太太和子女上了去天津的火车,这才回来盘算着把铺子让出去。

在其他店铺、洋行投资的股份,欠的债务还好说,三下五除二就该收的收,该要的要,可东交民巷这家铺子怎么办呢??

光绪年间成立到现在,光铺子本身加上货物库底子就值个三五十万大洋,临时急着要出手,又没有现成的买主,即便是有买主,山田经营的都是东洋货,别家儿也不懂啊。

于是又磨叽了好几天,急得山田火上房,操劳半生了,他倒不在乎房子、银子,就惦记着那尊佛头和家人。

不过在老北京,做买卖盘铺子也是大有规矩——叫一赶三不买,一赶三不卖。您这儿急得什么似的,人家中人和买家乐呵呵地炖着您,就是不出手。

因为小刘跟不少保媒拉纤买房卖房的熟悉,也跟不少洋行的大班买办走动,不少人知道山田这家铺子的实力,在中国待久了,连洋人也学会这一套喽。还有,则是小刘自己有心思,他想自己把铺子盘下来或者趁机赚一大票,可没那么大的本领呐,再说还顾及着山田是日本人,到时候玩火不成再让人告一把,袁大总统对洋人可是害怕极了,不管有理没理,洋人一找上门,中国这些大小衙门都得矮三分哦!

也是巧合,正好当时打起了一战,美国人财大气粗,小刘从美国花旗银行的买办那里,拉来了一个在美国做钢铁生意发了大财的财主,想在使馆区最近的东交民巷开个西餐厅或者舞厅。小刘赶紧在六国饭店找到此人,凭着一张嘴口吐莲花,终于说动了美国大财主,来看了看店面,还成。

经过说合,人家美国大财主不要货底子,只要铺子,还得改建不是?于是山田又急着把铺子里的货大批发甩卖给北京城里的其他日本商人,有些珍贵的,送到天津变卖了,还有些则送给了日本驻华公使馆里的"乡亲们"。

到最后,连铺子带地皮,卖了三十五万大洋,合十二万美元,那当儿,这就算一笔巨款了,总算是不赚不赔。牵线搭桥的小刘自然从中没少拿,收了一万大洋的"介绍费"。

这一等,半个多月过去了,天津那边,山田太太又催。山田领着小刘要走的当口,想起了王会长一家,总觉得过意不去,又不敢早打招呼。想了想,预备了一份厚礼,托了一位相熟的日本商人井上,等自己离京回日本之后,井上再去王会长家里送礼说些告辞话。

这天,山田领了小刘,站在前门火车站回望自己打拼了二十多年异国他乡却如此熟悉的北京城,不仅潸然泪下,回思往事,历历在目,感慨良多。

就此离了北京,到了天津,先去天津领事馆托朋友把佛头从海上送到日本长崎港口,自己又跟太太、子女玩了一天。

晚上,把小刘叫了来。

"小刘,按说你跟我这么多年,没有功劳还有苦劳呢,我是拿你当半个儿子看待,应该带你回日本。"

小刘乖巧地笑笑:"小的不敢当,全凭老爷吩咐!"

"只是……也罢,明天再说吧。你先去休息。"

等小刘回房睡了,山田沉默了半晌,从袖子里掏出一封信放在桌上,连夜叫起了太太、子女,坐车去了港口。因当时中日两国来往非常便利,山田早就委托领事馆的朋友要了几张头等舱的船票,所以很快就上了一艘日本轮船,不顾夜深风大,往东瀛逶迤而去。

第二天一早,小刘起身过来伺候,早想着跟山田去日本的他,心里高兴得都要嚎一嗓子京剧了,可敲了半天门,也没人应声。

"奇怪?老爷从来不睡懒觉呀!"

一个侍应生过来询问:"先生,您找谁??"

"找我们家老爷,哦,就是日本的山田先生。"

"山田先生昨晚就退房走了。喏,还是我送的行李呢。"

"走了?上哪儿走了?"小刘心里一慌。

侍应生满眼疑惑地说:"不是回国了?昨晚一点半的船,不到一点就走了。哦,山田先生走之前,说等有人找他,请他进屋看看,请随我来。"

小刘大气不敢喘,傻子一样跟着侍应生进了屋,果不其然,屋里空无一人,桌上摆了一个大信封。

小刘冲过去狠命抓起信封死死盯了半刻,不敢打开,又不得不看,里面是封信,还有一张银票。

字迹很熟悉,是山田一笔端庄的柳体毛笔字。

"小刘:

等你看到这封信的时候,我已经携家人上船回国了。

很感谢这些年你跟在我身边对我和店铺作出的努力和贡献。送上一万大洋的银票,算作你的报酬,也是我们情谊的终结,今后我们不会再往来了。

作为一个中国人,你很让我震惊和恐惧。不仅仅是你毫无信仰地为我搞来了这尊佛头,而是作为一个中国人,尤其是有数千年文明的传人,在我受到心灵煎熬时,你竟然能抛弃中国的道德理念和良知,怂恿我办成了这件事,却得意扬扬,从不后悔。

你的聪明、你的机灵、你的花言巧语和机诈,都让我感到深深恐惧和失望,我不能想象,一个我从小看着长大的孩子,竟然会如此抛弃自己国家的道德良知,为了主人和金钱去满足一个外邦人对于自己国家宝物的愿望。

太可怕了。小刘,可能你不是老一代的老中国人,没有王会长那种道义和良知上的坚守和努力。但是,一个你这样如此是非不分、没有良知道德底线的人,在我们日本国是生存不下去的。日本国也有老中国的影子,我们国家,或许也有不少诡诈之徒,但据我所知,从来没有人敢买卖自己的国宝还如此恬不知耻。

王会长跟我说过,世风日下人心不古,在中国清国灭亡、改成民国之际,很有明朝灭亡时那种礼崩乐坏、世风不古的状态,这种状态会影响很多人,包括你。虽然这不是你的过错,但我不喜欢这种状态,尤其是你这种人的出现,代表了一群从前清到民国受到影响的年轻人。

所以,我不能带你回日本,你不会适应我们这个一直保留有古老传统道德良知却又新颖的国家。

或许日后像你一样的年轻人会功成名就、平步青云,但你的那颗心,真的是我不能容忍的。中国古人说——凡善怕者,必身有所正,言有所规,行有所止,人必自重,然后人重之。或许我当年该让你多读一些书还好。可惜已经晚了。

佛头这件事我们都有罪过,我得到了佛头,却失去了很多,只能回日本在佛前忏悔了,但作为多年的长辈,我要劝你一句,千万不要再犯这种错误了,无论是为了地位还是钱财。多多做些好事忏悔一下。

不必再见。

山田一男

"山田一男!!你这只喂不熟的东洋老狗!!"恼羞成怒的小刘几把就将信封和信撕了个粉碎,天女散花一样扔到满天都是,又想把那张一万大洋的银票撕碎,握了好久,实在舍不得,只能装进口袋里。

怒气冲冲地闯出屋门:"什么礼崩乐坏人心不古!!山田一男,论这个老子知道得比你多!老子就知道人为财死鸟为食亡!你等着,没了你,老子照样发大财!"

在一旁目瞪口呆的侍应生被撞了一个趔趄,小刘狞笑着拽出一把银圆扔在地下大喊:"小子,没见过这么多钱吧?!哈哈哈哈告诉你,算大爷赏你的!你现在就跪在地下,一个个捡起来,就都是你的了!"

侍应生惊喜地答应一声,扑在钱上就不撒手喽,小刘撇着嘴看着侍应生跪在地下手忙脚乱的捡钱,仰天大笑……

十

　　王会长在南京跟徐子山去莫干山玩了半个来月，等回了南京，一看报纸才知道，北京袁大总统闹腾着登基称帝一事，这些日子已是局势大变。

　　早先呢，只有云南的蔡将军首举义旗，兴兵护国。住在东瀛的孙大炮和民党一看，早已按捺不住，派了不少日本留学生和民党潜入江南各省，不是呼吁这个督军，就是吓唬那个督军，连同两江、两广和湖南、湖北的各省都督们，对妄图称帝自为的袁大总统也早就首鼠两端、阳奉阴违喽！不少民党出身的督军也跟着拉起了队伍，起兵反对袁大总统帝制，仿佛根本不记得自己前些日子在各地报纸上发表的各种丑态百出的劝进表文。

　　一时间，中原、两广、两湖和江南地区群情汹汹。

　　而北洋高层内部，原本铁板一块的北洋军阀内部乱成了一锅粥，分崩离析，那些早已被排除出核心圈的元老重臣，也坐山观虎斗似的看起了热闹，不是这位爷躲到天津租界里陶然自乐，就是那位爷去了青岛租界喝酒赌钱，还有的跑到外洋去躲风，这些元老辞职的辞职，养病的养病。反正早年跟袁大总统一起小站练兵出身的嫡系兄弟们，都走的走，散的散。

　　等袁大总统想起来调兵遣将，谁还尽力呢??

　　比如黎副总统被软禁，陆军总长的段大爷，辞职不干了，那位国务卿政事堂的首脑大人徐菊人大人，也对老把兄弟闹的这出戏看不惯，撂了挑子。

　　只有筹安会几个御用文人还在那里上蹿下跳，妄图以劝进扶摇直上、平步青云，却被梁先生一篇《异哉所谓国体问题者》的雄文骂得狗血喷头，打回了原型。

　　袁大总统焦头烂额喽。

　　这不明摆着，有个大总统的位置，这些文武大臣谁不想坐上去过过瘾，袁大总统可好，非要搞成传承家人的帝制，再登大宝，断了人家的念想，哪个手下还出力？

再者这些年风气已开，各省督军、将军们都成了土皇上，谁也不想头顶上再坐个皇上管这管那，自己在领地里收钱收税欺男霸女多舒服呐！

而满清遗老遗少们，背地里也骂，谁不知道紫禁城里还有小皇上宣统坐镇呢，轮也轮不上你袁大头来当皇上啊！

老百姓多少也知道点，前清总算有二百多年的"深仁厚泽"，这袁大总统算什么？山野乡民问起来，还常问："宣统皇上还在位不？？"

加上袁大总统内帷也不修，几个夫人姨太太生的孩子们为了争夺连影子都没有的大位闹得天翻地覆，日夜不安。

而为了谁当"皇后"，姨太太们也从平日里的和睦都翻了脸，成日里打鸡骂狗、沸反盈天地吵闹。把个袁大总统闹得如热锅蚂蚁似的气急败坏。

终于，护国军连战连捷，连原本袁大总统的几个干儿子也背叛了他，辫子军的大帅张督军也变了脸，各省督军、省长和北洋元老们一致达成协议，纷纷上表，敦请袁大总统俯察"民意"，改变国体、实行帝制一事，万万不合民国国情，恭请袁大总统放弃此议，并查办一二奸邪"宵小之徒"逮捕法办，以正视听云云。

得知各地群情汹汹消息的袁大总统气得热血上头，前几个月那些鼓吹帝制的筹安会文人，一看势头不妙，也纷纷带着贪来的银子跑的跑、溜的溜，就剩下他一个孤家寡人。

而成天登载日、英两国赞同帝制的几份报纸，也被仆人们揭发了真相——原来是大少爷贼心不死，要做皇太子，才自己找人编了几份假报糊弄老爷子。

这下子可把袁大总统气坏了，当场狠狠打了大少爷一顿，自己也气晕过去。

后来就病了。

可骑虎容易，下虎难。袁大总统又请出了副总统黎大人、国务卿徐菊人等几位把兄弟，拿出一份"继续连任大总统"的文件，请大家签署发布。

几人一看，默默不语，装哑巴。意思很明白，不是兄弟们不帮你，现在全国民意汹汹，看来老哥还是下野回家吧。

就这么着，袁大总统病情加重，请来德、法两国医生来看，原来大总统平日里姨太太多,内帷生活太过频繁,又有肾病,吃的鸡蛋太多,胆固醇极高,加上气大伤肝,竟成了个病入膏肓的险峻病症——尿毒症!

要不开刀,要不就等死吧。

束手无策的中外医生们没了招,各地督军听说大总统要完,更是天天上书请他回家养老。

就这么一拖二拖,等陆军段总长摇摇摆摆得意洋洋地收拾局面,这位赫赫威武一世、一代枭雄的袁大总统终于一瞑不视,归天去了!

只做了八十三天皇帝的袁大总统,总算还没把人都得罪光。北洋的元老们看着凄凄惨惨戚戚的袁家遗孀们,还算有良心,用了具阴沉木的棺材成殓,同意给袁大总统穿上了那套祭天时专门特制的价值八十万大洋,镶满珍珠宝石的衮龙袍、平天冠,还陪葬了两方登基要用的金玺,好歹英雄一世,让他在地府过把瘾呗!

这场闹剧一结束,副总统黎大人立即宣布接任大总统,段总长成了国务总理大人,接管了全部政权。

王会长高兴地无可无不可,跟内弟徐子山摆酒庆贺了整整两天,算是了结了心事。

这天,徐子山刚拿了份报纸没看,却见王会长匆匆自外走来,嘴里念叨着什么。

"怎么了姐夫??"

"嗨!这个山田,你看看,你姐来了电报,说是山田回国了!这是闹的哪一出?怎么连跟我辞行也没去,还拜托个日本商人井上去的!这人,真是胡闹!还送了不少东西。"

"我看看。"徐子山一看电报,也呆了:"明代玉杯一对,日本金表一对,嘉窑青花瓷瓶一对,日本纯银镀金七宝烧大瓶一对。"后头还有不少日本特产的绸缎织锦、象牙玩物、酒水香烟、茶叶木器。徐子山疑惑道:"姐夫,山田是把铺子盘给你了吧??!这份礼可不轻啊!少说得几千大洋,光这对嘉窑青花瓶子,也得七百大洋吧??"

"谁说不是呢!!这是闹哪一出?我算是糊涂了,他从来不这样!再者,怎么说走,不等我回京饯行,就这么扔崩走了?日本那边除了他一个出嫁的妹妹。没听说有什么近亲呐！"

"不对！这里面有事！姐夫,我看这礼物您要留心。"徐子山提醒说。

"你姐姐说,井上送了东西就走了,还说山田一男早好几天就去天津坐船回国了！这可太匪夷所思喽！这东西不要给谁啊？咱们又不晓得他在东京的住所,我想想……"

"姐夫,您看,报纸！！"徐子山纳闷地打开报纸,一行大标题入眼,王会长只瞥了一眼就惊得目瞪口呆,一个头晕站立不住,瘫在椅子上！

"本报讯,近日据栖霞寺僧人来布政衙门报案,言说寺庙后山千佛岩一尊南朝古佛头颅被贼人盗割而去,佛身严重残损！因当日寺庙承做佛事,几日后发觉,此事已由布政衙门上报督军,士民闻之皆怒。云此古佛乃千年灵宝,何敢盗割！恭请督军大人立即查办。

闻督军已下严令,严令军警各衙门务必查出匪人,取回佛头。一体传令各士民人等,有略知佛头消息者,速速上报官府。"

徐子山见老姐夫暴怒眩晕,赶紧搀扶了,叫人来喷水的喷水,掐人中的掐人中,大声安慰着:"姐夫！老姐夫！快,像是痰涌,赶紧去请大夫,您这是何必啊,报上只是这么说而已,谁知道是哪个缺德的匪徒利欲熏心,干出了这等恶事?！我看,等……"

王会长听了内弟的劝告,更是火上浇油般剧烈喘息着,脸色憋得通红,胸前起伏得厉害,拉风箱似的哑着嗓子吼叫:"你、你不明白！！咱们这是让人耍了！！二十多年的情分,谁知道他还是条喂不熟的狼羔子！！全、全怪我啊,聪明一世糊涂一时！"说完老泪纵横。

喝了碗冰糖薄荷水,止住了痰涌,王会长痛苦地挥手令下人们退下,方才半靠在红木嵌大理石云榻上,半是清醒、半是痛骂把跟山田在北京的往事聊了个透彻。

徐子山默默无语。

想骂,却张不开口,不骂,看老姐夫病在那里十分难受。

这事儿可真是巧合得匪夷所思喽！

骂谁呢？

骂山田信佛？不该。

骂王会长不该跟山田说送礼物？也没有理由啊！

骂王会长不该领着他南下游览南京府？？更是不着边呢！

"看来，这是山田和小刘做好的局！用了瞒天过海、金蝉脱壳的计谋啊！姐夫，这、这让我怎么说呢！！"徐子山知道，不管说什么，都有姐夫的错，看他内疚如此，更是不敢张嘴了。

"什么也不必说！咱们报官去！"王会长强打精神，坐起身笃定的眼神望着徐子山。

徐子山想了想："这事儿怎么报官？！不是我怕事，姐夫，您想想，人是咱们从北京领来的，官府必然查问，这是一。

"二是山田一男现已回国，已经确认了，这会子报官，能抓谁？上哪儿抓去？人家官府得想啊，你们既然是共同来金陵，又是多年的好友，你参与了没有？得了多少银子？？

"三，俗话说，抓贼拿赃、抓奸拿双！咱们只是推测是山田和小刘干的，可没有证据啊！红口白牙去官府一说，官府一查，山田回了日本国，小刘不知所去，您以为他们干不出因为贪功心切污蔑好人、杀人灭口的事儿？

"再者，北京那边黎大总统已经登位，军政大权是段总长以国务总理的名义执掌，南京这边的冯督军听说也接到委任，要接任副总统大人，两边本就抵牾不断，加上长江巡阅使张督军在里头挑事，这时候报上去，谁管？"

王会长颓然倒在榻上，面如死灰："子山，如你所言，咱们就只能看着这个奸贼把我国国宝偷盗到东洋去了？？我、我不甘心！就是拼了这条老命，我也要看着他把东西给咱们还回来！！我……"

"姐夫！您先别急呐，我去找几个南京都督府的朋友问问，看看如何处理才能收效，行吗？老姐姐把您交代给我，万一您在此有个闪失，让我如何再去见她呢？"

两人正你一言、我一语地争得激烈，外头家人匆匆来报："禀老爷！！栖霞寺来人，要求见老爷和大舅老爷！！"

"啊？！"徐子山失声惊讶，王会长使劲儿坐起身："快叫进来！！"

仆人飞跑出去，一会儿，进来两个和尚，一位正是那天游览栖霞寺时，在大殿诵经的小和尚。

两人一声素布僧袍,躬身道:"徐施主!王施主,别来无恙!!"

徐子山不解,怎么栖霞寺里的师傅们突然找上门来了?!

"快请!!二位小师傅坐!来人,上茶点果子!"

王会长也站起来点点头,没等询问,两个和尚言说:"两位不必多礼!今日我们二人是奉了我们师父智明大师之命,前来有事请两位檀越施主去寺里一趟。"

王会长心头一惊,看看徐子山也是一头雾水。两个和尚微笑道:"二位不必多疑,是师父他老人家听师祖有言,请二位去的,详情我等也不知道,务必请二位随我们走一趟。"

"这……这可……"王会长干瞪眼没法子,心想坏了!人家知道是自己带来的日本人偷盗佛宝,找上门来了。

看徐子山闻言却大惊失色,悚然颤抖!

"你们师祖?莫非是广惠大师吗?这、这不可能啊!我听家母说,他老人家二十多年前就闭关静修,不问世事了。难道还在世上?"

王会长还是拉着两位小和尚坐了,徐子山掏出手帕擦着满脸的冷汗,直发抖。

原来,这位广惠大师,在洪杨之乱时就在金陵栖霞山驻锡,精研佛法,在他的主导下,栖霞山各处寺庙和栖霞寺才能在平定长毛之乱后迅速恢复旧观,当年据说他是镇江府人士,有的说是杭州府人士,可谁也不知道他老人家的来历。

因为洪杨之乱当时,广惠大师就已经六十出头了,这要是还活在人间,岂不是百岁以上的老者?!

徐子山幼年跟着信佛的母亲还见过广惠大师,当时这位大师就须眉洁白如雪,慈眉善目,后来听说他老人家因年纪老迈,将寺里的事物交给了徒弟智明大师,善男信女以为他老人家早已圆寂。再者,徐子山今年都四十多岁的人了,想起幼年时的往事,乍一听广惠还在人间,忍不住冷汗直流!

"善哉善哉!!原来广惠大师,我知道,没有急事,老师父绝不会出关,也罢,姐夫,咱们就跟二位小师傅去一趟吧。"

事不宜迟,两人备了马车,带了几个矫健的仆从骑了快马,一路烟尘直奔栖霞寺而去。

到了山门前,下车两人匆匆进庙,却发觉栖霞寺跟往日不同,一众僧侣们都脸色肃然,也没有什么香客进香。

奇怪。

过大雄宝殿、天王殿和观音殿,路东口,是个青砖素瓦的月洞门,随着两个和尚走了足有半里地,来到了一座静修精舍。

这里地势较高,四周种了不少松柏、银杏,游廊小巧,天然野趣。

门口站的,正是一身杏黄僧袍的智明大师,却见他面容肃然,手里的菩提念珠转得飞快,见二人上气不接下气地赶来,赶忙迎上来:"阿弥陀佛!久累二位檀越施主!请随我进屋。"

开门进了屋子,王会长长舒口气,细细观瞧。

里面是三间素雅的精舍,纤尘不染,雪白的窗户纸显然是新换不久,正中一个大方桌上,供的是泥金三世佛,宝盖华幡都是素绸所制,连座位都是粗木的,地下有个杏黄的蒲团,年深日久,显得陈旧,显然是广慧大师常坐诵经之所。

东屋摆着张简洁的木床,青布素被,西边通开,摆放着一张香楠木嵌螺钿的木榻。

上头卧着一位须眉雪白,满面红光,身上却又黑又瘦的老僧,穿了身青布僧袍,正合眼仿佛睡着了似的。

智明大师一躬身,刚要开口,卧着的老僧突然说话了!

"要去的未去,要来的已来,去就是来,来就是去。施主们,别来无恙!!"声音竟然苍茫浑厚,丝毫不像个耄耋老人!

徐子山三十多年前见过广惠大师,早已激动得不知所以,半跪在地下低首问询:"大师道德高深!这些年一向少来探望!望乞恕罪!!"

王会长也躬身施礼,见那老和尚微微睁开双目,刹那,两道精光从他眼中射出,竟然如一道似有似无的馨香感立即在室内迸发,可绝不是桌上古铜香炉里的檀麝香气!

"阿弥陀佛!!徐君尚忆幼年随令堂大人前来进香之事,这位施主也是心善的檀越居士了。老僧临别,与二位还有段俗缘,今日特请二位来一谈。

不料二位来得这么快,岂非天意?"

徐子山猛然听到老僧说"临别",陡然间生出悲切之感,双目含泪说:"大师正有寿数,何必言去呢?!"

广慧大师坐起身,一把推开来搀扶的智明师父,目光缓缓扫视众人,自己披了粗布袈裟,古洞一样的目光凝视窗外移时,微笑道:"朱楼玉户笙歌醉,却有东瀛客未归。回首百年伤心事,一任清风伴月随。山上的事贫僧已经知晓了。"

这句话如同晴天霹雳一样把屋里的人都镇懵了!

王会长、子山看看智明大师,智明连连摇头,意思很明确——佛头的事儿可不是他说的!

老僧还是一副笑容:"东瀛客不必理他,此人口念弥陀,心猿意马,一己之私犯了不赦之罪,然其与我佛早有溯源。虽性情热衷光大我门,然六根不净,八垢难除,有求于我佛,却毁坏法身,焉能正道??"

"大师见谅!!此事皆因我的错误,不该带他来栖霞古寺,使其……"

"居士太自责了。种福田,结福果,种恶业,结恶果。不是居士领着,他也会来。此乃前世因果,非人力可及,就算成就无上正等正觉,也皆在定数之中。定数不可更改。试问逆水行舟中,几人可顺水反舟??诸恶莫作,诸善奉行,空寂随缘谈何容易!俗世之人,无论果象如何,一旦犯了贪、嗔、痴等执念,无人可救。只能随缘自化而已。"

"大师,难道这南朝的古佛就这么让他带往东瀛日本,从此不再追回了?"

"诸法因缘灭,因缘不灭则诸法不灭,去就是来,来就是去!无论何人难逃定数。

出入云闲满太虚,元来真相一法无。七苦五蕴东来客,唯指山间一尊佛。七载因缘苦茫茫,廿二年后劫难成。一朝听得金鸡啼,沧海沉沉日已落。

檀越们不必理会他罢,好生保重。贫僧就此别过了!"

众人正懵懂间,忽听老僧说了句要"告辞"之语,而且方才还谈禅说法,骤然说去,几人心里猛地一沉,悚然惊慌,一旁沉默许久的王会长忍不住大喊一声："大师暂留一步！！"

老和尚闭了眼，长息不停。

说实话，今天老和尚说的这些禅语偈子，在他脑中过了一个遍，细细想来，确实有些云山雾罩的意味，但对于佛头被盗这种恶行，看起来广惠大师并没有放在心里。

王会长想问点什么，又不知该问什么，想说什么客套话，可自己对佛理确实生疏，没啥积累。

急切间，王会长突然想起不知哪里看来的一首唐诗，朗声道："古木阴中系短篷，杖藜扶我过桥东。沾衣欲湿杏花雨，吹面不寒杨柳风！大师可否指点下栖霞山古佛如何能归？？"

"善哉！！老僧临别得檀越妙音相送，心满意足矣！好大世界，有何挂碍，去便去矣，来便归来。智明徒儿，把那身锦襕袈裟收拾好，装我的舍利。"

说罢，卧在木榻上如同一尊古佛，一手支了头颅，一手抚了丹田，脸上还带着微笑，却不再言语！

"师父！！"智明"扑通"跪在地下，试了试广惠大师的鼻息，颓然放了手，脸上似悲似喜，再退后，恭恭敬敬叩首不停，王会长和徐子山也叩首不止，一会儿，也是六十开外的智明大师颤巍巍起身，说："二位居士，我师父已经西去，入了不生不灭之界，佛头一事，听他老人家的吧，我等不必再提，日后自然有个结果。二位请回，我等要为师父做法事了。望乞恕招待不周之罪！"

外头一时间钟声大作，庙里各处的和尚们都穿着严整前来诵经，被光怪陆离弄得心中忐忑的王会长脚下像踩了棉花，由徐子山扶着出了精舍，又拿了一百大洋捐了，算是二人给广慧大师的香烛钱。

这才坐了马车，回南京府。

十一

一回了家，王会长就病了，高热不退，内弟徐子山忧心忡忡，又不敢随便给北京的姐姐发电报,怕吓坏她。只有赶紧请名医施治,小心翼翼伺候着。

王会长整日里迷迷糊糊,一会梦见山田一男张牙舞爪地跑来打架,一会儿梦见山田坐的那条船掉进了东洋大海,一船人都喂了王八,一会儿又梦见那尊佛头光芒万丈出现在旭日大海上,一会儿又是广慧大师一声金缕袈裟脚踏祥云前来安慰,光怪陆离五光十色。

徐子山看着姐夫迷糊中一会叫热,一会儿喊人,也难受不已,觉得中医还是慢,又花钱请来了德国医生,打了几针,又服了中药调理,足足半个多月忙得脚不沾地,王会长这才算好了。

瘦了一大圈的王会长提出,要回北京,他怎么也搞不明白,怎么一桩自己看起来天大的盗宝事件,广慧大师仿佛并不放在心上。

看看最近的报纸,黎大总统和段总理大人,这两人一个是武昌元勋,一个是北洋元老,又因为争权夺利和中国参不参与欧洲大战闹起了矛盾,各人后头都有一帮子督军摇旗呐喊,助威助阵,唯恐天下不乱,还有些文人谋士跟着起哄架秧子,在报上乱喊乱叫。稳坐南京城的冯副总统隔岸观火,哪边也不得罪,只把南京管好就得了。

栖霞山丢古佛头的事,就这么不声不响得被铺天盖地的府院之争消息淹没了,像是从来没发生似的,被前些日子还嚷嚷着非要承办匪徒的市民丢到了爪哇国,再不提起。

王会长在徐子山的护送下,一路回了北京,等见了面,可把王太太吓坏了,以为丈夫在南京出了事故,狠狠说了弟弟一顿,埋怨他没把姐夫照顾好,徐子山只能讪笑地听着老姐姐的埋怨。

倒是王会长跟太太讲述了实情,听得这位妇道人家一会儿震惊,一会儿悲伤又夹着大骂了山田一顿,急着出主意打听山田在日本东京的住处,让徐子山拦住了。

"姐,别说咱们去不了日本国,就算是去了,人生地不熟,语言又不通,上哪儿找去??就算找到了,又没有证据,怎么要呢??我和姐夫见了广慧大师时,听他的禅语,此尊佛头,不定会怎么惩罚他呢,禅语里还有来来去去的意思,说不定……"

"说不定什么??"王太太一瞪眼,"你们哥俩儿,就是一对患难哥们!要我说,咱们花点钱找个会说日本话的,买张船票也闯一闯日本国去!!怕咋的?!难道是咱们做错了?做下这种作奸犯科的丑事,他山田还能把王八脖子一缩找不着啦?!要不成,咱们就写张状纸,上日本官府衙门告状去,他们那里不是还有个皇上嘛?!没有王法啦!在中国待了这么些年,改不了的东洋畜生脾气!偷鸡摸狗使出这下三烂手段,差点把我们老爷和兄弟搭进去!"

看看两人不说话,又嘟着嘴冷笑:"你们两个老爷们也太孱弱了!一个是商会的会长,一个也做了多年生意,还能让个东洋人骗了去?又拉扯出一个老和尚的话来,他又不是佛祖罗汉,还晓得过去未来之事儿?"

王会长见太太甩着手绢急乎乎的气愤,连徐子山也不好说话,便笑笑:"我的太太!您就息怒吧。子山这些日子也够累的了,别说你,我原本也想着去日本国找山田这小子辦扯辦扯,可咱们不懂啊!您以为日本国这么好去的??人家那里跟咱们这儿的规矩大不一样呢。广慧大师临终的话,我总觉得有些大意思,就是琢磨不出来,这么着,让子山在京里多住几天,你们姐俩也好些年没见了,一起叙叙。等倒出空,我去找那个送礼的井上问问,再看看能不能找到小刘这个兔崽子!"

女人的脸,六月天,说变就变,王太太唉声叹气地叽咕了一阵,又赶紧张罗着给弟弟准备房屋、饭食和一应使用。

徐子山在北京城里玩了多日,告辞南下。

转过年,府院之争终于酿成激变。黎大总统毕竟不是北洋派系,后头的兵将都少,被段总理大人压迫得怒火万丈,忍不住发布大总统命令,将段总理大人赫然罢免。

段总理大人早年就是北洋三杰之一,城府颇深,看黎大总统这个刺头不知道自己的厉害,就躲到一边去,把军政事务扔给了他。

黎大总统哪有能力制住北洋这些个老兄弟们,被耍得团团乱转,骄兵悍将们谁也不拿他当根儿葱,都一窝蜂地不听命令,还吵着向他要粮食、兵饷。

焦头烂额之际,不知哪个人出了馊主意,黎大总统偏听偏信,下了一道命令:着令两江巡阅使、定武上将军张督军率军入京,调解府院之争。

明面儿张督军给黎大总统发了拥护电报,暗中却跟段总理大人串通好了,两边都拿他当自己人。

等张督军率领三千辫子军入了京城,把脸一翻,又进宫朝贺了宣统小皇上,解散了国会,软禁了总统,竟然通电全国,要复辟帝制,恭请宣统小皇上再登大宝,君临天下!

这一闹,北京城里又是一番鸡犬不宁,天翻地覆。

王会长又赶上上次袁大总统劝进的事儿,而且,他找到了小刘!

实话说,也不是他找到了小刘,而是小刘整个人抖起来喽,不仅抖起来,还摇身一变,成了京城里有名的复辟健将,不知怎么钻营的,成了京城商会的"太上会长"!!

原来,自打小刘被山田一男从天津涮了一把,扔下不管。这人的算计、狠毒性子,爆发到了极点。

回了北京城,小刘就开始谋划,先是用坑蒙拐骗来的银子开了家大铺子,经营得也很乱,什么东洋、西洋各国的物件他都做,赶上跟洋行的买办也熟悉,生意模式虽然乱得不着调,可也着实红火。

等赚了钱,就应了那句老话"子系中山狼、得志便猖狂"!这小人得志四个字,真真是给小刘描绘出一幅肖像。

喝酒、打牌、包青楼姑娘,花天酒地、纸醉金迷这且不说,到后来,小刘抽上了大烟,又跟不良的日本人勾结在一起,在北京城倒卖起了大烟土和白面儿!

那个年间,倒卖大烟、白面儿,这可是跟踹寡妇门、挖绝户坟一样丧尽天良的买卖哪!别说一般商人,就是四九城里的江湖人士和绿林豪杰,也顶看不上这种缺德带冒烟的下贱东西。

可谁让小刘走了狗屎运呢!一来二去,小刘手里的银子越来越多,想到当日跟着山田盗割佛头,算是赚了一笔,又加上他路子野、手面大,还捣鼓起了古董珍玩。

小刘可不是开什么古董铺子,那多麻烦呐!

他收买了不少地痞流氓,专门用下三烂的手段去敲诈大宅门和已经败落的前清八旗子弟和王公贵胄,这些前朝的遗老遗少们,虽说家业肥厚,富贵还在,毕竟变了民国,小小不然的事儿,谁也不敢闹到官府去,再者小刘一边通着地痞流氓,一边通着洋行买办,等闲的官儿都不敢管。

因此,着实弄了不少好东西。这些世族大家出来的古董珍玩,数量大、品质好,可小刘打定主意,一件都不卖给中国人!!他觉得,这些老中国人,就知道成天念叨礼义廉耻四维八德,古玩行还有什么老年间传下来的规矩,什么这个不能卖,那个不能收,在他看来,都是狗屁!

什么是真的?银子!

看看人家洋人,不管你拿来的是什么,只要人家看得上,大把的票子拿出来,这才叫豪横!

所以,小刘只要捣鼓来古董珍玩,都赶紧跑到六国饭店去,找合适的洋人买主就卖了。大把的英镑、美元和各国票子揣在怀里,激得他雄心万丈,恨不得一口把老北京的大烟、古董市场一口吞进去,变成北京城第一富豪!

再后来,缺德带冒烟的小刘,又趁着乱,找了几个顶尖的坟蝎子,干起了挖坟盗墓的买卖。

北京是块风水宝地,明清以来皇上都有专用的陵墓。大明在昌平天寿山、大清国则选在东陵、西陵,剩下的王公贵胄、文武大臣们都在京郊有御赐或自己购买的坟地。

民国这两年因局势乱,挖坟盗墓的也没人管了,不少珍宝让坟蝎子给挖出来,三瓜俩枣卖给了商人。

小刘则趁机买通了几个,挖了京郊几个王公贵胄的坟,出来的宝物好的自己留着,一般的都卖给了洋行的买办和洋人们。

这下子,小刘在京城混得风生水起,如鱼得水,短短一年多,就成了驰名四九城的年轻富豪。

赶上张督军率军入京。

也巧了,他结拜的那位辫子军的大哥——谢黑熊,如今已经成了副团长!也一起来了。

喜得小刘上蹿下跳,赶紧带着重金去拜访。

见面一聊,小刘才知道,全靠自己当日送给谢黑熊的几千大洋,这位连长大哥又是送礼,又是送钱,搭上请上司吃喝嫖赌抽,这才升了官儿,成了团副,跟张督军也说得上话喽!

俗话说,大炮一响,黄金万两。小刘搭上了谢黑熊,更是威严赫赫了,又经谢黑熊的推荐,结识了几位张督军的亲信,又是一番送礼巴结,还给张督军送了上千斤军粮,正忙活着复辟的张督军大喜,要提拔他一下,委任小刘成了北京城内务总局的"监督"。

上任伊始,小刘摆起了前清一品大员的"谱儿",领着一群地痞流氓在商会开会,一见面,王会长顿时大惊,小刘洋洋得意得信口雌黄,目中无人把一帮商会会员骂了个痛快,又指令这个出银子,那个出粮食,并起草文书——一致决定恭请宣统皇上重登大宝。

气得王会长当场翻脸,跟小刘顶撞起来,大怒之下,揭了他的老底。

这下,王会长可捅了马蜂窝,小刘下令把王会长抓了起来,噤若寒蝉的商人们终于斗不过带枪的大兵,可算应了那句"秀才遇见兵,有理说不清"的老话!

志满意得的小刘勾着谢黑熊和洋人买办正做着发大财的白日梦,不料短短12天的工夫,风云突变,局势大乱。

那位坐山观虎斗的段总理大人暗中调兵遣将,在天津通电,要"拯救民国",各路督军也把张督军给卖了,早先答应复辟的承诺一概不提,领兵来打。

等各路联军云集京城,张督军傻了,赶忙跑到荷兰使馆避难,宫里的小朝廷也赶紧发布通告,说复辟一事,乃被张督军逼迫所致,云云。

反正屎盆子不扣在张督军头上都对不起他留了多年的辫子!

在激战中,辫子军损失惨重,谢黑熊和那几个盗割佛头的兄弟们,被一发重型炮弹击中,顿时炸得四分五裂,尸骨无存。辫子军各部纷纷投降的投降,溃退的溃退。

而段总理大人一进京,就听说小刘"附逆张督军,大肆勾结匪军希图富贵,妄图推翻民国"等丑事。

正是破鼓万人捶,破墙万人推!

早就看不惯小刘的商人,被敲诈的八旗贵胄和富豪们,早就憋着气要整治他呢,趁机纷纷上书的上书,告状的告状,把个小刘说成是商界第一个祸国殃民的乱臣贼子,人人得而诛之!

段总理大人看小刘犯了众怒,还把王会长给抓了,立即下令放了王会长,见面一聊,王会长把小刘的老底一说。跟王会长早就相识的老段总理冷笑道:"这种狗玩意不杀,杀谁?!"

可怜小刘小人得志,只富贵了两年不到,就被段总理下令抄家拿问,以"附逆"大罪,审都懒得审,直接五花大绑拖死狗一样拉到菜市口,砍了脑袋!

安然回府的王会长对一旁张罗着饭食的太太长叹道:"人在做,天在看。老话儿说不是不报,时候未到!看看,时候一到,立刻全报!小刘做出这种悖逆祖宗、偷盗佛宝的丑事,这才是天理昭昭法网不容。只是那件佛头,如今到底怎么样了呢??"

广慧大师圆寂前留下的那句禅语,到底是什么意思呢??

"出入云闲满太虚,元来真相一法无。九苦五蕴东来客,唯指山间一尊佛。七载因缘苦茫茫,廿二年后劫难成。一朝听得金鸡啼,沧海沉沉日已落。"

王会长此后不再怎么管商会的事儿,退居林下,想解开这道谜一样的禅语,日复一年,却总是不得要领。

十二

话分两头,且说那位得了栖霞山佛宝,带领家小回了东洋日本故乡的山田一男。

撇下小刘登船后,心里总算觉得踏实多了。

在他的良知看来,他是有罪的,不过他的罪过不大,是小刘看透了他的真心,才引诱他犯了如此恶行。

面对妻儿疑惑的询问,山田不得不撒了谎,说小刘不愿意跟自己去异国他乡。

自然,这种一厢情愿的掩饰,也决然遮掩不了山田内心本来的想法,只是对自己信了半辈子佛,一下子坠入"贪嗔痴"念的一种自我麻醉罢了。

远渡重洋,到了长崎港,踏上日本的土地,山田一家子仿佛进入了"异国他乡",傻愣愣地望着自己早已陌生的祖国,丝毫没有什么重归故土的热情。

一切的一切都那么陌生而尴尬,连他们说出的所谓"东京"味儿的日语,也被港口的商人和路人嘲讽地笑笑,因为那话语里,很是带了一股子老北京的烤鸭子、烧羊腿和状元红酒的味道。

连他们张嘴微笑露出既整齐又雪白的牙齿,也让接待他们的海关官员惊叹不已。

因为那当儿,日本人吃肉只吃精肉,从小不啃肉骨头和排骨。所以,绝大部分日本人的牙,都跟老北京妙峰寺庙会上的丑角那样,长得里出外进,门牙外露着,一说话就龇牙咧嘴。

山田安顿好了家人,又派人买了去本州的船票,自己一人忙不迭地跑到海关,找到了包裹严密的那只大樟木箱子,又给帮忙的海关朋友送了几样礼物,等回到旅店打开一看,佛头安然无恙。这才放了心。

山田领着家人逛了逛长崎,随后一家人高高兴兴到了东京,办好了手续,又给自己远嫁名古屋的妹妹发了电报,这才带着妻儿来到东京郊外,也就是当年自己的家乡。

"少小离家老大回,乡音不改鬓毛衰。儿童相见不相识,笑问客从何处来。"

二十多年了,山田望着不远处大片的农田和山清水秀的村野、木屋、溪流和自家那幢早就东倒西歪残破得不成样子的祖屋,想想自己从一个不名一文的青年人远渡重洋去中国经商,一直到了年近半百才回到此地,真有些沧海桑田不胜往昔之感。

一股又酸又辣又苦又甜五味杂陈的气血从胸中涌起,激荡着他的胸怀五脏,眼中不禁热泪盈眶,对着破败不堪的祖屋颤巍巍跪拜下去,连连叩首。

妻儿见状也感伤不已,行礼如仪。

几个邻居和乡村里的闲汉远远观瞧着,丝毫没认出这位一派大财主打扮的人,到底是谁,怎么在山田家老屋前面感伤不已呢?

山田吩咐雇来的下人赶紧先把老屋收拾收拾,自己带了儿子亲自把樟木箱子抬到老屋后面的地窖里秘藏,又换了身绸缎和服,嘱咐妻子、女儿赶

佛头记

183

紧在家跟仆人一起准备茶点果子，自己领了儿子前去拜访乡亲。

那年月，日本农村跟中国毫无例外。自打明治皇上在维新派元老的支持主导下逼迫德川幕府归还大政、亲裁大政，进行一系列眼花缭乱的明治维新政策，日本国在几十年内，从一个孱弱岛国，一跃成为亚洲数一数二的富强的国家。

又经历了中日甲午、日俄两场大战，拼着吃奶的劲头，使出九牛二虎之力，终于把亚洲原来的老大——大清国和称雄亚、欧两大洲的俄罗斯帝国打败，这才让日本这个由四个小岛组成的国度，飞跃进了世界强国之林。

只不过嘛，日本国本就是个资源、人力极度贫瘠的岛国，加之幕府统治时间的确太长，世族藩阀诸侯和等级观念传统深厚，甚至远远超过了西边的中国，又加上明治维新名为"维新"，只不过是把军政大权从幕府将军转移到天皇手里，同时维新元老和各地大财主对权力金钱进行再次分配，引入了西洋人的各种金融、经济、工商、法律、军政制度而已。其实呢，原本该保留的基本保留，该学习的学得一知半解，就这么成了个半吊子似的"强国"。农村和偏远地区的发展，由于日本大力发展工业，就有些顾不上，甚至比幕府时代更为倒退。

所以，当年日本国的农民，出路很少。只有去城市打工回来买地当地主、考文官考试当官儿、当兵，这三条路才能改变自己的人生。

要是再有"野心"的，想弄个贵族或者大官僚干干，您就是大白天做梦喽！

那年月，日本虽说早已制定宪法，说是什么"四民平等"，可完全不能信。因为皇室首先是"神族"，不在四民之内。皇室下头，原来那些祖辈上的藩阀大名诸侯们，都被封了爵位，摇身一变成了"华族"，享有极大的政治经济特权，全都是世袭罔替，一辈传一辈，只有在战场上立了大功的军人，才能被皇上封个爵位，还时常被"老华族"看不起。

下头再分，才轮到士农工商这"四民"。等级观念深入骨髓的民族，可不是维新就能改变的。

做大官僚，也别想，上百万文官里，也出不了几个，因为所有大官僚的位置，都被维新元老们占据了，什么伊藤博文、山县有朋、井上馨、西园寺等几个超重量级的大官,都是文武兼备的人才,用的一帮子人,全是维新的老战友和小跟班,外人根本挤不进来,就算挤进来,这几位老爷子也让你坐不长。

而且,日本的农村依然贫瘠落后,跟当年的中国没有啥区别,耕田靠人力,到日子交税银,少量大地主拥有全国耕地的百分之七十,大部分农民,只能给地主家里打工讨生活。

因此,山田领着儿子一身华服的出来,早就引起了周围村民的极大关注,纷纷涌上前来看新鲜。

山田见了乡亲们,满脸微笑躬身客气着,又带着些久违的激动:"我、我是山田家的一男啊!! 大家、大家好!! 你、你们还认识我吗?!"

一些青年人漠然,有几个上年纪的老人擦擦眼盯着山田看了好半天,一个老妇人用破布围裙擦擦手,突然叫道:"哎呀!这、这不是山田家的独苗嘛!! 一男!是一男!"说着向周围炫耀似的大喊,"你们年轻人不知道!一男是咱们村的老住户啊,他出生还是我接生的呢!! 一男!你终于回来了!我和几位老人家,都以为你在异国忘了咱们这儿呢!"

女人的眼泪就是多,老妇人一抹泪,众人纷纷激动得拥上来握手的握手,询问的询问,热闹非凡。

山田一男谦恭地笑笑,抱着老妇的肩头有点哽咽:"是啊!渡边妈妈!二十多年了!我记得,小时候还老跑到您家偷米糕吃呢!自从我妈爸没了,我和妹妹都是您和渡边伯伯照顾着!如今我回来了,您跟伯伯就跟着我享福吧!"

众人听了纷纷称赞,簇拥着山田跟着渡边太太去她家,因为她丈夫渡边,是这个村里的村长。

渡边太太喜不自胜,牵着山田的手一边走一边又哭又笑:"好啊!山田家的一男有出息啦!不枉我当年照顾你一场。你伯伯前些日子还提起你呢!要是你爸妈活着该多好!哎……"

一路走,来到不远处的渡边家,山田让儿子跟众人鞠躬,大声喊:"各位乡亲!下午都到我家喝茶!还有些小礼物送给大家!"

众人一听,都欢呼着慢慢散了,剩下山田领着儿子拜见了渡边村长。

年近古稀的渡边村长三缕长须,古铜色的脸上满是慈爱望着山田,又是沏茶又是端米糕,笑吟吟地跟山田聊了好久。

山田恭恭敬敬跟渡边说了想法——自己在中国赚了些钱,想回国养老,就回了村子,要把祖屋重新翻修一下,再买些地,跟乡亲们和官府打交道的事,要多多拜托渡边伯伯了。

话不多的渡边爽快答应了:"很该如此,你好好为你们山田家争了气,为你父母争了气!作为山田家的独子,这种努力后的成功,是要让大家伙儿看到的!我们要定个章程,慢慢来,还有,你父母的墓地,也要修缮一下才说得过去。"

山田连连称是,见没有外人,赶紧让儿子回家,把挑出来的礼物,先送给渡边家一份重的,渡边太太一面小心抚摸着细滑的丝绸和象牙筷子,两眼冒光:"哎呀,一男啊,你在中国发了大财啦??还是当了大官?看看,我半辈子也没见过这么漂亮的绸缎!瞧瞧,还有暗花呢!只是一男发迹了,我们也老了。这个……能传出去吗?别人不会笑话吗?"

"呵呵呵呵,不会的,渡边妈妈,以后每年我都会送您几匹美丽的绸缎,您就可劲儿穿,改日我让孩子他妈给您做一套量体裁衣,做一套和服,在咱们村子里,绝对是第一份!"

渡边太太在身上比量着衣服,笑问:"可劲儿??是什么意思?看看我们一男,把外国话说得都这么好听。我可不敢穿这个出门,要被人笑话呢。"

渡边吃过饭,说干就干,立即带着山田一男去县里办了落户手续和购买田地的文书,又找了本村里几位德高望重的老人,把重振山田家的种种方式聊了一遍。

晚上,全村的村民几乎都跑到山田家瞧热闹来了,热情朴实的村民带来了米糕、糖饼、梅子糖和自家酿制的米酒,不住盯着山田那位打扮华丽入时的大阪太太和几个洋娃娃似的子女看个不停。

山田太太容光焕发,亲自领着仆人给大家端茶倒水,把从中国带来的干果子、蜜饯、松子糖、果脯和肉松、小点心装了青花大瓷盘里,一把把分给众人品尝,热情招呼着大伙儿。

山田也像吃了喜鹊蛋似的,满脸红光开了花,拿出一条条的纸烟分给乡亲们,热闹得厉害。

日本村民哪尝过这么些中国美食，一口口塞进嘴里，不停吞咽着，啧啧称赞："瞧瞧人家中国人！多会享福！连小吃都这么精美，不像咱们只会做些米糕、米糖什么的。看，这是杏干还是苹果干？？做成干还这么甜！山田太太，我还要一块！"

"谁说不是？我听我们家二郎说过，中国的地盘，比咱们帝国大好几十倍呐！物产丰富极了，什么牛肉、羊肉、猪肉，还有一种肉叫驴肉！好吃极了！还有数不清的蔬菜啦、点心啦，哪像咱们这儿，一年到头也吃不到几次肉，他们那边的人，听说都吃得个个大胖子似的？一男啊，是不是这样？给我来块小点心。尝尝，人家这茶叶也跟咱们的不一样，真香！这叫个什么名儿？？龙井？"

"哪有你说的这么厉害，中国这么老大，明治年间，还不是败给咱们了？光银子就赔了两万万两，要我说……嗨，你别抢啊，给我留几块！"

"两万万两银子你看见啦？！跟咱们有一文钱的关系？你种的那几分地，少交一文钱的税了没？"

这边村民们聊得热络，仆人们川流不息拿着铁壶给大家掭茶。

"大家慢慢吃，有！还有多着呢！"山田太太赶紧端了盘子给大家分糖果点心，笑语吟吟，"这茶是茉莉花茶，是老北京人爱喝的，用茶叶和茉莉花熏出来的。那种叫蜜饯，是各种干果子加了蜂蜜腌制的。大家不用抢，慢慢吃，多得是，我给众位每人准备了一份儿，一会带回家给孩子们尝尝。"

山田太太忽然觉得自己在这些本国同胞面前高大优雅起来，在老北京生活了这二十多年没觉得怎么着啊！那里的山、水、饮食和生活，都跟这里差不多的闲雅淡然，可看见大家交口称赞的样子，她总觉得没白在老北京待了那么久，原来自己在异国过得是那样美好。

越这么想，山田太太越觉得心气高起来。最起码比眼前这帮同胞高得多。

"茉莉花？？人家喝茶还用花朵熏制哟！真不错！还用蜜腌果子，嗨，别说咱们，就是县里的财主老爷估计也没吃过吧？？"

山田招呼着大家又吃又喝，跟上座稳稳坐着的渡边村长和几位老者叙谈了一会。

按照渡边和几位老者的意思，山田为了振兴山田家，应该做几件事。

第一，自然是修一修父母的坟地，这是远方游子回家必须进行的。

第二，要去村外的神社祭拜一下，渡边村长知道山田家信佛，不过入乡随俗嘛，神道毕竟是帝国的倡导宗教。

第三，山田家的房子要修一修，重新翻盖就得请村子里的乡亲帮忙。

第四，是买地，渡边村长已经问了，邻村有几户想卖地的，价钱再谈。

最后呢，山田要请村子里的"三老"和乡亲们吃顿饭热闹热闹，自然，吃什么无所谓，但要在乡土定居了，必须得有点"表示"。

几位年高德劭的老人都纷纷赞同，山田当然满口答应，他提出来，先请客，请乡亲好好吃一顿，聚一聚，再做其他的事，这样大家才愿意来帮忙修祖坟、盖房子不是？

等渡边村长一招呼，大家热烈欢迎喽！

第二天，山田领着村里的几个青年后生去县里买了不少猪肉、牛肉和青菜、鸡蛋、水果、米酒、清酒，一车车川流不息地运回村里。

各家各户的女人们，都带着餐具、矮桌、柴火来山田家帮忙，一众女人在渡边太太的指挥下，卷起袖子忙活起来。

众人说笑着，半天工夫做出了一桌桌席面，山田在老北京吃过见过呐，总觉得不太体面，又从县里请来几个厨子做菜，跟大家说好了，随吃随上，一天开三顿，就叫"流水席"，只要是本村的，欢迎大人小孩都来吃！

日本乡间，没有听说过什么"流水席"，一看财大气粗的山田这样豪爽大方，谁不愿意来凑趣儿，各家各户的老少爷们不管认识的不认识的，一窝蜂似的涌来吃喝。

风卷残云般足足吃了一天，第二天照样如此。

连摆了三天大席，村民们都喜欢上山田喽。哪朝哪代也没见过这么势派的乡亲哦，还是从中国回来的！

后面的事儿就好办多了，不用山田操心，渡边村长陪着他祭拜了神社，又招呼村里的青壮年帮着修了祖坟。

连翻修山田的老屋，各家各户的乡亲也是踊跃帮忙，砖头瓦块、木头石料源源不断地买进来，请来的工匠师傅在上头忙活，乡亲们在下头帮忙，一天管两顿饭。众人何乐而不为??

等竣工那天,村里的"三老"——村长、小学校长和神社祭祀三人都到场讲了话,小学校长还写了一篇古色古香文辞优美的和歌,纪念山田的祖辈和山田今日的荣光。

足足忙活了一个多月,山田总算在村里安稳落了户。

这晚,山田太太打着哈欠问:"咱们总算安定下来了,一共买了多少地?找没找租户??"

山田眼神炯炯望着天花板:"哪有那么好找,才买了不到二百町,你还以为跟在中国似的有那么多地亩?渡边伯伯说,这就不少了,可以后咱们不能光靠这点地生活啊?孩子们还得读书上学,让你下地劳作你干得了吗?"

"下地干活?可别打我的主意!我觉得,咱们应该在东京再买套房子,投资点产业,不然老在这里住着,还不如大阪热闹呢!我听说有些华族破落户家里过不下去,要卖房子产业呢?不能考虑考虑?"

"嗯,我也是这么想的,等孩子们都大了,能有个依托不是??过阵子咱们去东京看看有没有合适的产业,钱存在正金银行就行。华族破落户??我的太太,你想都别想,咱们可没那个福气!"

"怎么了?"

"太太,你不知道,华族的产业住房和私人财产,那都是在宫内省登记过的,凡是有这种交易,华族收了你的钱,肯定不付给你房子产业,因为法律上规定,华族产业是世袭罔替的,不能买卖。有些道德不良的华族老爷,就靠这个诈骗呢!到了法院,人家也不会判你赢!"

"这不是蒙人吗?!这些人还当贵族呢,还不如咱们在老北京的那些商人朋友。"

"太太,"山田忽然有些严肃,"以后咱们在这里,别老是跟人说老北京怎么怎么样的话,大家听久了会厌烦的,记住,咱们是日本人。"

"知道了!好像你成天不挂在嘴边似的。用得着这么声严厉色的??对了,上回我们急匆匆回来,到底为了什么?你有什么事儿瞒着我呢?!"

山田看看孩子们都睡了,回房琢磨了半天,才把当日在南京听了小刘的诱导盗割古佛的事细细说了一遍。

听完山田太太就炸了！

"老天！你、你这个狼心狗肺的东西！这些年我嫁给你算我瞎了眼！这么下贱的恶事丑事你都敢做？！你成天念佛诵经的都读到狗肚子里去啦！就这么着，佛祖会保佑你？？还不得报应到咱们全家身上？我怎么这么命苦啊！你不知道这是要下地狱的恶业啊？还成天装着没事儿人一样又吃又笑的？！"

山田太太又哭又叫得鼻涕一把泪一把，手抓脚踹把个山田搓弄得如同破被子，骂了个狗血喷头。

山田太太作为大阪商人的女儿，平日里也不那么信仰什么神佛菩萨，不过当年幕府时代，幕府朝廷崇佛太久，百姓们也跟着信了上千年，从小耳濡目染的山田太太除了对财神菩萨非常笃信，对佛教也有不少敬意。

乍一听说丈夫干了这缺德事，当然怒火万丈喽！

"送回去？！"山田脸上被抓了一道伤，灰心丧气地反问，"这个不行，都漂洋过海请过来了，咱们送过去，不让人家抓住？？我想在家供养，再说花了不少银子才弄到手的……"

"呸！你就知道银子！你这是鬼迷心窍了！当日我说你怎么急匆匆带着全家跑回来呢！原来干出这种坏事！连告辞都不敢去王会长家，你是没脸见人家！还怪小刘挑唆你？？你自己心里没有恶念，谁能挑唆？？说不定这会北京城的老朋友们都指着名字在背后骂咱们呢。哎！还不还我不管，你要不愿意，赶紧想个主意啊。整天放在家里可不是个事儿！"

闹了一场，山田太太余怒未消，一甩手去别的屋里睡了。剩下个山田一男又羞又恼干瞪眼。

好容易过段时间，去东京找了几个原本熟悉的客商朋友，在几家铺子入了股，又买了些看好的股票和几座小房产，算是投资吧，领着太太去看了看多年未见的妹妹，山田太太才算消了气，可佛头老秘藏着，也不是个办法。

山田太太催得厉害，搅得山田日夜不宁，山田把自己想好的办法跟她一说，太太琢磨了好久，总算答应了。

山田想到的，自然是去庙里请教。那当儿的日本，京都、大阪和东京各地，古寺甚多，山田年轻时离国之际，就是在东京附近的题经寺叩拜祈祷的，于是,等处理好了家事,山田亲自坐车来了题经寺。

题经寺,是东京地区的古寺之一,也是日本日莲宗的宗寺之一,原本是江户幕府时代崇佛的大将军布施了三千两黄金创建的寺庙,始建于宽永年间,距今也有三百余年了。

山田幼时,便跟父亲来过这里,此次荣归,更是觉得当日许愿有灵,进了寺庙,但见绿树如阴,芬芳遍地,甚是幽静。和式的山门外,几个香客正穿着木屐缓缓出来,有几个扫地的布衣小和尚忙活着院子里的卫生。

山田脱鞋进了大殿,先在古苍色铜盆里净了手,持香顶礼膜拜,在佛前忏悔念叨了许久,才起身问询一旁敲木鱼的小和尚。

"小师傅,请问贵寺的住持大师可在??"

小和尚翻了翻眼皮,看看一身华服的山田,小声嘟囔:"施主各处瞻仰随喜就是,我们住持不见外客。监寺大人还在内院修习,也不见。"

"我知道规矩,不知道贵寺的宗本大师可在?? 我与他是旧相识呢,这回我从万里之外的国度才回来,想拜望一下,烦请小师傅通报一声吧。"说着,从怀里掏出支票本,"唰唰"写了几个数字,恭恭敬敬双手递给小和尚。

"旧相识?? 既然如此,施主请稍等,我去……"小和尚没怎么见过支票,拿过来一看,猛然揉揉眼再看看山田,顿时傻了!

"先生,您、您写的这是三千银洋吗??!"小和尚瞪眼咋舌道。

"是啊,小师傅,这是正金银行的本票,凭票立即兑现的。在寺庙里怎么敢说谎话呢??"

小和尚吐了吐舌头,说了句:"施主稍等!"就忙不迭往后跑了。

三千银洋! 小和尚边跑边琢磨,这人不是疯了就是傻了!

那年月,日本钱币值也非常之高。自打明治维新后,因本土局势很乱,黄金又便宜,欧美各国的洋人纷纷涌入,发现帝国新政府懂经济的不多,又忙着内部争权夺利,便大肆用白银套购黄金,一口气买了一年多,把日本黄金足足买走了大概五六千万两,日本经济本来就是小农经济,这下子银贱金贵,又赶上内部打了几场仗,花钱买武器如同流水,着实让西洋人狠狠坑了一把。

自此,维新政府想顺应国际形势,改银本位制度为金本位制度的计划,胎死腹中喽,本来嘛,没了那么些黄金,谁理你??

可日本人有心眼儿,失之西方,补之东方。这可是大久保利通老大人在太政官会议上说的。

于是,经过十几年备战,到了甲午中日战争打败了大清国,日本一下子从大清国得了二万万三千五百多万两白银的赔款,这些银子,大概是日本三年多的国民收入的总和!

终于咸鱼翻身的日本当然不放过这个机会,先逼着大清国把赔款的白银换成英镑,又按照英镑对日元的汇率,再换成日元赔偿给自己。就这么在汇率上一来一去,大清国为此多赔了两千多万两银子。

大赚了一笔的日本除了拿出两千万银子奉献给明治皇上当零花钱和陆海军扩展军费,剩下的大部分就做了储备金,一跃而改革成为金本位制度的国家。

所以,那时的一日元,俗称日本银洋,跟中国的银子对比,是1∶1.35(白银比银洋)的汇率。

看看物价,就知道山田如何财大气粗了,东京物价贵,首都富贵人多嘛,一盒一斤重的牛奶,才六分钱。

一升大米,四分钱。

一双最好的棉袜子,一角五分钱。

政府机关里的一个小职员,比如一个警察,一个月月薪五块钱。

一个陆军大头兵,每月五块五角钱。

一个陆军少尉,每月二十八块钱。

最高军衔的陆军大将,每年的年俸也不过五百日元。

东京歌舞伎町红灯区,叫最好的姑娘陪酒陪玩陪睡,才花四块钱,一般的一块八角钱就搞定。

山田一出手就是三千银洋,这才吓坏了小和尚。

不大一会儿,小和尚领着一人出来,山田一见,来者不是别人,正是题经寺的监寺和尚,他的旧相识宗本大和尚。

这位宗本大师,也是六十多岁的年纪,当年跟师兄宗海大和尚一起主持题经寺的事务,也算有道高僧。这些年过去了,只见一身灰色僧衣的宗本大师须发已白,精神还好,手里转动着念珠,朝山田望了望。

山田赶忙行礼问候,说明自己的身份。

宗本双掌合十念佛不已:"山田施主这些年虔心向佛,远渡重洋得了富贵,又回来还愿修诚,不敢当!!请随我去后堂奉茶!"

领着山田往后走。

题经寺不算很大,转过几个弯,就到了监寺住的禅房,也是一片青翠树丛掩映下的木头屋子。

两人落座,小和尚奉茶离开,山田这才又取出当日在南京栖霞寺智明大师送给自己的佛经,奉献给宗本大师。

宗本大师双手接过,仔细欣赏片刻,称赞道:"本以为中土之地,佛教衰微了,不料还有同门心善,能做出这种功德,可喜可敬!有机会,可否留个当地的地址,我也好写信回问一下。只是不知道我们这里的信,怎样通汇到中土去。"

山田心中有愧,只得含糊笑道:"那是自然!临来时,栖霞寺的智明大师也让我向师傅们问好,不过山高路远,等找到时机再说。此次奉上三千元,是我当日在佛祖面前求愿,后来得了福报,请大师一定招募工匠,为我佛再塑金身!也圆我多年的梦想,多出些许,也请印几部佛经,赠给善男信女,还有些就算我的香油钱吧。请大师千万不要推脱。"

宗本点点头:"这也太多了,山田施主不必多礼,我们是旧相识,当年你离日赴中土而去,我就知道山田施主此去定然有成,既然施主如此急公好义,我这就收下,本月是火月,不好动工,待金月再行招募工匠,重塑金身。寺里的华盖、经幡也一起换一换。再印几百部《南无妙法莲华经》赠送给各位善居士,算是你的功德了。"

"请大师随意分配!山田情愿!我此次在中国见识了不少高僧大德,回来之后,也想在家里专门整修出一间佛堂,请大师多多指点!"

"不敢,我国与中土之佛教,虽分门别类,派分不同,但出处也是一源。虽没有去中土瞻仰过那里的风采,不过有报纸、书信可以看看。再则,禅宗有云,拜佛拜的不是那尊偶像,而是我们心中那尊佛,佛既是我,我既是佛,这才能达到内心'识心达本,解无为法'的境界,绝不是穿了袈裟,熟练念几卷经文,说一些禅语就能做到的。中土对本教的理解,有些确实很有蕴意呢。施主既然有心,我定当相助,不知施主何时,需要什么样的供养仪法,供养的乃是哪尊佛呢?"

山田听了宗本大师的话,内心轰然一惊,他知道,大师说的不是他,可字字句句这么像指点他呢??

再说,那尊佛头……

一时间,在家编好的词忘了个干干净净,山田有些愣神。

"施主?施主?"宗本大师问了两声,山田赶忙回过神儿,尴尬得擦擦脸,"大师赎罪,我方才走神了,还有一事请教,普通人家供养佛陀,只在家中开辟一个净室就可以了,如此,还用很多种供养仪法吗,还得分哪一类的佛陀??"

"施主说笑了。确实如此,不知施主留意没有,中土所传的大乘佛法,品类就有不同,虽说万变不离其宗,但区别还是有的。"

刚说到这儿,外头小和尚轻轻问询:"监寺大人,住持听说山田施主为我寺捐献巨款,又是监寺大人的旧相识,在净室里传话,请山田施主去坐坐。"

"我知道了。山田施主也是有缘,我师兄多日不见客了,上个月大谷伯爵前来问法,两人还喝茶下棋呢。请随我来。"

山田起身随宗本出了屋,又转了个弯,出现了一个小小的竹栏围成的小院子,里面几间和式木屋,院子里一棵茂盛的梧桐树伸出臂膀,枝枝条条里透出散碎的阳光,十分静谧。

"大谷伯爵??是不是那位京都府本愿寺的法主??"

宗本微笑:"是的,那里不是本愿寺的本宗,是西本愿寺,他是二十代法主了,算起来,还是今上陛下的连襟兄弟,为人精通佛典,很有见识。"

进了净室,也是一位黑瘦的老僧,互相行礼致意了,山田把心愿一说,宗海大师也称赞一番,说到供养之法,宗海大师问道:"山田施主既然是虔心供养,自然不能比普通人家那样。可否告知,到底是哪一位佛陀?我们也好参详参详。"

"这……"山田急得冷汗直流,说实话吧,他不敢,这两位大师看起来也是道德高深之人,听了真话,万一恼怒了,说不定把自己赶出去。

可说假话,他也不敢,他拜佛,求的不就是赎罪? 连真话都不说,岂不是恶业更深?

半晌,宗本觉得山田有些怪异,轻轻问:"山田施主是否有什么难言之隐? 无碍的,既然都是旧相识,又是善居士,说出来我师兄弟也能帮上一二。"

山田不得不开口:"方才大师问供养的是什么佛,实话说,是一尊毗舍浮佛……的佛头……"

"什么佛???"云床盘膝而卧的宗海大师长眉一挑,惊讶而疑惑地跟同样惊诧的宗本大师对视一眼,又缓缓望向山田。

"不瞒二位大师,我、我自中土得到了一件过去七佛中的毗舍浮佛的佛头。二十多年前,去国离家之际,我就在佛前发了大愿,如能在异国成功,就为本寺的佛祖重塑金身,并请一尊中土的古石佛来,供养在家,等我百年后,奉送给寺里供养,也算我小小的功德,所以……"

"南无妙法莲华经!!"宗海大师念了一句佛号,沉思片刻,看向师弟宗本,"虽我日莲宗与其他宗门不是一派,不过,山田施主说的这位佛陀,很是罕见哪! 恐怕连我国的其他宗门也并不确实知道此佛的神通法力,我国很少有供养此佛的仪法。如果有,也是净土、真言等几宗有此,山田施主,你是去京都的禅宗、净土宗的宗门问问,还是一定要在此呢?"

"既然在贵寺许了大愿,定然是请教二位大师了!!"宗海大师的一连串说明,把山田闹得稀里糊涂,说是信佛,可日本佛教门派多达几十种,他一个商人,怎么搞得清??

本以为在这里随便找个大和尚就能处理的事,没想到竟然变麻烦了。

"方才听山田施主说,不是一尊佛,而是一件佛头??"宗本大师心里一丝惊疑划过,"难道是传闻里,中土那种摩崖石刻的佛头啰?"

"是……"山田含羞低头。

宗本向宗海点点头:"师兄,我看此事蹊跷,供养之法各宗门大同小异,只是这件佛头,我想亲自去看看,再向师兄禀报。"

"也好。既然相见,想必就是天大的缘分,师弟,你跟山田施主走一趟,我想想有没有合适的仪法。"

宗本告辞了师兄，两人一起出了寺庙，坐车直奔京郊，宗本见山田的脸色又灰又暗，仿佛生了疾病，内心的疑虑更大了。

十三

马车"嗒嗒嗒"缓慢行驶着，令人昏昏欲睡，与忧郁难解的山田不同，宗本大师只轻轻捻动着手里的念珠，吟诵着那卷早已滚瓜烂熟的《妙法莲华经》。

到了山田家，山田太太和仆人早已在玄关大门外等候多时了，一脸恭敬的仆人低头恭敬地要搀扶大师，被大师轻轻推开了，只有女主人念了声佛号，请大师进屋。

宗本无心欣赏这座山田花了重金翻修的硕大祖屋，连送上来的香茶都没喝，就赶忙去看佛头。

二楼东面，山田请工匠们专门开辟了一间华丽典雅的佛阁，跟传统的和式佛龛不同，显然加入了不少中国风格。

山田小心地拉开门，宗本大师正了正僧衣和暗红袈裟，先念了一句："南无妙法莲华经，"又跟着念了句"南无阿弥陀佛！！"

因为日莲宗的传统，只念《莲华经》而不称佛号，只是此次要见的是中华古佛，见多识广的宗本大师，也只得"礼多佛不怪"了。

山田小声说："大师请进，就在正中的供桌上。"

宗本轻手轻脚地进屋，往正中观瞧。

只见四个榻榻米大小的屋里，四壁挂满了从中国带回的描金唐卡和宫廷佛画，什么文殊、普贤四大菩萨，大日如来，千手千眼观音菩萨，众多的罗汉、祖师和喇嘛，活像北京隆福寺卖画的地摊，挂得满满当当，没有空隙。

还有一幅，挂在北墙上的，则是一幅巨大的五彩斑斓的缂丝夹金彩绣唐卡，种种金刚、罗汉、仙官、仪仗色彩绚丽、金碧璀璨，细细看，连佛装上的袈裟都是用米粒大小的珍珠、宝石和琉璃串成，五光十色夺人眼目！正中的七层莲台上的那位一身锦斓袈裟、五佛冠的佛祖,却丝毫不认得,好像是个什么人物,眼含神圣而至尊的目光,俯视着唐卡里的芸芸众生。

西墙、东墙各摆了一张江户时期的黑漆描金卷龙纹矮几,上头各摆了几件一尺多高的镀金、鎏金和赤金、白玉的佛祖神像,摆得多了,又变成了琉璃厂卖杂件的柜台一般,林林总总,分不出个主次。

满地铺的不是本国的竹席,而是波斯国出产的大红五彩织金的地毯,上头满是飞天龙女和吉祥花草,四个角落,还有四只硕大的妙音鸟展翅欲飞,栩栩如生。显然是从异国他乡花了重金定制的。

靠北正中,摆了张江湖时代大红漆描金锁银折角矮方桌,再细看,原来是德川幕府将军府里的原藏!!

维新后,宗本见识过原先将军府的东西,乃是皇室把德川将军府用不着的家具摆设廉价卖了一些,又赏赐给了各大庙宇一些。

那张桌子上,四面桌腿上的花纹卷草,全是用金银箔片打薄了,再用天然胶一片片粘上去的,看起来着实金碧辉煌,晃人眼目。在江户时代,别说一般人家,就连老中和大名各府,都不见得有此宝物!可见山田一男的极端用心喽!!

可这里的摆设,在宗本看来,中不中、日不日、西不西、洋不洋,看着异常华丽奢侈,竟然就是个大杂烩场子!

宗本不满地摇摇头,轻声问:"山田施主,北墙正中那幅画上的佛祖是谁??贫僧真是少见。再说,屋里的布置也太杂乱了些!"

"大师见谅!这都是小人不懂仪法,自己随便摆放的,这些物件,绝大部分是从中国的北京城买来的,家具,是我从东京的古玩店买的。您看的那幅最名贵的唐卡,上头不是佛祖,是清高宗乾隆皇上的自画像!是花了两千大洋,从大内一个太监手里买来收藏的,我看实在不错,就挂在了正中。"

"荒唐……山田施主,如果不是我们佛门中人,还真以为您山田家是开古董铺子的,这怎么能行?你看,藏佛里的吉祥天母、马头金刚怎么跟汉传佛教里的地藏王菩萨摆在一起??那几尊黄财神和胜至金刚,也不好摆在千手千眼观音菩萨前头。哎,罪过。佛头呢??"

佛门弟子不能动口舌之争,宗本大师这几句话说出来,让山田汗流浃背,他可听出来了,大师有些动怒。

"在那张方桌上,因为还没得到您的指点,因此没有摆供养器皿。您看。"

说着快步走过来,掀开矮方桌上盖着的一方五彩织金的软绣,露出了当日在南京栖霞山千佛岩盗割的那尊毗舍浮佛。

宗本大师不看则已,定睛细观,不由得直愣愣"啊呀"叫出了声,脸色刹那间变得又青又灰,全身颤抖着不知所措,双膝一软,"扑通"一声瘫跪在佛头面前,得了疟疾打摆子似的浑身乱抖,片刻又"砰砰砰"叩首不已,嘴里不知道急匆匆念叨着什么经文。

只是那声音又尖又细又慌张,好似深夜乱坟岗子上的夜猫子叫!

山田一男丈二和尚摸不着头脑,看宗本大师如此慌张,自己更是吓得毛骨悚然,也跟着趴在地下不知磕了多少个头,晕头转向了好一会儿,才听到宗本颤抖地问:"有没有、有没有水盆,我要净手!!"

"啊?有!!有!来人,快端水来,不是茶水,是水盆!!"起身想扶起宗本,被宗本一把推开,仆人忙不迭端过个白铜水盆,宗本哆嗦着净了手,接过手巾擦了擦,长舒一口气,这才缓过神儿。

端正跪了,却见宗本大师双手交替,做了几个诡异的手印,又顶礼膜拜了一番,才拉着山田起来。小心翼翼俯身趴到佛头上细细观赏。

前后左右看了一圈,宗本目光定在了佛头残缺的耳朵上,又低头仔细探查了佛头脖子上的断岔和裂痕,心中已然雪亮!

回过头一眼盯住了惴惴不安的山田,看得山田从脚趾头到头顶呼呼冒冷气,悚然汗下。

"罪过,罪过!!"多半个小时,宗本大师又念叨了一会儿经,才亲手拉过五彩织金软绣,覆盖在佛头上。

慢慢退出佛堂,宗本换了庄容,点了点山田:"你跟我下来。"

在客厅落座,喝了半杯香茶,山田偷瞧宗本大师一副心事重重的样子,不觉奇怪,心想难道他也看出这是尊珍贵的古佛??

"山田施主,你身为居士,必然知道无论僧俗,只要信奉我佛,就不能打诳语的道理吧??"

"是！小人不论居家还是经商，一直尊奉无违。"

豁然睁开双目炯炯的宗本大师盯住山田："如此，施主请实话实说，这尊古佛的佛头，是如何得到的??"

"这、这是我买来的！大师，确实是我花重金，从中国人那里买来的。不信，您可以……"

"买来的？施主，说这话，你自己信吗？"

山田一男憋着气，想说实话又不敢，只得低头讷讷道："真的，反正是花大价钱买来的。不然，我何苦跑到贵寺请教两位大师呢？"

"哦？为了完成一个所谓的罗天大愿，就能做出如此恶业?? 真是巧言令色，冥顽不灵！"

宗本大师起身正了正袈裟，又正色道："施主既然不愿说实话，贫僧也不多问，也不敢收施主的香火钱，明日就派人把你捐的银洋璧还。再劝一句，施主做下如此恶业，地狱之有，正为尔设，望你好自为之。我告辞了！"

说完，抬腿就走，山田张了张嘴，心里又急又闷，就是说不出话，眼看宗本大师到了玄关要换鞋。

"大师留步！！哎呀，山田一男！你这个笨蛋！还不赶紧说实话吧！！大师，留步！！"

原来是山田太太在侧屋听了两人谈话，看山田还是一意孤行，赶紧出来挽留。

山田太太也算见多识广，一面挽留，一面痛骂丈夫，说得山田面红耳赤不得不一起挽留宗本，死说活说地拉着大师落了座，又换了茶，山田太太这才抹着眼泪哭诉道："都是这个人！说是出国前在佛前许了什么愿，不知什么时候跟中国朋友去南京栖霞山游览，看上了这尊古佛，是鬼迷心窍，才做出这种不知羞耻的丑事！山田，你还不说实话?！"

山田见事情再不能隐瞒，只好把当日盗割佛头的事，原原本本给一脸肃然的宗本大师说了个清楚。

听罢，宗本大师闭目许久，才缓缓道："山田啊山田，你已经坠入魔道，不可复返！！罪过罪过！这十恶不赦的大罪孽，竟然是一位崇信我佛的居士做出来的，真令人难以置信！可十八层阿鼻地狱，不会因为你大富大贵就饶恕于你,连贫僧今日听了这话,都难逃罪过!"

山田两口子顿时傻了。

宗本大师又起身要走,被山田两口子跪在地下死死拉住不放,山田太太号啕大哭,拧着山田的耳朵痛斥不已,山田此刻,才像斗败了的公鸡一样耷拉着脑袋,满眼泪痕。

不料想当日的欲念一起,惹出这么大的麻烦。

可到底怎么办呢??除了眼前的宗本大师,山田实在想不出还有别人能帮他,两人低头交流,拽着大师磕了无数的头,闹得宗本大师心慌意乱。

宗本毕竟是佛门中人,慈悲为怀嘛,尤其见不得善男信女们有苦有难,可想想山田的所作所为,又有些气馁愤怒,左右为难了半晌,宗本才肃然道:"南无妙法莲华经!!山田施主,你恶业已成,罪责难逃,别说贫僧,就是你有钱,把各大寺庙的大师都请来,在你家摆下罗天大斋,也难逃劫难!"

山田一把鼻涕一把泪苦苦恳求:"小人知道!!小人就是粉身碎骨也难逃我佛天眼洞见!只是内子和儿女毕竟没有参与此事,请大师法外开恩,指点个妥善处理的方法,不然,小人一家子的命运只怕……"

叹了口气,宗本双掌合十念佛,终于又坐了回去,山田太太见大师留下了,肯定有解决的方法,千恩万谢地说了无数好话,赶紧预备斋饭去了。留下山田一男束手无策苦巴巴盯着宗本大师,要求一个活命祈运的法子。

宗本思索了一会,把念珠缠在手上,双掌反复发了几个手印,缓缓说道:"山田施主,看在你诚信悔过,又笃信我佛多年的分上,贫僧试着为你解析解析,不过,灵验不灵验,贫僧不敢,也绝没有这个资格保证!你可听清了!"

"是!是!是!只要大师能开金口,指教一番,要什么,怎么办,小人就是倾家荡产也……"抓住救命稻草的山田从宗本的话里听出了一丝希冀!

"也罢。山田施主,我来问你,方才我进屋瞻仰佛头,为何震惊,你知道吗?"

"额……这个小人看不出。或许是大师见到如此古佛,激动所致??"

"非也。老僧虽然年迈,却不眼花!"宗本大师脸上看不出一丝表情,严肃得怕人。

"方才一进屋,老僧就看出些许端倪!佛头古朴典雅,神妙自在,乃隋唐之前的物件。灵气充盈,慈和净空,然脖颈处有金铁刀斧的痕迹!细看,耳朵上还有损伤,法身又不见,必然是被歹人盗割下来的!"

"是……"山田一脸羞红。

"见你佛堂杂乱无章,又无格局,又无阵法,却金玉佛像杂陈,珠宝争辉。这就有大蹊跷!贫僧虽未去过中土,也对其略知一二。他们那里的民众跟我们不同,虽民智未开,民国政府混乱,教育又不普及,比不得我明治陛下重视教育。但其民众内心对神佛的敬仰,却是从古时以来,根深蒂固。

"中土民众信仰,多神多佛,与我国神道很相似,百姓们传承已久的信仰,不会被时间和年代所限,你说你买来的,试问:这尊佛头脖颈的痕迹还很新,哪个百姓、匪徒敢随意盗割千年古佛呢??!

"恰如我国东大寺正仓院的宝库,历经千年,沧桑岁月,无论朝廷、将军、幕府还是民众,每一代都守护如仪,才流传至今,中土虽国力衰微比不上我国,然民众的信仰力量却依旧在。

"因而,这绝不是什么匪徒盗取的,而是对我佛门有大诚心、大愿的居士,一时贪念作祟所为。除了施主,还有哪个?"

"大师明察秋毫!小人佩服之至!"山田由衷赞道。

"再者你来我寺院,贡献银洋匪浅,可言谈中闪烁其词,遮遮掩掩,早在来时,贫僧就心中疑惑了。可怕,可悲。果然被我料中了!"

"大师,为今之计怎么办??我……"

"施主莫急。你虔诚叩拜我佛数十年,早先家中也是善居士,可拜佛求福,并不是天天叩首,天天进香就是功德。

"佛经有载:毁坏三宝,尤其是毁佛、谤佛、不敬佛经者,罪孽尤重!

"《观佛三昧海经》里有一位优填王,因思念去忉利天为母说法的佛陀,就特意铸造了一尊释迦牟尼佛的金像,天天顶礼供养。

"后来佛陀从忉利天回到人间,他用大象载金像去迎接。金像见到佛陀之后,从象背上下来向佛陀顶礼。佛陀也合掌向金像顶礼,虚空中百千化佛也向金像合掌长跪。佛陀对金像授记:'我灭度之后,我的弟子就托付给你了……'从那时起,世间上就有了佛像。即使佛陀后来示现了涅槃,但众生仍有礼拜、供养的对象。

"此说的经论,乃隋唐之时,由中土传入我国,也是我佛门历代尊奉的法典。

"据中土所传,佛有三身,乃法身、报身、化身,是为三佛身。

"法身乃积聚真如妙理为身,因佛陀成就无上正等正觉,得证无上菩提道果。

"圆满清净,遍一切处,心包太虚,量周沙界,圆满周遍,十方世界。如同真理一样,是不可见,一切具足而又无相的。

"报身乃是智慧德力积聚,积聚一切种智以为身,智慧究竟圆满,妄惑彻底断除,叫作圆满报身,佛的智德究竟圆满无上菩提,断德究竟永离二种生死。得证菩提觉法乐,与涅槃寂灭乐,这是根本智,以真智住真境,是佛自己受用的报身,在极乐净土之身,具足三十二相的庄严法相,诸佛菩萨和得道之士可见。

化身乃佛陀功德积聚,积聚无量无边的殊胜功德以为身。佛是"三祇修福慧,百劫种相好",能以妙观察智,观机施教,随类现身,普度众生。化身佛有示生化身与应生化身二种。示身化身佛就是应众生之机,以大慈大悲之心,能够大权示现。于无生之中示现受生,于无灭之处而示现灭度。这就是《释迦如来成道记》开头说的二句'净法界身,本无出没。大悲愿力,示现受生'的道理。此即示生化身佛。

"应生化身佛就是随类化身,如《观世音菩萨普门品》说的:应以佛身得度者,即现佛身而为说法。佛陀能够分身十方世界,微尘刹土,普度众生。这即是'一身不分而普现,万机咸应以无违。'就像洪钟挂在架上,扣之则鸣。月亮悬在天空,能于水现影。

"用我教说法,则是开化世人而在六道中显现变化的各种法相,其中释迦本师就是佛在人间开化世人的应身,有生老病死(涅槃)之显现的。可为世间一切六道众生所见。

"而你拜佛多年,一意孤行,盗割佛头,一念入了贪嗔痴的魔道,是为不可饶恕恶贯满盈的恶业!既是毁坏佛陀的化身,原有福果福报一笔勾销,按经论所言,其人必将堕入无间血池地狱,受亿万般折磨痛苦,永世不得超生,其家人将堕入畜生道,永远为畜类,随生随死,受尽一切苦难,无有终结!"

一席话听得山田汗流浃背,毛骨悚然,赶紧颤声问:"大师,我听说佛陀乃至善之圣,怎么会有如此报应呢??求大师赶紧想法救我!!"

"听此言,山田施主更是愚不可及。纵然如你所说,佛、菩萨乃大光明身,普照万物而无欲无求,但你一念入魔,魔念大起,自心肇祸,非是佛陀报应,而是你自己的恶业果报!果报是果,其起乃魔,因果因果,恶因恶果。可惜,如今纵然想救你,也没有什么好法子。即便你山田家有数代功德福报,一朝尽毁,现在想来,连我都获罪不浅,哎,如何还能救得了你呢??"

"啊?"山田又嚎哭起来,本来想再大的罪过,花钱请大师和尚们做做法事也就得了,没想到,连见多识广的宗本大师都没了主意,还连累自己山田家的祖宗们,真是罪不可恕哦!

山田太太预备好了斋饭,听了更是惊怖不已,苦苦哀求:"大师!您慈悲为怀,能不能死马当活马医,救救我们一家人??哎,他造出这无边恶业,子女们可没什么罪过啊?!"

宗本大师低首细思良久,问:"山田施主,当日盗宝,可进行了,离魂、藏魄、归来之后,有没有入魂的仪式呢??"

山田夫妻俩都不知所以地摇摇头。

"你们夫妻,也算善居士!如今我想,如果当日盗割佛头,有我等僧众举行仪法,谅你恶业不至于如此严重,你是我国人,虔心拜佛多年,在中土又经商多年,连这些都不通,我还能怎么说呢??"

"大师是说,如果这样做,还能有一线生机??"山田瞪大了眼。

"不是一线生机,按尊夫人所说,只能死马当活马医了!如果不然,即便你现在立即把佛头送还中土,你的恶业也照样临身。

"你不晓得,当年我幼时,东京城还叫江户,有一香料铺子,生意很大,主人秘藏了一尊北宋传入我国的檀香木观世音菩萨像,日日进香,跪拜如仪。

"有一年,将军府有喜事,要用香料,檀香木大贵,价比黄金,香料铺的老板贪心大起,把菩萨像砸碎,卖给了将军府。不料当日香料铺子便发生大火,烧了半条街,老板一家葬身火海,只有他活了下来,将军大人家的喜事,也因强藩大名捣乱,成了一场空。

"后来,将军担心报应临身,我师祖被将军大人招入府中,用盛大的修复仪法将菩萨像装金修复，又供奉在佛阁中，这才免了将军的罪孽。

"如今看来，是否可以按此法处理？？我实在没有把握。而且菩萨毕竟与佛陀不同，很难措手。"

山田夫妇再次哭求，宗本大师才答应可以试试，但有条件。

什么条件？？

1. 法事后，即便山田家没有报应，也绝不能再捐献给任何寺院和个人，必须由山田自己虔诚供养，如果佛陀有示，再按佛示办理。

2. 山田必须虔心拜佛，诵经学法，再不可有各种执着贪念。

3. 大做善事，以积累福报，或许可以求得中土古佛的饶恕。

4. 法事题经寺一家承诺不了，必须广请各派高僧大德参与详议。

5. 山田家的佛阁务必要遵照规矩摆设，再不能混乱。

宗本大师说："只能先想到这里了，如果不能完成法事，你随随便便把佛头送回去，也没有任何意义。嗯……中土栖霞寺方面，你也应该有所表示，等法事结束，再商议怎么道歉吧。"

山田感激万分，诺诺连声，又说自己远离祖国很久，这佛陀离魂、藏魄、入魂是什么意思，请教宗本。

宗本苦笑："这也是结合了中土佛规形成的我日本国特殊的仪法。其实，中土现在还有此法，只是名称各异，效力不同。"

原来，日本佛教本来就是隋唐年间由中国传入的，又结合了日本国本身神道仪轨的程序，才形成了上千年尊奉的法门之一。

日本除了日莲宗、净土、禅宗等宗门，在铸造、移动佛陀菩萨神像时，必须虔慕诚心，举行各类盛大的仪法，类似中国的开光大典，又有不同。

佛陀本身乃无上正等正觉，又有五眼六通的广大法力。所以，日本僧众们尤其注重这种仪法。

离魂，是铸造、移动神佛菩萨造像前，先期进行各种规模的诵经、朝拜仪式，等仪式完毕，寓意神佛造像的"法力或佛力"即将注入或已经被移出，才可动手铸造或移动，以显示对神佛菩萨的尊敬。

藏魄，是将铸造、移动的神像的法力，用法事承接在法器中，以待神像完工或移动到新的位置摆放。

入魂是整个法事中最关键的一步，只有道德高深、精研佛学的大师才能主持。待神像竣工或摆放完好之后，由此类大师亲自主持，将法器中的"法力或佛力"注入其中，整个仪法程序多样，繁冗复杂，一般家庭根本无时无力承担，只有当年的幕府大将军、朝廷皇室和强藩大名诸侯，才有实力举行。

宗本大师属于日莲宗的宗支，本来日莲宗没有此类仪法，幸而大师博学广深、精研佛典，跟师兄宗海大师又与其他宗门的高僧相熟，才想到这样一个"死马当活马医"的办法，来救助山田一家。

亲不亲，都是虔心拜佛的同胞嘛。再者，救人一命胜造七级浮屠，也不只在中国流传，日本佛门也是宣扬善品的。

另外，宗本大师内心深处，有一丝深沉的思索，这尊佛头跟山田，冥冥中肯定有不为人知的"缘"。

十四

山田这次是彻底服气、忏悔了。

为了一家子的性命福运和自己数代人的功德不被自己一次贪念入魔毁于一旦，过了几天，山田就开始按照宗本大师的指示行动起来。

山田先是指挥着家人，把地摊儿似的摆了一屋子的佛堂清理出来，只放了几张小桌和佛头。

那些金玉佛像、唐卡、佛画，送到另一个屋子存放，反正他们家重新翻修的祖屋，房子甚多。

然后呢，山田又带了太太去题经寺，支付了一笔礼金，由宗海、宗本两位大师联名写了几封书信，给日本国内的禅宗、净土和唐密真言各宗的宗门法主、主持大和尚，请他们倾力相助。

随信，当然带着一张足额的支票，就当是各位大师来东京的车马费和香火钱，并说明，如果来的大师，必定厚待如仪。

不过显然，当年日本佛门各宗的联系并不是那么紧密，有些门派间上千年的纠葛和怨望，自然不是一封信和一张支票能解决的。有几位回了信，答应来"襄助"一番，有几位就不那么热情，不是说正在静修，就是有别的法事要做。

日本当年的古寺，大都在京都一带，东京这边鞭长莫及，也没有去拉人来帮忙的道理和权力啊！

怎么办呢？

还是宗海大师有办法，想了半天，只能请出西本愿寺的大谷伯爵帮忙，谁让人家是大正皇上的连襟兄弟，又是伯爵，又是法主，别说一般佛门宗派的大师长老们，就连几位执掌国家大政的元老，像山县、伊藤博文、大山岩、井上馨等元勋，见了也得让他三分。

再说，他家祖传的西本愿寺，就在京都府，跟当地的宗门非常熟悉，总算是个拿得出来的大人物。

那个年头，不光是中国，日本国也认大人物。

不过想法挺好，可打电报一打听，大谷伯爵去了中国游历，好像在辽东一带。自清末开始，欧洲、日本的不少王公贵族都喜欢跑到中国来，游历名山大川和古城古迹，这些人爵位高、权力大、钱又多得花不完，着实是有钱有闲的"富贵闲人"。

不来个跨国旅游，尤其到中南半岛和中国来，仿佛开个沙龙都没有吹嘘显摆的话头儿。

比如那位斯文赫定，在中国游历了很久，"搞"走了不少中国文物国宝，连俄国沙皇尼古拉二世登基前，也以皇太子的身份坐船远洋来华游历了很久，受到清廷的盛大接待，让他非常高兴，日本人眼红了，又把他接到日本玩了几天，还没玩够，就让一个日本警察拿刀把脑袋给劈了！

吓得尼古拉二世躲在旅馆里不敢出门，消息传出，世界舆论哗然，还是日本明治皇上看自己的臣仆丢了大脸，亲自登门拜访，才算把这个丑遮掩过去。

不想，却种下了日后日俄战争的原因，也是一段跨国旅游惹出来的滔天大祸。

有些精明的旅行者，来华后仗着是洋人，自己有钱，还大肆挖掘和收买了一大批中国的文物珍宝,带到欧洲、日本洋洋得意地宣传,开记者招待会,写书出名,开研讨会,闹得不亦乐乎,既旅游还出名。这么着一来,各国贵族无不纷纷效仿,也是那几年中国文物珍宝流失巨大的原因之一。

一听大谷伯爵帮不上忙,这下可把山田急坏了,又不敢指责,只好请宗海大师指点迷津。

宗海大师又亲自写信,告诉大谷家的大管家,有急事找伯爵大人,请速速联系,告之详情。

过了几天,电报来到,大谷家的大管家说了个喜信儿——大谷伯爵去了大连湾暂住,短时间回不来,不过听说题经寺的主持、监寺两位大师相邀,必然有什么大事,可以写信去大连。

宗海大师又写了一封长信,把山田的事情诉说一遍,不过大师总算口下留德,没说是盗宝,只说收买佛头,为了祈豫吉祥、化解山田家的劫难罪孽,想召开一个大法会,只是自己和师弟没那么大本事和名气,只有请大谷伯爵回日主持此事。

大谷伯爵看了,立即回信——听说这事,非常高兴,不管佛头是买的还是"搞"的,总算是一件宝物嘛。但山田这样做,必然有大罪孽,法会开办不知道管不管用。自己在中国刚得了一批重要的古董、文献,正收拾整理,回不来,不过,自己可以写信给宗海大师看中寺庙的大师们,请他们帮忙,先商议一个仪法的程序,如果自己能赶回来,必定要参加,如果赶不回来,一定要请众位把仪法记录整理下来,作为佛教资料使用,并祝成功健康云云。

俗话说,行家一出手,就知有没有。大谷伯爵总算热心,赶紧写信给宗海大师看中却不想帮忙的几个宗门的寺庙首脑。

众僧接信一看,哎,这事儿推都推不掉了,不看僧面看佛面嘛!谁让人家把大谷伯爵都请出来了呢?

于是乎,短短一个月里,忙得焦头烂额的山田总算把要请的大和尚们请来了。因仪法还得商议,家里又住不开,只得在题经寺里腾出一些禅房,请大师们居住。

自然,一笔开支礼金是少不了的。

林林总总的大师们来到东京题经寺,都是宗海、宗本两位大师接待,其中著名的有：

　　净土真宗之一，京都府龙谷山西本愿寺的监寺大和尚；

　　禅宗临济宗之一，京都府大德寺的监寺大师；

　　禅宗曹洞宗之一，京都府万福寺的监寺大师；

　　禅宗临济宗之一，京都府镰仓五山圆觉寺的监寺大师；

　　华严宗之一，奈良招提寺的大师；

　　密宗真言宗本宗，和歌山县高野山金刚寺的大师，等。

　　有大谷伯爵的面子，山田又财大气粗，这回宗海、宗本大师一共请来了十五位高僧大德，加上他们两个日莲宗大师，总共十七位。

　　不过，这些大师早就说明，这完全是私人关系和"救助"山田一家的福运，跟各宗门之间可绝没有什么关系。而且，此事要保密，不然传出去，让其他宗门知道了也不好。

　　宗海、宗本大师自然满口答应。山田更是乐坏了，作为一个普通日本人，他哪辈子也没参见过这么多高僧啊，想想真是，还是有权有地位好，再就是有钱，不然，这些大师们哪能随意出山呢？

　　想到这儿，山田又觉得自己罪过喽。

　　人是请来了，有的还带了随从，题经寺里热闹非凡，招待得也不错，可众位大师一听山田家发生的这件事，可就炸了锅喽！

　　虽说宗海、宗本大师口下留德，不过这些大师都是"智慧德力"非凡的高人，知道这么个大财主，忽剌巴请这么多高僧大德来，为的是个自己"买来"的佛头，还要祈福、忏悔？

　　这可不对。

　　这不，几位大师就争论开了，说如果是从中土买来的佛头，还可商议，万一是山田一男故意毁坏佛身给偷来的，别说山田要下阿鼻地狱永世不得超生，就连他们这些修炼多年的大和尚，也得为"襄助"恶业犯了天条，堕入地狱！

　　山田可惨了，就是浑身是嘴也说不清到底是"买来的"还是"偷来的"，赶上这些大师又非常执着于佛法规矩，解释来解释去，众位就是不信，有的还训斥山田。

宗海大师也为难,自己成了猪八戒照镜子——里外不是人!

怎么办?纸里包不住火,只得说了真话,不过,山田只是说被早已下了地狱的仆人小刘给"诱导"地犯了恶业,自己还是非常虔诚的。

这也不能怪他,毕竟人要脸,树要皮,孔夫子都说——羞耻之心人皆有之嘛。

要不这么说,大师们恼怒了一走,自己岂不白忙活了??

大师们听了,有的痛骂了山田一顿,算是了解了真相,接着商讨如何开办法会、用什么仪法。

这下更热闹了,本来嘛,日本佛教各宗的信奉、法事、仪法和主尊各有不同,山田请来的这尊佛祖,又是中土南朝时期的古佛,还是过去七佛中的圣尊,诸位大师连见都从来没见识过,怎么办!

而且,各宗的法事、仪法、举办时间长短、参与人数、穿着打扮、念诵的经文、所用法器以及香烛数量、品类、质量都不一样呐,这要是都用,岂不乱了套?!

商议了几天,就吵了几天。要说也是,这些日本流派早就自立门户了,谁还记得一千多年前中土佛教的规矩呢??

宗海大师心急如焚,看诸位大师各不服气,只得劝了这个说那个,众人才达成了一致妥协——哪个宗门的仪法都不用,找佛典和古籍去!

众人又是一番查找佛典,你一条,我一条,功夫不负有心人,算是从古籍佛典里找了不少条。

随后,结合各宗门自己的法事仪法程序,再进行融合,商议出一个不中不日,又中又日的法事仪法。

宗本大师——整理记录在案,又写明了所有应用之物,各人又派人回去取来法器等物,山田免不了又花了一笔银洋采买一番。

西本愿寺的监寺大师提出,大家都还没有瞻仰过古佛佛头,要一起先去参拜一番,山田当然愿意,雇了十几辆马车,领着众位大师到了东京郊外自己家。

村子里的乡亲民众都嚷嚷动了!好家伙!人家山田一男赚钱回了国,还花大钱请来这么多大师做法事,连县里的知事大人和不少财主老爷都没这么势派,因此都上街迎接。

众人在玄关外纷纷整理收拾好自己的袈裟、念珠,随着宗海、宗本大师进屋参拜古佛。

参拜已毕,这些日本大师肃然上前瞻仰佛头。

但见这尊流传一千五百余年之久的中土毗舍浮古佛佛头,比真人头颅大了一点,面容清净慈悲,微笑澄明,宝相神圣,古朴高贵,眉目间点点真如德力智慧也隐约可见,一股天然浑厚端仪的大光明风采,真乃在世难得一见的佛宝!

众僧大赞称颂了好久,纷纷顶礼膜拜,西本愿寺的监寺大师尤其称颂不已:"善哉善哉!我等是哪辈子修来的福气!能参拜如此圣物!连东京帝国博物馆和东大寺中,只怕也难有此等佛宝。山田施主所做的恶业,真是不小!面对如此佛宝,我等众人只有尽力而为,不然,我们自己这点修为功德,也将一笔勾销,永堕轮回之苦喽!"

众僧恭敬退出,又开了个小"批判会",把山田一男训斥一顿。

耷拉着脑袋的山田只好恭恭敬敬小学生似的坐在那里听训,不敢吱声。

宗本大师总算出来说话,请各位多多相助,又请招提寺、大德寺的大师亲自为古佛佛头的佛堂整理妥帖,其他几位大师也将山田收藏的其他佛像、经典、唐卡,又指导收拾出一间佛堂。

种种礼仪、摆设、分布、挂饰和供奉的香花宝烛各种礼器,一一摆放妥帖,这才算完成了预备工作。

这番指导,可让念了半辈子佛的山田一男大开眼界,原本以为自己挺明白的事,如今再看,自己真真是连半根毛都不懂,一脑袋糨糊。

选了个吉日、吉时,众位大师各带法器、经文来了山田家,摆了个中日仪法融合的法会。

先关闭了大门,请山田太太和仆人们回避到邻居家,保证法会会场绝对安静。

十七位大师各按方位、位次顺序、诵经前后时间,哪个上首座主持,哪个在四角诵经,哪个执掌供奉茶、果、香、烛,哪个负责端盆递毛巾,哪个负责敲击钟鼓,哪个负责铺陈佛经,哪个负责执掌法器,哪个负责离魂,哪个负责藏魄,哪个负责入魂等顺序执掌,规定得井井有条,丝毫不敢乱。

仪法一天肯定完不成,山田又让仆人打扫出一些净室,请大师们暂居。

最后,等所有仪法完成后,大师们再按照商议的结果,同时开办一场融合各宗门规矩的忏悔祈福法会,才能为山田一男"祈求佛陀赎罪,消除罪孽,免受地狱之苦"。

算是"死马当活马医"呗!

古佛的佛堂里,除了地毯,其余佛像都诵经后搬走,留下四个方向的矮桌,只摆放了由各寺庙印刷的有关中土的佛经、内典。

供奉佛头的矮桌,铺了华贵的三色彩缎,佛头上方,按照大师们商议出来的办法,设了一个五彩织锦的帷幕,中间一幕撩开,挂上金钩。佛头下方铺陈的是大德寺大师送来的江户初期出产的五色绸绒垫,佛头后方则是西本愿寺大师贡献的一座五扇红漆描金彩绘佛陀说法的缂丝座屏。

佛头周围,陈设的则是一套珍贵的银胎七宝烧供器和盛放果、饼、花、茶的器皿,乃是招提寺的大师进献的。

佛头前面,却陈设了一套大明成化年间的掐丝珐琅,俗称景泰蓝的铜胎五供,再前头,又用中土礼节,陈设了一套乾隆官窑粉彩的碗盏杯盘,一对雍正年间的青玉双耳瓶。

佛头供桌摆设完好,桌前头,又是一张黑漆描金的小桌,摆了经卷、小木鱼、菩提念珠,算是让山田平日礼佛所用,山田太太花私房钱,又摆了一个五彩销金的跪垫。

这一番铺陈只是开始,后头林林总总的仪法、规矩自不必多说。

在村民们看来,这一场足足闹了三十六天的法事,真是旷古以来在此地从未见识过呢。虽然他们并不能进去看,每日只能听到白天晚上敲不完的木鱼声、诵经声、念佛声、鼓声、金声,但种种玄妙,可让他们开了眼界。

当然,山田更不能闲着,每日里为大师们的衣食茶果跑前跑后,顺便为村民开了一个"大斋会"。也就说,每日午餐,只要在山田门口跟着念几句佛,就能吃一顿香喷喷的大米饭加萝卜酱汤,这也是山田跟老北京学的一种积德方法。

有这种好事,何乐而不为??村民男女老少都跑来念佛吃饭,一吃就吃了一个来月,都称赞山田富而好礼,为他扬了好名声。

最后一天,法事完毕,众位大师又三参三拜,一起动手,将佛头供桌转变方位,从正北移到了正东,恭请佛头背靠东,面朝西方,也就是中土的方向,这也是禅宗各门提出来的仪法程序。屋里各处的陈设,各位大师又亲自整理一遍,这才算功德圆满。

山田肯定要借花献佛,又请大师指点着,给他收藏在另一个屋里的佛像、唐卡、佛画等等念诵了几遍真经,也随着做了个小法事,众位大师又对山田谆谆教导一番,这才觉得累不可言。

由宗海大师主持,山田夫妇请众位大师一起吃了顿丰盛的斋饭,每位又送了不少礼金,大师们这才各自回寺。

宗海、宗本大师总算了了一件心事,告诫山田:"法会花费甚多,业已圆满完成,到底功效如何,还得再看。希望山田施主今后定要晨昏礼拜,多做善事,也许佛陀看在你虔心修习的分上,赎你罪过也未可知呢。本寺日后如有法事、善事举行,定当请你过去一起参与。"

这山田两口子算算账目,也不过花了一万多银洋,却办成了这件大事,算是心满意足,自此后,在家里晨昏三叩首,早晚一炉香,对这尊古佛佛头虔诚到了极点。初一十五,逢年过节,不仅要去题经寺参拜,还得领着全家人一起顶礼膜拜。

又加上山田有钱,为了忏悔自己的罪孽,积累功德,为出家人大开方便之门,月月斋僧,年年修庙,在家乡的村子里也是惜老怜贫,救助孤苦乡民,给大家伙儿修桥铺路,翻修学校、神社。凡是善事,山田一男无不倾囊相助,十分关怀。

这下子,山田大善人的美名传遍了东京乡下,连县里都知道了,知事大人还给山田颁发了表彰证书,成了全县闻名的大人物。

说来也怪。

不知道是中土古佛到了东瀛日本国失了灵性,没了报应,还是山田请来的一众大师们举办的法会起到了作用,或者说,他做的善事积累的功德不少。这些年来,山田家并没有受什么"天罚",下什么地狱。

他的女儿嫁给了有为青年,儿子上了东京大学,连他投资的那些商铺和买的股票债券,也呼呼啦啦坐飞机似的往上涨,银子哗哗淌海水似的往他家里进。着实是生意大兴,阖家平安。

幸福生活简直看得别人直眼热!有时候山田太太也念叨着:"难道咱们的罪孽过去了??佛陀看在咱们诚心诚意的份儿上,饶了咱们的罪过??还是压根就不灵呢?"

每到此时,山田总要训斥太太一顿,他觉得,山田家所有这一切的一切兴旺发达,都跟自己"搞"来的古佛头有关系,可到底有啥关系,他是想破了脑袋也弄不明白。

山田一男更加虔诚,一心一意地拜佛行善。

如此时光轮转,日月如梭,七年岁月,匆匆而过。

十五

时间,转瞬到了1923年,民国十二年,日本大正十二年,9月1日。

这天日本天气非常好,初秋的季节,东京街头人群熙熙攘攘,车水马龙。各大公园里,三三两两的青年男女们相会于树丛花海之中。

因为在位的大正皇上据说有神经病,几乎从来不临朝听政,退居内宫修养,军国大政被几位元老把持着,几位元老也算为帝国兢兢业业,老而弥坚,还能互相制衡,不让任何一个元老势力坐大,这样,就造成了所谓"大正民主时代"的轻松环境。经济发展得好,裁军也顺利,此时的日本帝国,仿佛真的进入了"君主立宪"的辉煌时代。

下午,山田从东京城内的古书铺子里,买了些梵文的佛经,又给太太带了些小礼物,还给东京帝大读书的两个儿子送了些点心。两个儿子见老爹来了,非常高兴,因为是星期六没什么课,带老爹逛了逛帝国大学,把老爹送到车站,看看老爹提溜的东西实在不少,又没带仆人,两个儿子自告奋勇,要把老爹送回家,等过了星期天再回来上课。

山田一男当然高兴,这些年也不知走了什么大运,女儿嫁了好人家,两个儿子非常出息,一个读的历史文化专业,一个读的法律专业,都是勤奋好学、正正经经的好孩子。那个时代,日本大学的入学率,才不到适龄青年的百分之五!东京帝大和京都帝大,又都是日本国内第一流的大学,原先只有华族的贵族少爷们才能入学。

这在当地的村里,山田家也算摆脱了乡土气,成了远近有名的大户人家。

爷儿仨回了家,山田太太大喜过望,赶紧做了丰盛的晚餐,一家人高高兴兴吃了饭,山田又跟儿子喝了几杯,收拾饭桌,又喝了会儿中国的毛峰茶,晚上九点,去佛堂上了香念诵了一卷经文,这才各自就寝。

不知是高兴过头还是喝了中国茶,山田一男失眠了,感慨颇多,一会儿想起来这些年的好日子,一会儿回忆起在中国老北京的往事,一会儿又惦记这些年王会长不知过得好不好,一会儿又想着以后儿子们成家立业了,再生几个大孙子,自己子孙满堂,山田家又一次兴旺发达喽。

迷迷糊糊正胡思乱想,听见卧室里的镀金西洋座钟"当当当当"只打了十一下,山田一男翻个身给太太掩了掩被子,正要躺下。

"轰隆!!咔嚓嚓!!"顿时一阵山崩地裂、山岳崩摧的巨大轰鸣声从地下传来!

随后一股"吱嘎嘎、吱嘎嘎"的闷响,扭曲的晃动从四面八方震颤着传导过来,紧接着便是一阵一阵的摇晃,大地仿佛得了疟疾,打起了摆子!屋里也开始左右摇晃、上下起伏,像是大海上的一叶扁舟被巨浪搅拌得躁动不安!!

地震了!!

山田一男顿时猛醒!赶紧大吼着拉起了太太,两人赤着脚跑到儿子房门口,两个儿子早就醒了,架着父母大喊着就往外冲!

仆人们也被吓坏了,哭爹叫妈嚎哭着披了衣服冲出屋子。这下,全乱了套!!

等一家子失魂落魄跑到当院,全都毛骨悚然哆嗦成了一个团儿,悚然不安地拥挤在一起,仿佛濒临死亡前的恐惧,注视着周围的恐怖景象。

大地轰鸣着冒起了黑气紫烟,剧烈抖动,地面呼啸嚎叫着裂开无数个巨大的深渊,好似血盆大口,一口口吞噬着地面上的庄稼、商铺、神社和民众,细细看,地下深渊里还冒出无数毛丛丛黑乎乎的恶鬼似的巨手一样的爪子,把试图逃离的人们和摇摇欲坠的房屋、牛马一起拉进深渊!像极了无间地狱!

一排排、一栋栋合抱粗细的大树和整齐的房子,如同纸糊得一般,摇晃着、被摧残着、倒塌着、粉碎着,有些勉强挣扎逃出房子的民众,立时被砸成了肉泥或被埋在废墟中惨烈得嘶鸣嚎哭。

巨大的烟尘卷着血腥的风暴舔舐着无头苍蝇般乱跑乱叫的人,生生被风卷到天上,摔下来暴毙。

天空突然出现了几束诡异的极光光华,氤氤氲氲覆盖了天际,轰鸣声更强烈了,整个日本四岛就这么在太平洋上跳大神儿似的扭动舞蹈着。空气里的血腥味越发浓重,无数的残肢断臂和脑浆血污下大雨一样地铺天盖地哗啦啦急速落下,在一片凄厉的鬼哭狼嚎声里投入活着人的怀抱。

地面裂开的血盆大口还冒出一股股恶臭的血水和毒烟,掉落在内的人哭爹叫娘地往外爬,有的沾染了毒烟立刻被熏死,有的被活活淹死,刚要爬出地面的人被突然合上的裂缝挤成了肉饼!

各处都是撕心裂肺的哭喊、叫救命声,吵得寰宇不宁,山崩地裂让山丘、森林大规模滑落成谷地,铁路的钢轨被扭曲成了麻花形,车站、村庄和城市被随后而来的泥石流、海啸一口口吞没永远不见。

地震、地裂、泥石流、暴风、海啸一个劲儿地肆虐着这个岛国,活着的人拼命逃亡,可四处都是血海尸山,拥挤、踩踏、推撞造成的伤亡不计其数,惨不忍睹,关东地区的煤气管道又来凑热闹,燃起的熊熊大火和滔天的海啸洪水呼啸涌来,水火交加,把整个关东地区变成了炼狱!

废墟中的幸存者还妄想等着日本陆军和警察、海军陆战队的救助,不料风助火势,火助风威,滚滚浓烟把他们熏倒,大火随着烧死他们,烧焦尸体的恶臭四处弥漫,继续寻找活着的人。

关东地区的大火足足烧了三天三夜,无数的建筑、寺庙和宫殿、园林、小区、公园、学校、兵营化成灰烬,池水烧干,人们只能失魂落魄得蹲在那里,等着死神来临!

山田一男一家子披着被子挤在一处,早已吓得魂飞天外,嘴里不住念叨着佛经内典,抱团等死,也顾不得四外甚至更远处那地狱里的凄厉嚎叫。

整整一天一夜,山田一家没敢露头,那山崩海裂的轰鸣吼叫等释放得差不多了,终于停止了。

战战兢兢的山田早已昏迷了,被儿子们叫醒,看看全家幸而无恙,忍不住号啕大哭,哭了多时,再站起来一看,自己的村子绝大多数民众和房屋都不翼而飞,成了残垣断壁,死尸遍地,活着的人躺在那里哀哀叫唤,等着救援。

"父亲!父亲!!快,快看!!"儿子忍不住大惊大叫拉着懵懂的山田两口子。

一众仆人不知怎么了,都趴在地下大声念佛,叩头不已。

山田揉揉昏花的老眼,回头看看自己家的院子,再看看院子外头地狱般的景象,傻子一般说不出话来,山田太太欣喜地大喊大叫:"佛祖,是佛祖保佑啊!!山田,你看!你快看看啊!!"

山田激动地捂着脸失声痛哭,跪在地上朝着自己家嗵嗵叩首。

原来,山田一男的祖屋,在这样惨烈的大地震里,如同固若金汤的森严壁垒,或者根本没在日本国内土地上一样,丝毫无损,连玄关门外的鞋子都一丝不苟依然整齐!!

清醒过来的山田顾不得院子里依然无恙的家人、仆人,笼子里自由自在的鸡和优哉游哉的看家狗和巨大而整洁的粮仓、厨房、金库,甚至连围在门口迭声念佛的村民们也没看,打发太太和儿子们、仆人们赶紧出去救人的救人,准备开仓放粮的放粮。

自己光着脚一溜烟儿跑进二楼的佛堂查看。屁滚尿流地进了佛堂,满目泪光的山田膝行到佛头前面,合十念佛了半晌,左右仔细看看,没事儿!!

那尊中国南朝的古佛头,依然安详而慈悲地摆放在五色绸绒垫上,眉目慈祥微笑地看着他,不仅如此,连山田晚间进香时点燃的三支颀长的檀香都微丝未动,依旧婷婷袅袅飘荡着青烟香气!

"不、不可能啊!!一天一夜的工夫,这、这檀香怎么还没烧完呢??!"惊诧莫名的山田彻底傻了,嘴里念叨着叩首不已,等他脑袋都磕肿了,才趴在地上涕泪交流,"佛祖不念我山田一男盗割恶业,救我山田一家,弟子今日发誓,一定为您再塑金身!!"

又是供茶,又是叩首,足足多半天,山田才下了楼,跟太太、儿子们一起指挥着救人、放粮。

关东大地震带来的惨剧太惨重了。

当天,在日光行宫避暑的那位至尊大正皇上也被吓到了,跟皇后一起由侍从们救护着总算化险为夷。身为摄政宫的皇太子被严密保护在父皇当年花了几百万银子修筑的豪华赤坂离宫中,无法联系外头。等了好久,他才断然传下谕旨,日本全国戒严,命令东京、横滨、大阪等地的陆军师团和海军陆战队,火速赶往灾区救灾,并立刻拜驾视察灾区,以皇室名义,御赐了一千万元银洋的赈灾款。

日本内阁临时会议紧急举行,进行救灾活动。

各地的军警们这才施展身手,投入救灾。可为时已晚,死去的早已死去,没死的也嗷嗷待哺。日本政府上下一片混乱,通信设施和交通早已断绝,粮食发下去又传不到灾区,各地县政府的灾情也传达不上来。急得内阁官僚们像热锅蚂蚁似的。

在摄政宫皇太子的指导下,宫廷和军部准备了上千只信鸽分发各地,只能用这种最为原始的传递信息手段,才把各地的消息统计上来。

东京地区十分之七的古老建筑和宫殿、寺庙、学校、军营倒塌无存,死者十多万人,包括神奈川、千叶、静冈地区,伤者达一百多万人,无家可归者三百多万人,财产损失六十多亿日元。

横滨地区死亡十多万人,失踪五千多人,重伤十多万人,一百五十多万人无家可归。财产损失数十亿日元。

真是四岛黎民涂炭,嗷嗷待哺者成千上万。

就在救灾的同时,在这个表面上"文明",实际却半开化的国家里,传出了一个个可怕的消息。

"大地震是朝鲜人不敬神道而引起的!!"

"天照大神儿发怒,是帝国对朝鲜人这些肮脏的东西太容忍啦!"

"朝鲜人要趁机暴乱,杀掉他们为死去的乡亲们复仇啊!"

救灾途中的军、警、宪、特和无数愚昧的日本老百姓对着朝鲜人和中国人挥起了屠刀！

各地大开杀戒,足足杀了六千多名手无寸铁的朝鲜劳工,连六百多名无辜的中国人也做了刀下之鬼！

这种原始愚昧和恐怖的做法,可不是一般老百姓想出来的,而是有人挑拨。

谁?

就是以摄政宫皇太子为首的宫廷、神道集团。

因为日本历史在神武天皇之前,基本是大化革新后那些贵族们伪造的,他们也不知道,什么神武天皇到底是人还是妖,那位天照大神是什么。为了集权和神化皇室,只有那么写。

可同时有个弊端,在古老的神话里,天子是天照大神的直系后代,统治日本岛国"万万年",而日本列岛是长在四条巨大鲸鱼背上,但是呢,一旦天子失德或有罪,他那位天照大神的祖宗就让鲸鱼翻身,震慑天子和皇室,如此就会引发大地震。

不料日本岛国本身就是个地震多发之处,所以,一旦哪里地震了,老百姓心里就琢磨——是不是天子又失德了?? 干坏事了??

明治维新后,日本皇上重新成了"祭政合一"的最高统治者,号称"现人神",不仅拥有至尊无上的大权,还有"法力无边"的神权,这让老百姓磕起头来,就方便多了。

此次大地震造成的损失,自日本有史以来罕见,老百姓会怎么想?? 于是乎,宫廷、神道集团的大佬们一商量:与其让皇室自己承担责任,肯定会造成老百姓们对圣上不满,不如把罪责推给朝鲜人,让他们背黑锅吧! 毕竟大正皇上有神经病这种事,百姓们风言风语的早就知道,万一引起民间对皇室的不满,可就坏了。

那位年纪轻轻却心机深沉、计谋老辣的摄政宫皇太子殿下听了,欣然同意。

一场不可避免的屠杀就在日本四岛开始喽。

可中国人跟朝鲜人没关系,怎么还杀了不少中国人呢??

因为,中国人跟朝鲜人长得太像了！日本话说得不标准！就被当成了朝鲜人。

这种弱智的逻辑,在东京府、横滨各地传达开来,军警们逮住人就问日本话,凡是不会说标准日本话的人,都被抓了起来,各地更是风声鹤唳草木皆兵,不会说本地方言的人纷纷入狱。

日本内阁发了一篇胡诌八扯的文告,说是"为维护皇国安全,不得不进行排查"云云。

这番折腾,极大增强了日本百姓们信仰皇室的权威,却不知增添了多少无名冤魂。

日本大地震的消息传出,各国纷纷救援,尤其是西邻的中国,以"广募捐款,尽数拨汇,藉资拯济,以申救灾恤邻之至意"。北洋政府展现了罕见的高效率,立即以大总统命令,调拨二十万银圆,三十万石粮食和大批救援物资运往日本,并邀请红十字会、慈善团体和民间团体募捐救灾。

连依然住在宫里的宣统小皇上,因没有那么多现钱,直接下令从大内珍宝库里挑出一批价值三十万大洋的国宝,送到日本驻华使馆。算是皇上"捐献"给日本灾民的一点"薄礼",却造成了大量国宝的流失。

中国各地善良而友好的商民百姓们纷纷慷慨解囊,为挣扎在生死线上的日本难民捐款捐粮,各地佛、道僧俗人士也解囊相助,数百万救灾钱款和物资运到日本,还有不少医护人员前去参与救治,表现出了一个泱泱大国不念旧恶、救人之所急的高贵风范和品德。

用被救日本人的话来说：中国人善良啊,友好啊,义薄云天啊！反正在1923年,日本人还是这么说的。

十六

作为当地的大财主和大善人,山田一男和一家人安然无恙,积极投入救灾活动里,捐款、放粮、发药,忙活了一个多月,又跟县里当官的一起商议着把灾民们的口粮和医疗健康整理得井井有条,随着救援粮食和药品的大规模散发,这场劫难,终于在两个多月后,平静下来。

日本灾区和灾民是平静下来了,可山田心里一丝也不能平静。除了救助本乡本土的难民,他还大方地给题经寺和各地的寺庙捐了一笔重金。

在他心里,这回惨痛劫难,若不是供奉在家的那尊中国古佛的护佑,自己一家子早下了地狱!为了这,他也得请几位大师来家里做做法,举办一个法会,酬谢古佛的大恩大德,同时为村里惨死、伤亡的乡亲们做个悼亡祈祷。

山田一男跟村长渡边说了,渡边连连称是,因为两人是邻居,大地震对山田家祖宅丝毫没有影响,连带着渡边家的损失,也是微乎其微,渡边老村长甚为感慨,也知道,必然是山田家供奉的佛祖法力护佑,不然,自己和老伴这两条老命,不也得玩完??

渡边村长在村里招呼着幸存的村民们参与,山田亲自又去了题经寺问候邀请宗海、宗本两位大师。

两位大师早就听闻了山田一家的幸运,并因中国古佛有如此广大法力、愿力,惊诧莫名,念佛不止。宗海大师高兴激动地垂泪说道:"南无妙法莲华经!!我佛慈悲!!山田施主,宗本几年前对我说过,此尊圣尊古佛,冥冥中与你有夙缘啊!!今日看来,佛陀既没有降罪于你,又没有惩罚你的盗宝恶业,却大开慈悲之怀,饶恕你的罪过,救你全家,乃我佛之圣明伟力!善哉善哉。"

山田又疑惑当日进香的那三束檀香,烧了一天一夜竟然未尽,惊叹许久。

一旁宗本大师连连叹道:"施主哪知佛陀的伟力!此尊古佛,在中土南朝既已显形,至今一千五百余年,本就威德深厚。再者,我佛有五眼六通之法,别说你个小小的山田家,你难道不知,东京府内一段真相??"

山田恭敬问询:"愿大师指教!!"

"东京府内浅草区公园观音堂,殿阁都是木制,挤满了受灾民众多达三万余人,铺天盖地的大火,将公园所有设施烧毁无存,堂内外拥挤的这些民众,眼看就要葬身火海,不料这座数百年的木制殿阁丝毫无损,保佑了躲避其中的东京百姓数万人,幸存的内、外市民都顶礼膜拜,诵念我观世音菩萨圣号不已,现在还有天天伏地叩首祈祷的人群呢,事实俱在,也是我观世音菩萨威灵护佑的真相。

"观世音菩萨乃过去贤远劫成佛的佛陀,为救苦救难普度众生,不惜倒驾慈航,来婆娑世界化身菩萨位救苦救难,何况你家供奉的乃是过去七佛中的毗舍浮佛祖呢??"

"原来如此!!我见报纸上也登载了此说,不过,大师所说的五眼六通是什么神通?"

宗本高声诵佛,笑道:"所谓五眼六通之法,也是中土千年前传来的说法。其说乃颂扬我佛的智慧德力之广大。

"五眼乃——肉眼、天眼、慧眼、法眼、佛眼。

"肉眼乃是凡夫俗子的肉眼。

"天眼,乃有修为的居士、善士的眼睛,能看内视、透视、遥视、微视。

"慧眼,乃阿罗汉之眼,凡修到阿罗汉之体的居士,能用此眼看破假相,识得真空,不被外境所迷。可灭一异之相,舍离诸法,不受一切外法,智慧自灭于内。

"但慧眼不能普度众生。

"用我国之说,既是能看透天空、地底,能知过去、未来的眼睛。

"法眼,乃菩萨果之眼,凡修到菩萨果位,都有此种神通,既包括慧眼的一切神通,还能了彻世间和世间以外的一切法门,知一切众生各自方便之门,令其明法成道。

"用我国说法,法眼既是能将天地神人和各种物件的时空位置转换,或者能将万物生存秩序逆转再次重生。

"如中土所言——法眼有小搬运、中搬运、大搬运、避地、火、水、风四灾八难,呼风唤雨,移星换斗,搬山倒海,起死回生,返老还童等神通。

"然法眼不能遍知普度众生的方便之道,这是唯一欠缺。

"佛眼,乃佛陀之眼,有此种眼,便兼有前面所言的四种眼。佛陀之目,虽宇宙万物,前世来生亿万载前缘后果,皆在眼前。

"其神通在于无事不闻,无事不见,无事不知,无事为难,无所思维,一切各种劫中世界，无所不包，无所不照，圆明普照，睿明端广。

"用我日本国说法——佛眼能改变因果，纠正前缘后果，在世间说法普度众生。

"如此，遇到劫难，我佛不必用佛眼遥观，只心念一动，便可逢凶化吉，遇难成祥。"

"善哉！！弟子明白了！！看来确是我请回来的中华古佛护佑我家，才能避免了一次大难！！不知这六通又是什么法力呢？？"

宗本大师欣慰："六通，乃天眼通、天耳通、他心通、宿命通、神足通、漏尽通。

"天眼通既是佛眼的化称。

"天耳通，能随意自在听闻世间六道众生一切苦乐言语。

"他心通，能随意自在得知六道众生一切心中所想之事。

"宿命通，能随意自在得知六道众生一切世人世世代代乃至千万世之宿命和因果。

"神足通，能随意自在化身出入于亿万大千世界，了无障碍。此没彼出，不往而到，一念能至。尤其有圣如意之法，能观六道六尘中不可爱不净之物，以为净。观六道六尘之中，可爱清净之物，以为不净。此乃佛陀独有之法力。

"漏尽通，能断一切烦恼，凡贪嗔痴恨愚等烦恼和三界六道之惑，全部断尽，自主其心。不受三界六道生死及一切情、欲所困。

"五通俱全，才能明心见性，觉悟圆满，得无漏尽通智慧，但还要得漏尽通，才能超越生死轮回，达到无上正等正觉。

"《俱舍论》载，第六通之漏尽通，唯大圣者方可能得。

"所以，施主供奉的这尊毗舍浮佛，神通广大，法力无边。救你全家，才是我佛大慈悲的真相，既然施主相邀，我等必须尽力了。

"只是我师兄年老体衰，这样吧，我带本寺的僧众，去一趟，也是我虔心敬礼佛陀的敬意。"

山田又给寺里送上不少钱粮，回家给渡边村长说了。村里男女老少各个欢喜，都准备了香烛茶果，预备停当。

选了个吉日,宗本大师带着十几个和尚,一身袈裟来到了村里,先为村里逝去、伤亡的村民做了七天法事,超度祈祷。

忙活完,休息了一天,才来到山田家,在佛堂为中国古佛做法开办法会。

这一番,又是七天,村里的村民安宁如常,只有山田家的人忙活着,供茶、供饭、进香、诵经。

到了第六天晚上,山田也随着众僧在佛堂里诵经,朱红的木鱼不紧不慢敲击得悦耳,正迷迷蒙蒙中,山田一男困得厉害,想打个哈欠,又觉得实在不恭敬,就偷偷用手遮掩了一下。

喝了半杯茶,山田依旧坚持诵经。

座钟打了十一下,夜幕深沉。

念念有词的山田忽然觉得听不到声音了!佛堂里和尚们的诵经声、敲击木鱼声都不见了。

刚想抬头看看,安谧得四周突然爆发出一阵五色彩光,不远处供着佛头的矮桌上,霞光万道,彩雾纷纷,半空中,也忽地弥漫出一阵香风!

那香气,不是檀香、降香、茶香、果香、花香,乃是一股氤氤氲氲的自然香气,闻了令人心旷神怡。

一个声音从天而降!

"山田一男……"

佛祖显圣了!!山田吓得方寸大乱伏地叩首不已,丝毫不敢抬头。

"山田,尔虽口念弥陀,却凶悍不法,执迷不悟,堕入魔道!盗割我化身头颅,让我身首两地,坏我佛身,本来尔之所作所为,必将有天雷击之,打入血池地狱永远不得超生,且令尔一族永远堕入畜道。

"然定数使然,我与尔有夙缘,不忍见好佛之家有此惨祸,又念尔虔诚恭敬侍奉我多年,才以广大法力,救苦救难,护尔全家免了此次地火水风之劫,逢凶化吉。

"此乃天数所定,非尔家小忠小信功德所致,此后我与尔夙缘已了,命尔立即将我首脑归于中土,法身归一,金身完整。既往不咎,算你一份善果,且因此,另有一份功德加与尔身。

"如尔再执迷不悟,贪得无厌,祸不旋踵,必遭天谴!切记。"

山田猛然惊醒，心脏扑通扑通跳个不停，看看四周檀香弥漫，诵经声咿咿呀呀不停，和尚们都在尽职尽责。

原来是南柯一梦。

等到白天跟宗本大师说起来，宗本大师大惊失色："南无阿弥陀佛！南无妙法莲华经！这是佛祖显圣，开示于你。山田施主，不可一误再误，必须恭奉此毗舍浮佛佛头回归中土，修复金身！不然，上天真的降下天谴，无人可再护你全家。"

山田愁眉不展："送还肯定要送还，可、可这仪法怎么办？？再说，我做下如此罪孽，中国那边不知能不能饶恕过呢？？"

宗本大师肃然道："此事已经惊动佛祖，不可再迟疑。且孔夫子有言：知过能改，善莫大焉，而且佛祖开示于你，不仅既往不咎，算你一份善果，而且因此，还有一份莫大的功德于你。"

"对啊！大师请想，既然把佛头送回去，算是一份善果，既往不咎，已属不易。哪里还有一份功德呢？？"

"这……既是佛祖开示，必有前因后果，我想，天机不可泄露吧。这样，我帮你联络各位大师，开次法会，你预备去中国的行程，这次一定不能再耽误！"

山田思来想去，只得如此。跟太太说了，山田太太倒是虔诚得很，千情万愿，拿出私房钱再次供养佛头。

山田出资请宗本大师又请了几位日本佛门各宗门的大师，来家作法。众位大师听闻此事，啧啧称奇，情愿赶来相助。

在山田家，进行了七天七夜的法事，山田打点好行装，又给太太安排了家务，领着家人子女再次参拜了佛头。

因宗海、宗本大师都想护佑佛头去中土，可两位大师毕竟年迈，不堪路途遥远，便联名写了一封长信，把事情的来龙去脉说了清楚，并向栖霞寺的智明大师致意感谢，请他勿念旧恶，饶恕山田一男的罪业。还派了两个年轻的和尚作为随从，亲自跟着山田护送佛头。

山田一男联络好了海关和天津领事馆，虔心修葺，用原先那只樟木大箱装载了佛头，领着两位题经寺的法师，又一次乘船西来中国。

来到天津码头上岸,山田先去领事馆找了朋友,说明来意,那位日本朋友听了也是大为震惊,连连念佛,只因当日帮助山田运佛头东渡,自己也害怕犯了恶业,便非常殷勤地招待几人,还怕途中有什么意外,派了属员,送山田一行先去北京。

山田心里有数,这个事儿必须先向王会长说清楚,不然,自己贸然去南京栖霞山拜访,人家不得把自己赶出来或者报官抓起来?!

哎,一别七载,悠悠然又转了回来,这是何苦呢!!

一行人在前门外火车站下车,山田送别了天津领事馆的属员,自己带着两位和尚师傅,雇车进城,直奔王会长的家——北京城东四六条胡同。

王会长这些年家里过得也不错,子女们成家的成家,立业的立业,他年纪也大了,虽说年高德劭,北洋政府走马灯似的总统、内阁总理和总长们,不管谁上台,都得依靠着王会长在市面上维持着。

可当年山田一男闹出来盗割佛头那档子事儿,一直像块大疙瘩一样塞在他胸口,每每想起来,就让王会长痛悔不已。

所以,王会长遇上事儿能推就推,能躲就躲,幸而儿子争气,为人处世也算得了老爹的真传,大小事务都能拿起来,王会长由此就退居林下,跟太太遛遛弯儿、逛逛景、养养花、种种草,还有几个小孙子能陪伴膝下,慰藉寂寞,总算有个含饴弄孙的晚景。

不过,当日广慧大师圆寂前,那句偈语,多年来,真让王会长琢磨出点意思。

毕竟是做古玩行出身的嘛,加上今年正好离那年山田一男偷割佛头,不多不少,正好七年!

七年,不就是七载因缘苦茫茫,廿二年后劫难成。一朝听得金鸡啼,沧海沉沉日已落最后四句偈语里的七载?!!

可正赶上这年,日本关东大地震了!这可把王会长愁坏了,他倒不在乎山田的生死,说实话,把山田一男震死他也不觉得心疼,可毕竟古佛佛头杳无音信,万一在地震里被毁坏或是失踪,岂不是玉石俱焚??

消息传来,王会长也指示儿子,看在两国一衣带水的分上,该帮就帮吧。

自己和太太也捐了三百大洋,算是个心意,心里祈求着,古佛佛头千万别有事。

可传来的都是不好的消息，什么日本国内乱套了，日本人乱杀朝鲜人和中国人了，日本损失惨重，公私人员、财产和文物也损失巨大了。

这些大大小小的消息通过报纸一报道，惹得王会长老大不自在，想亲自去日本看看，家里人又不同意，那么大年纪了，东洋日本这么远，等等看吧。

等来等去，山田就找上门来了。

山田和跟随的和尚敲开了王会长家的门，仆人一看大惊："这、这不是多年前的山田先生吗？！！您老还好？家里还好？"

山田满脸羞愧，按照老北京的规矩，连连拱手："托福托福！！一切安好！我、我这不是，哎……请问王会长，我王大哥在不在？？"

"在，老爷正在家，我去请。"

仆人飞也似的去内报信，山田看看俩年轻和尚和门口的大箱子，忐忑极了。

"好你个山田一男，我不去找你，今儿你敢找上门来啦！！我非……"

未见其人，先闻其声，里头一个气呼呼的声音传来，急匆匆脚步紧跟着冲了出来，山田一男一身和服，恭敬地躬身不敢抬头。

王会长见了山田，怒从心头起，恶向胆边生，一伸手抓住他胸口衣襟，就要打人，后头追出来的王太太大呼小叫："老爷，老爷！！别气着，让他进来再说！外头人来人往的，人家遭了大灾，这么大老远来的。"

看王会长发火，太太赶紧拉着劝，让仆人也劝，王会长死命拉扯着山田怒吼："你这个畜生！那年本想带你去游览名胜，不料你贪得无厌，盗取我中国佛宝，今日还有脸上我家的门！你山田也是在老北京经商多年，呸！寡廉鲜耻的狗东西！亏我当日拿你当救命恩人和兄弟，怎么大地震没震死你！走！跟我去见官！"

几人就这么扭动拉扯着，闹得沸反盈天。胡同里有几位就偷偷来看热闹。

两个日本和尚双手合十，念念有词，仿佛没听见，也不知道发生了什么事儿。

王太太抬眼看见外头还站着两个打扮奇怪的日本和尚，又瞥见门口一口硕大樟木箱子,心知有异,赶紧拉住王会长大喊:"老爷!外头还有日本人呢?!看,人家山田带什么来了?!"

满脸涨红气喘吁吁的王会长这才看见两个日本和尚和地下的箱子,知道自己失态了,又不好意思赶人,狠狠跺了一脚,回身就走。

王太太总算知书达理,也不理会山田,只把两位年轻和尚让进院子,令仆人抬进了樟木箱子。

山田低头不语,遛着墙根儿进了院,来到熟悉的客厅,山田"扑通"跪倒在地,放声大哭,哭得是死去活来,哑了嗓子。

王会长起先还恼怒不已,见两位日本和尚诵经不止,又不知道他们说的什么,只得喊道:"别哭了!我还没死呢,嚎什么丧!赶快请起来!别脏了我的院子。"

仆人小心翼翼搀扶起了山田一男,落座奉茶。

山田还是哭天抹泪地羞愧,王太太只得打着圆场:"我说山田,论理我比你大几岁,当年你也是嫂子长嫂子短地称呼我,我不是拿大,你大哥恼你,有道理啊!

"你说你也不小啦,这么大的人,做起事来没鼻子没脸!

"都知道庚子年咱们一家子的命,是你救下来的,你呢,平日里待人真诚,也和气,你大哥拿你当恩人,我们也拿你当亲兄弟似的。临走临走,你说要尊佛,你大哥拿我们铺子里的鎏金古佛送你,你不要,又带着你去南京游览,住在我弟弟家,这些都不说,你怎么就昧了良心,敢见利忘义,鬼迷了心窍派小刘这家伙去盗了佛宝?!你在中国这些年就学出这下三烂的招数了??

"这是你一个成日介念佛拜佛的人能做的事儿??连我们这些妇道人家还晓得知恩图报,拜佛如佛在,你可倒好,做了这违反天条的恶事!

"这还不说,你小子做了恶事,扔崩就走,连说都不说一声。你想,你一走了之,万一官府查问起来,你大哥和我弟弟一无所知,就得吃挂捞儿!给你背黑锅!有你这么办事儿的没有??你拍拍胸脯想一想,你王大哥和我弟弟哪里对不住你了??你这么害人?!

"幸而菩萨保佑,没出什么事儿,万一出事,哭都晚了!如今你大哥骂你几句,打你两下,你说,该不该骂? 该不该打?!

"换句话说,你们日本人也学了咱们老中国的温良恭俭让多少年,怎么这么为人处世呢? 我们家老爷要是跑到你们日本国盗宝溜走,你生不生气? 你恼不恼?!

"如今,不知你是良心发现还是怎么着,又回来了,还带了两位日本和尚师父,我说句话,我们老爷和我,该怎么对你还是怎么对你。可你应该怎么办? 你要是听我良言相劝,和和气气给你大哥赔个罪,认个错,咱们该怎么处还是怎么处,要是不听,门就在外头,请便!"

王太太不愧是女中的豪杰,一席话突突突突像机关枪似的说得有里有面,有情有义,不卑不亢汤水不漏,把个山田说得红着脸脑袋直往地下钻。

山田跪在王会长面前,又苦苦哀求,诚心认错,又把带回佛头的事儿说了,王会长这才缓过颜色,伸手搀扶起他,训斥了几句,算是原谅了。

山田忐忑的心才算放下。

王太太招呼着仆人换了茶,铺排点心、果子,详细问了东京大地震山田家太太和子女的情况,听说有佛祖保佑,安然无恙,长叹几声,连连念佛,赶忙去预备酒宴。

山田拿出题经寺两位大师写的长信,详细诉说了七年来供养佛头的种种,东京大地震佛祖保佑和法会时如何显灵等等详情。

听得王会长不时皱眉、叹息和欣慰,足足聊了两个小时,王会长这才说:"宗本大师是智者啊! 孔老夫子说的是! 知过能改,善莫大焉!! 既然此尊佛祖护你全家度过大难,开示于你,说因果天定,又有夙缘,可见你此次能断了恶念,送回佛头,也是我佛大慈悲大感化所致。山田一男,你可要言而有信,日后还得多做善事好事啊!"

"这一回得到佛祖的饶恕和庇佑,小弟已然知道自己罪孽深重,如能挽回一二,已经感激不尽了! 还望大哥不念旧恶,多多释怀!"山田万分诚挚,垂泪道。

"我释怀不释怀无所谓,咱们毕竟是几十年的老哥们情谊! 又怎么能舍得呢?? 只要你能悔改,佛祖都不念你的旧恶,我自然不会再愤懑于胸,你能改恶从善,就是顺应天意嘛。哎,你啊,早知今日何必当初!! 你看看,当日偷盗佛宝的小刘被砍了脑袋,听说他找的那几个大兵,也被炸得尸骨无存,这就是报应呐!不论你信不信,天日昭昭,干了坏事难逃天谴,这是错不了的。"

"大哥的一番话,我铭记在心!永远不敢忘怀了。您看,这是题经寺的两位师父,为了此事,宗海、宗本大师指派他们俩护送佛头和我来华,一定要看着佛头再次修复完好,还代表两位大师,向栖霞寺的大师致敬!您看,我们什么时候动身去南京??"

"这都冬日了,南京那边还算平静。事不宜迟,我赶紧给我内弟打电报去,等他先期安排一下,安排好,咱们一起去栖霞寺赔罪、进香,咱们老哥俩很久没有一起吃饭了,让你嫂子预备了饭食,两位年轻师父一起吃,算是为你们接风洗尘吧。你也别住旅馆,我不放心佛头,就在我家暂住几日。可好?"

山田在京就住在王会长家里,休息了三天,王会长和王太太亲自带着仆人,护着佛头,领着山田和俩和尚师父坐了火车,直奔南京。

到了南京,徐子山亲自来迎接,山田一男免不了一番尴尬,好在佛宝已归,又来了两位日本和尚师父亲自护送,面子上怎么也说得过去了。

安顿好众位客人,徐子山立即写了拜帖,命仆人送到栖霞寺拜上智明大师,大师得知此事,万分欣喜,赶紧命徒弟来徐宅致意,并约定选了吉日,举行逢迎法会,请日本题经寺的师父和山田一起共襄盛举。

到了那日,徐子山预备了十几辆华车,同众人到了栖霞山下。智明大师早已亲率众僧排开了仪仗,沿山路搭起了彩棚,一众和尚全是新衣新鞋,手持木鱼敲击诵经。

王会长、徐子山带着仆人抬着佛头在前,山田领着日本和尚师父在后,参见了智明大师,山田羞愧难当,伏地请罪不止,两位日本和尚也合掌念佛。

智明大师感慨良深:"山田施主请起来吧!一念之差,犯了恶业,一念之转,知过能改,皆是前缘所定,今日之事,我师父他老人家圆寂之日,仿佛已经看见了似的。早已传下话来,我们才没有追究,此佛既然是施主有夙缘,施主只要改过从善既是了。二位同门万里来我华夏,也是稀客,一起请入!!"

见智明大师如此大度热情，激动得山田涕泪横流，悔意连连，跟随众人上了山。

大雄宝殿里，众人一起拜过了佛祖金身，就将佛头暂时供养在大殿里，智明大师请众人去禅房奉茶。

两位日本和尚拿出题经寺宗海、宗本大师的书信奉上，又说了许多倾慕的话，很是有礼貌。

智明大师看了信连连念佛："善哉善哉，也亏得日本师父们照料佛头，你我同门本是一家，因缘际会，才能相会，岂非天意！题经寺两位大师的话太自谦了，又派两位亲自前来，实在荣幸，请两位在此多多随喜几日，一起瞻仰瞻仰本寺的风采，贫僧不才，也写一封回信请带回去，转达我的致意。山田施主一事，请贵寺二位放心，我华夏宗门更有我佛大慈悲好生之德，上回我就说过，一衣带水、友邻和睦才是贵，我两国相处之道。"

两个日本和尚听了山田的翻译，更见尊敬。山田长叹一声，十分歉意："智明大师！我错了，彻彻底底地错了，因为一己之私念才做成如此恶业，您要给我一个补偿的机会！"

王会长、徐子山相视一笑，问："说说吧，无非是花钱消灾??"

"不！！"山田一男坚定地说，"我想好了，钱不能消除我的罪孽。首先我愿意出资一万大洋，翻修寺院，修复千佛岩，请中国的能工巧匠，把佛头跟佛身重新归一。为了赎罪，我愿意在寺内劳动一年，算是为我自己的罪孽负责。

"并且，为了警示后人，我想请王大哥、子山贤弟找几名石匠，把我欺心盗宝，佛祖显灵护佑我家，梦中指示我的事，写一篇长文，篆刻成一块巨碑！让日后来贵寺拜佛进香的居士和心怀叵测的贼人，都能从我做的坏事上警诫自己，虔心向佛！！"

智明大师点头称是："前两项我领了，不过，我中华树碑立传都是好事，如此一来，恐怕施主的恶名要流传下去，不妥吧。"

"妥当得很！！大师有所不知，当日如不是此尊佛祖，我一家老少连上邻居村民都得死无葬身之地！本来我的恶业就已经无法洗脱，而佛祖竟有如此大慈悲救苦救难，将我一家人避免劫难，不如此，不能警示众生，我内心也过不去!"

王会长见山田确实诚挚,劝智明大师答应下来。

山田又将当日佛祖种种神异显灵之处娓娓道来,听得众人连连念佛不已。智明大师也将广慧大师圆寂前的偈语详细说了一遍,山田和俩日本和尚啧啧称奇。

智明大师又道:"看来日后不知何时,还有一番劫难。也罢,既然佛祖开示于山田施主,我们就如此处置吧。不过,佛祖还说归还佛头,日后还有山田施主的一份功德,这……贫僧却不解其意。只怪我修为不深,连我师父的偈语都只参透了一星半点。哎,天意茫茫,圣人难知,我们只好顺应佛祖了。"

王会长点头道:"难不成广慧大师已经脱离苦海,飞化去了兜率天内,才留下一段偈语??"

众人想了半天,也参不透广慧大师的偈语,更不知佛祖所言山田一男的另一份功德到底是什么。只好叹息一回,各个准备。

这次山田可是真心诚意,在王会长、徐子山的协助,两个日本和尚的相助下,智明大师开了法会,先诵经数日,将佛头请出,并请来南京府石刻高手,研究了多日,才想出用丹砂、树胶和泥金胶等技艺,将佛头与佛身重新归一,并以精铜铸造铜环以固定,再围以彩绸。

计议停当,在盛大的法会上,众僧和不少善男信女诵经祈祷声里,工匠施展技艺,将佛头佛身重新归一,山田更是在日本和尚陪伴下,五体投地伏拜在地,诵经不止,祈求赎罪。

而后,栖霞寺又用山田捐献的款项,翻修了庙宇和重新修整了千佛岩,将石佛、菩萨、金刚、天人个个打理干净,铸造了不少金铜香炉陈设,山田更是跑前跑后不辞辛劳地忙活着。

王会长见山田一男改恶从善,实属不易,琢磨了半天,谋划停当,亲自挥笔写了一篇长文,将事情从头至尾的来龙去脉写个清楚,端的是意气洋洋、妙笔生花,看得山田咧嘴直笑,山田一男又亲自书名证实,还请两位日本和尚师父也一起署名,算作证人。

"大哥这篇文字文辞典雅,字也写得好!小弟佩服,只是叫个什么名字呢?"山田看了看王会长,又瞧瞧徐子山。

"我看,就叫《毗舍浮佛首东瀛显圣灵应记》可好?"徐子山出了主意。

王会长摇摇头:"太绕口了,再说,我写的又不是四六骈文,咱们民国了,大家认字的越来越多,这个名字,刻在石碑上,既得简洁大方,还得醒目……"

智明大师笑道:"众位檀越施主,我看,不如就叫《佛头记》可好?大题目用此一说,碑文中,加上徐施主说的《毗舍浮佛首东瀛显圣灵应记》,这样就两全其美了。"

众人都称赞,就这么定了。

徐子山当然也跟着凑趣儿,花钱请人找了块硕大平整如镜白石,又烦请来修复石佛的高手匠人,将长文一一篆刻其上,又成造了驮碑的巨大赑屃和双龙戏珠的石碑帽,山田觉得简陋些,又请匠人们修了个简单的碑亭。

到了吉日,这块巨大的石碑就此被矗立在栖霞寺山门外的坡地上,端庄华美,石刻铜字,气势不凡,来往进香朝拜的善男信女凡是看了的,都啧啧称奇,为栖霞寺增添了不少神异。

众人在栖霞山忙活了数月,才算完工,山田委托王会长送两个日本和尚回国,一并带去了智明大师的回信和相赠题经寺的礼物,自己老老实实在庙里跟大小和尚们一起吃住劳作,参禅打坐,读经拜佛,足足一年,算完成心愿。

徐子山自然常来拜会照顾他,智明大师见他悔过自新,着实喜欢,也教导了他不少中土佛理。这一年,山田一男像是脱胎换骨,再也不是当日那个商人了。

一年期满,山田的日本亲人来信催他回国,智明大师、徐子山也婉言相劝,山田觉得修为精进了不少,就收拾了简单行李,在寺里住了最后一晚,再去徐宅告辞。

这晚,山田一男回思在栖霞寺里赎罪的一年,身子骨很累,可过得很自在,很舒心也很充实。

就这么骤然离去,还真有点舍不得。

就这么迷迷糊糊在床上躺了很久,迷蒙中,眼前红光大起,异香满屋,耳边响起个声音:"山田一男。"

山田挣扎着想起来,可觉得身子轻飘飘得十分受用,不由脑中一惊:是佛祖?

"今日尔听从我命,护送我首归来,金身归一,实属因果。我与尔夙缘已了,见尔虔诚,还有几句话说与你听。

"命尔回归本国后,速速迁居远处山野,不可再留恋尔国京城繁华,不然,日后必有天劫难逃,到时玉石俱焚,无人可救。"

山田一男惊怖非常:"祈求佛祖开示!这天劫何解??难道我京城还要再经地震海啸不成??"

"天灾不降,人祸已生。祸由人起,天劫难逃。日后尔国新主假借神道邪法,妄托天命,僭称北极至尊名号,穷兵黩武,乱我中华九州,此劫数是也。唯杀伐惨烈,涂炭黎民,然上天早有明示,因果循环,报应不爽。尔不必多言,此后望尔虔诚静修,莫再入红尘颠倒之地,被五色所迷,方可保一家之全,我之所言,切勿外传,切记。"

山田猛然睁眼,已经是日出东方了。

一身冷汗的山田一男大口喘着粗气,回忆梦中佛陀的话。新主?难道大正皇上要不久于人世了??再说神道虽名称不是宗教,可自维新以来,就是日本国内的"国教",极力宣传皇室的伟大神圣,难道是招了佛陀的忌讳??

一想到佛陀的声音,似乎两国还有战火,这可把山田急坏了!可看看中国民众对日本地震的援助和日本民众的感谢,似乎并没有什么端倪?

东京又得有劫难了?不行,得赶紧请教请教,可佛陀让他切勿外传,急得团团转的山田不敢请问智明大师,隐晦地向徐子山透露了几丝意思。

徐子山却笑道:"山田兄,你这是在寺里住久了,免不了日有所思夜有所梦,再说此刻贵我两国虽说有些抵牾,大面上还过得去,都是邻邦,估计没什么大不了,我给兄台饯行,还是尽快回国,日本的嫂子和子侄们,只怕早就担心了。"

徐子山没当个事,给山田饯了行,送他北归。来到北京城,山田免不了又嘱咐了王会长几句,王会长听进去了,沉默良久,说:"天道茫茫,圣人难料。兄弟的意思我明白了,今后我也退居林下,不再跟他们台上的凑热闹喽。你先回国,以后咱们多多通信联络,有事也好有个照应吧。"

在京城盘桓几日，山田去天津坐了客轮，回了日本。

山田一家人相见，自然大喜，看看满眼的繁华都市和乡野情趣，山田惴惴不安地想起离开南京前一晚那个奇怪的梦，想搬家，太太子女们都觉得奇怪，刚好好地定居在祖宅才几年，他自己也舍不得。

事情就放下了。

可没过三年，1926年底，临朝才十五年，还有神经病的大正皇上就一病不起，驾崩归天。早已摄政的东宫皇太子在群臣的拥戴下，祭拜了祖宗天照大神，登基称帝，改元昭和。

这位皇上别看年纪轻轻，却不是"凡人"，不仅有个"现世神"的身份，还自小就被皇爷爷隔代培养，因为他父皇确实不被皇爷爷爱重。明治皇上选了不少日本国的重臣、谋士们，严格教育这位皇上，他那些老师，不是教授就是陆海军的将军。

慢慢地，这位皇上不负期望，成了个雄心勃勃、精明强悍、心机深沉、帝王权术玩弄得炉火纯青的人。等他父皇一生病，又做了几年摄政宫，更是积累了不少经验。

这不，他甫一登基，就开始把父皇不管不顾的军政大权慢慢收揽回自己手里，谁让那几年一般元老仗着自己是中兴元勋，倚老卖老，很不把患病的大正皇上放在眼里头，更别说年纪轻轻身为摄政的"今上"喽。本该由圣上掌握的军国大政，被众位元老你一块、我一块切蛋糕似的拿到自家盘子里享用，发布的圣旨敕谕，更是连问都不怎么让大正皇上过问，写好了只让他盖章下发。

别人还罢了，这位昭和皇上对这些"欺君犯上"的事儿，暗地里记得门清儿，欺负了老子，还有儿子呢！

昭和皇上早就做起了准备，利用自己身份，在军中年轻将校里招募了不少嫡系，又把跟着自己读书玩耍的几个嫡系亲贵安排进了朝廷，还在宫内省设置"皇室军人培训班"，特别培训出一批绝对效忠于自己的将校。

那几年正赶上世界经济不好，日本政坛风起云涌。于是乎，昭和皇上利用元老之间的矛盾和皇室的神威，借力打力，坐山观虎斗，借刀杀人，罢免和搞臭了一大批元老，慢慢收回了一部分军政大权。

等到 1928 年，国府北伐将要成功，日本出手了，先是出兵山东济南府，为北洋军阀抵抗北伐军，屠杀了济南百姓军民六千多人，史称"济南惨案"。

接着，看稳坐北京城的安国军大元帅张大帅败象已露，这位绿林出身的张大帅，又不怎么听话，忽悠得日本人团团转，几个日本中下层军人在得到高层指点后，在张大帅退出关内的途中，在皇姑屯下了毒手。

张大帅一命归天。少帅遵从国府命令，东北易帜。自此，民国才算表面上完全统一。

可惜不到三年工夫，又爆发了震惊中外的"九一八"事变，东北沦亡。

这一系列事件，终于促成了山田迁居的决心，他认为，当年栖霞寺一梦，佛陀的嘱托绝对真实！

他变卖了东京的房产，除了少数投资，全都取出来，拿出一部分做善事，剩下的家用，又把东京郊外的祖屋变卖了，跟乡亲们告辞。找来找去，在京都乡下的山野里，盖了一座简易的屋子，买了几亩薄田，跟太太真正过起了乡居生活。

反正儿女们都大了，不用操心，山田把他们都安排在了京都附近工作、居住，京都地方古寺也多，方便自己拜佛进香。就此，山田一男真正成了在家的居士，除了拜佛诵经，什么事也不理会。

世事难料，本以为日本吞并了东三省，野心渐灭，不想，却激起了他们更大的野心。

1937 年 7 月 7 日，驻扎在中国华北的日本军队，以一人"失踪"为名，要求进入宛平城搜查被我方严词拒绝，狂妄的日军公然开战，酿成了"七七卢沟桥事变"。

此番事件一经爆发，正在庐山举行大会的国府立即针锋相对，发表抗日御敌宣言。

"……如果战端一开，则地无分南北，人不分老幼，皆有守土抗战之责任，皆应抱定牺牲一切之决心！"

此言一经发表，欢声雷动，气壮山河，立即引起全国民众的强烈响应。

延安的中国共产党也立即发表国共合作、共同抗日宣言，愿放下国内争端，共同抗日抵御外辱。经最高统帅批准，原在陕北的红军改为国民革命军第八路军,后改为第十八集团军,南方各省游击队改为国民革命军新编第四军,共同隶属于国府军事委员会,参与国府陆海空军战斗序列。

自此,国共第二次合作,抗日民族统一战线确立。

可中国虽大,毕竟内战多年,民生凋敝,国力不充。又因驻扎在北平的中国军政大员面对日军进攻,进退失据,犹豫徘徊,被日军寻机各个击破,平津陷入敌手。

日本朝廷也乱了套,内阁本以为是地方事件,过些日子利用外交谈判恢复安定也就罢了,不想军部早已进宫面圣,军方各将领得了圣命,马上调兵遣将,准备扩大事端。毫无兵权的日本内阁无奈,只得亦步亦趋,跟随军部这些"花岗岩"大脑袋的军人,闯下了大祸。

为了统御全军,日本皇上下旨,在宫内成立大本营,亲自指挥各部作战。随后日本大举增兵华北,先夺下平津,再转战山西等地,我守军节节败退,在南口,好歹大战一回,击破了不少日军。

日本参谋本部可是有不少"中国通",比如那位石原莞尔,早就预备了几套灭亡中国的计划。

其中一套,仿照的是金兵攻灭北宋的战略,利用华北平原之地,以快速兵团占领平津、山西,兵出三路,一路抵挡住自潼关开来的援军,两路拿下河南,再席卷山东等地,如此,江北可定,再以帝国海军力量拿下上海、南京、福建、广东,占据襄阳,逼迫中国投降。

还有一套,仿照的是元世祖忽必烈攻灭南宋的战略。席卷华北后,一路兵临潼关,进取陕西、汉中等地,越秦岭攻入四川,再抄云南后路,将我中国军民后路截断。一路由江北扬州直下南京、江西、福建、广东。一路由平汉铁路南下,直扑武汉,将中国大陆截断为三段,各个击破。

可惜当年日本军制,尤其是陆军,先学的法兰西,又学的德意志,再加上自己的"武士道",弄了个不日不西不土不洋,战略家如同凤毛麟角,还大都不为军部大佬和皇上所重视,他们偏偏喜欢一些土吧拉唧唯命是从的中下级将校,这些人早被日本陆军大学和士官学院培训得脑袋如同"花岗岩",顽固不化到了极点。

又加上日本陆军皇道、统制两派不和,参谋总部和陆军省不和,陆军又跟海军斗得乌眼鸡似的,平日里都吵得天翻地覆,到了战事,岂不误事?!

那位至尊天子的昭和皇上,还是位自我感觉良好的"业余军事家",在大本营会议上,领着一帮子御前参谋指手画脚,狠狠过了一把军事家的瘾头,下头的军部大佬们,不是皇上的嫡系,就是被皇上整怕了的佞臣,比如那位号称厕所门的大将阁下,在御前极尽逢迎拍马之能事,叫嚣着:"陛下放心,臣料定,三个月可以解决中国战事!"

有大臣如此,可见日本高层昏聩到了什么地步。

这就把参谋本部那些"中国通"的计划、建议扔到爪哇国去,采取犯了兵家之大忌的"添油战法"。东一个师团、西一个师团地各个战场上增添。

不过,日本毕竟维新多年,又是个工业国,无论兵员素质和武器装备,远远高于中国,战事对我十分不利。

战役初期,除了南口会战我方胜了一仗,只到第二战区平型关战役时,我军——五师在林师长的亲自指挥下,伏击了日本第五师团一部,称为"平型关大捷"。

1937年8月初,南京最高统帅部召开紧急军事会议,来者将星如云,原先打成一窝蜂的国内各军,为了保卫中华民族,个个奋勇请缨,最高统帅思谋良久,跟白副总参谋长和陈辞修等嫡系言道:"怕只怕日本人用大战略谋我,真要是日本全军吞并华北,发挥其优势,如之奈何??"

白副总参谋长,自青年便是将才,又有"小诸葛"的美誉,与辞修等商议:"看来日军并没有采用史书上的大战略,只是华北山西一失,北方战局不可逆料啊。我军只有另辟战场,引日军大举南下,将日军锋芒,由自北而南,变为自东而西,我国战略纵深甚为广大,如此节节抵抗,化敌锋芒于无,加之南方各地湖沼遍地,炎热潮湿,不利于日军发挥机械化快速部队,我军或可转危为安。"

最高统帅觉得很合己意,选中上海作为攻击目标,吸引日军南下。8月13日,下令我军进攻上海的日军海军陆战队,并飞调各军前来助战,各路大军共计七十余万纷纷云集上海。

自此,中日两军在上海等地大打出手,日本海军又急速向大本营求援,日本果然中计,大本营传下圣命,将国内驻军、华北师团抽调二十余万,紧急派往上海助战,昭和皇上任命久坐冷板凳的松井石根大将为上海派遣军司令官,全力进攻上海。

敌我两军在上海等地,血战三月而不退,狠狠给了日本侵略者一记耳光。

到了11月份,我军在日军陆海空立体作战模式下伤亡惨重多达二十余万人,杀伤日军五万余人,渐渐不支。

日本大本营见轻视很久的中国军队血战英勇,恼羞成怒,又紧急抽调四个师团和重炮旅团、后备兵团共计十二万人,以柳川平助中将为司令官,在杭州湾金山卫等处登陆,攻击我军侧路。

我军最高统帅部大惊,传命各军撤退,造成秩序混乱,士气大伤,损失也颇大。

日军在损兵折将达七万余人后,全面占领上海,我军撤往南京各处防御。

昭和皇上见中国军队撤退,损失惨重,不由更起了屠灭华夏之意,下旨大本营撤销划定的"苏州——嘉兴"的战略限制线,将侵华日军在上海等地所有军队,编为"华中方面军",升任松井石根大将为司令长官。另外,任命自己的姑父朝香宫鸠彦王中将为上海派遣军司令官,亲率日军追击我军,并传下大本营命令:应于帝国海军相协同作战,攻占敌国首都南京。

12月初,松井石根和朝香宫等将领,兵分两路向南京扑来,一路由上海派遣军组成,沿太湖北,经苏州、无锡、常州、镇江攻击,一路由第十军组成,沿太湖南侧,经嘉兴、湖州、长兴扑向南京,并再次分成四路,分别自东、北、西南,大迂回包抄南京。

此刻,南京危急。最高统帅部召开紧急会议,按照最高统帅和白副总参谋长的计划,南京在战略上是"绝地",绝对无法对抗日军陆海空立体军事打击。白上将说:"我军新败,损失惨重,武器装备丢失殆尽,我认为,最多用六个团守卫,将大部分军兵和人民向西撤退,以保存战力,再图恢复。"

与会大多数将领表示赞同或者沉默。

突然有一人站起身激昂反驳:"南京是国府是首都,万国瞻仰之所,又是先总理陵寝所在,不能不誓死保卫,以壮国威。"

这人是唐上将。

按说,他的说法没错,尤其是在最高统帅看来,也委实不敢轻易放弃自己的首都,白上将又反驳了一番,两难之下,最高统帅只得答应坚守南京。

为此,抽调了刚从淞沪会战战场上撤退下来的我军精锐第三十六、八十七、八十八师和其他各处调来的十个师,加上嫡系精锐的中央军校教导总队两万余人,宪兵部队、南京要塞部队,从编制上看,足足有十八万余人。

可大义凛然的唐上将视察了实际部队情况才发现,满不是那么回事!自己不知不觉接过了一个烫手的山药蛋!

因为除了武汉三镇开来的第四十一、四十八师是完整的满编师,其余部队都是从上海战场撤下来的残兵败将,且重武器装备早在撤退路上就被丢弃一空,弹药军火不足,城内外的军政机关和各企业商铺纷纷西迁,闹得人心惶惶,这下可坏了。

唐上将手里的兵将,满打满算也不到十万人,其中还有三万多新兵,连枪都不会放,这仗怎么打呢??

我英勇的军队和其余部队,还是在南京周围摆好了阵势,要跟日军决一死战。唐上将为了表明必死之心,下令把江边的船只焚烧一空,要破釜沉舟。

日军可是全副武装的师团,主要由上海派遣军和第十军组成,包括通信部队、铁道部队、航空部队、工兵部队等等,华中方面军司令长官陆军大将松井石根统率全军,其实,因为肺病,他只在远处指挥。

具体战役,则由上海派遣军司令朝香宫鸠彦王中将,率领第三师团先遣联队长陆军大佐鹰森孝;

第九师团长,陆军中将吉住良辅;

第十六师团长,陆军中将中岛今朝吾;

第十三师团山田支队等。

以及第十军司令官陆军中将柳川平助率领第六师团长陆军中将谷寿夫;

第十八师团长陆军中将牛岛贞雄;

第一一四师团长陆军中将末松茂治;

第五师团第九旅团的国琦支队。

总计，日军进攻兵力在二十四万余人，除了工兵和辎重兵，大约在十九万人。日军占绝对优势。

敌强我弱，我军在日军进攻下奋勇作战，一次次打退了进攻的日军，敌我两军都损失惨重，雨花台、通济门、光华门、紫金山等地相继失陷，中华门等地炮火连天、震天动地，唐上将见我军渐渐不支，将城外军队调入城内，准备巷战。

松井石根大将向我军空投劝降书，被我军严词拒绝。

经过几天几夜的连续作战，我军伤亡过大，也给日军以重大杀伤。此时，最高统帅却犯了糊涂，下令撤退，唐上将见状叫苦不迭，各军都在前线，后路被断，水路的船又让他给烧了，怎么撤退？？

无奈之下，他只好命令各军"自行突围"，自己领着几个亲信先走了。

命令一下达，刚才还英勇血战的各部顿时士气大衰，阵脚大乱，土崩瓦解，纷纷撤走，脱离战场，还有些没有接到命令，在阵地上与日军血战到底，全部殉国。

乱糟糟的我军没头苍蝇似的四处涌动，有些还自我冲突起来，可找来找去，除了两支广东部队从正面突围出去，剩下的不是被长江所阻拦，没船没车，望洋兴叹，就是被日军堵在了南京城内。

1937年12月13日，日军占领南京！

昭和皇上在东京皇宫大本营刚一得到消息，龙颜大悦，立即颁布圣旨，传令嘉奖各军，并赏赐御酒、香烟，日军此战也是强弩之末，后勤部队又没跟上，那位三朝元老的参谋总长闲院宫载仁亲王，传达了参谋总长指示：中国那么富，战地部队可以就地筹措粮饷嘛！！

日军各部早被金陵的花花世界迷住了双眼，听了圣命和指示，立即全军入城，展开了空前规模的抢掠，上到金银财宝、古董珍宝和黄金宝石，下到吃喝拉撒睡的各种用具甚至小孩玩具、自行车、餐具等等，南京城内公私财产被抢掠一空。

而立功心切又颇为自负的朝香宫鸠彦王，仗着自己是皇亲国戚，满不把其他同事放在眼里，还想着在此时刻，威风一把，彰显一下日本皇族的"威势"。于是,向各军传下了一道机密军令:杀掉一切战俘!!

在淞沪会战就伤亡惨重的日军各部,南京战役又受了不少损失,早已杀得眼红,见了命令,好似一帮罗刹恶鬼出笼,对留在南京的军民人等,开始了长达六个星期耸人听闻惨无人道的大屠杀,史称"南京大屠杀"!

整个南京城及周围地区,简直成了人间地狱!大开杀戒的日军不分男女老幼还是鳏寡孤独,见人就杀,见物就抢,见女人就强暴,如同恶狼进了羊群,我军被俘人员被大规模集体屠杀,长江的水面上,到处漂浮着死尸,足足红了三个月之久!

其惨绝人寰,丧心病狂,不仅为中外战争史上罕见,连日本那位德国盟友见了,也自叹不如!

据当时慈善机构和埋尸机构统计,日军在城外屠杀我军民十六万余人,城内屠杀达十八万人以上,总计不下三十四万中国军民成了日军的刀下冤魂!

此外,城内各处的寺庙宫观中的佛、道等人士,也被日军大规模残杀。

罄竹难书的罪行,在六个星期后,才渐渐平缓,原因则是大屠杀消息传出,立刻举世哗然,世界瞩目,各国人民纷纷谴责,而日本大本营派了几个"考察团"来参观,有些城里的占领部队,被调往其他地区作战,剩余的中国难民,才逃过一劫。

在屠杀最为激烈的一天,南京城里城外腥风血雨,尸体如山。一支小部队为搜索屠杀对象,穿梭过孝陵卫,直到栖霞山附近,这支部队的长官,叫青木。

青木领兵搜山,发现山上有座古寺,命令士兵们上来,就要动手,他可不知道,栖霞寺内,隐蔽躲藏了两万六千多名难民和我军士兵!万一冲进寺内,这两万多人性命不保!

此时,正要到山门的青木,接到前方侦查士兵的报告,有一块石碑在前面的山路上,很有意思,请长官过去看看。

青木挎刀,来到近前,看到了王会长书写的《佛头记》,仔细阅读几遍,悚然震惊不已,身边的士兵们,有认得中国字的,看了也啧啧称奇。

"原来此山的古寺,就是中国闻名遐迩的栖霞寺!上面的记载,此山的古佛还在我国东京大地震显灵护佑过国民,真是神奇!告诉部队,不得对栖霞寺有任何亵渎行为!你带人去做个木牌放在这里,提醒一下后来的部队。"

那时候,日本陆军多为农家子弟,对佛教信仰有加,军队里甚至配备了不少日莲宗的和尚,为士兵们祈祷,很多士兵甚至迷信得厉害,身上带了不少杏黄色的香袋,上头印着日本各寺庙的法印,不然就是书写着《南无妙法莲华经》的经文,以此来祈祷佛祖保佑自己,避免伤亡。

众士兵见了《佛头记》碑文,又听长官下了命令,都合掌念佛不已,并在栖霞寺山门外,树立了一块很大的木牌,用日语写到——"寺庙重地,严禁入内骚扰!!"

至此,偷偷躲避在寺内和后山的两万多名中国军民,才躲过了长达六个星期的南京大屠杀,全活了性命。

此番经历,能不能为山田一男增添几分功德??就非我辈所知喽。

日军本以为用如此残暴的屠杀手段能逼迫中国人民和国府投降,可他们着实没想到,大屠杀消息传出去,更是让中国军民们万众一心,同仇敌忾,浴血奋战,与之奉陪到底!

随后进行的武汉会战,我最高统帅部更是调集了一百一十万兵力,在广大的江南地区与日军奋战三个月之余,以伤亡二十余万人的代价,再次消灭日军十余万人,将狂热的日军第一线作战部队钉在中华大地的天南地北,日本本土,只剩了一个保卫东京和皇室的近卫师团,其余部队全部被"业余军事家"昭和皇上和他那些御前参谋一点一滴添油般漫无目的地投入中国战场。

可面对旷阔无垠的中华大地,百十万日军如同胡椒面撒进太平洋一样,被稀释得几乎无影无踪。

1940年底,我军第十八集团军在朱总、彭副总司令指挥下,在华北地区全线出动,打了一场轰轰烈烈的"百团大战",毙伤日伪军两万余人,极大打击了日军的嚣张气焰。

这一年,早已迁居成都的徐子山给姐姐、姐夫去了密信,要王会长一家赶紧西迁以避日军,被王会长拒绝,年老病衰的王会长,要留在沦陷的老北平,看着小日本鬼子被赶出中国的那天。

转过年来,1941年底,王会长因年老弥留,去世前用尽最后力气挥笔写下那首陆游的《示儿》:

"此去原知万事空,但悲不见九州同。王师北定中原日,家祭无忘告乃翁!"

溘然长逝。

不到几天,日本帝国偷袭珍珠港,向美国宣战。

我中华军民同全世界同盟国一起又经过三年多不屈不挠的浴血奋战,在尸山血海中,始终屹立在亚洲而不倒。

1943年9月3日,意大利向盟国无条件投降。

1944年6月6日,英美盟军为配合苏联红军作战,两面夹击德国法西斯,在诺曼底进行了超大规模的登陆作战。

1945年5月8日,在希特勒自杀之后,后任的德国总统邓尼茨下令德国向美英苏等盟国无条件投降。

美军大规模杀伤日军,突破其"绝对国防圈",又利用德国战败,将主要兵力调往亚洲,联合中国全力打击日本。

1945年2月到5月,为打击日本,美军21轰炸机部队司令李梅少将,下令对日本东京等地发动长达数月的大轰炸,整个东京地区陷入一片火海,连同维新后明治皇上新修的明治皇宫、皇太后宫的皇宫以及绝多大数东京城区,被猛烈的轰炸化为一片火海。

炸死炸伤日本军民人等十四万人以上,整个东京地区成为一片焦土,算是为死难在南京的中国军民报了一箭之仇。

山田一男一家,因为躲避在京都郊野,全家免于一难。

1945年7月26日,美、中、英三国发布《波茨坦公告》,敦促日本帝国迅速无条件投降,不然各盟国联军要对日本发动全面进攻。

中国战区最高统帅部立即向各军下达全面反攻命令,我军及各抗日武装力量在中华广大地面上开始大反攻。

1945年8月6日、8月9日,美军分别向日本广岛、长崎投放原子弹,将两地夷为平地,杀伤日本军民二十余万人。

1945年8月8日,苏联正式向日本宣战,一百余万大军分三路向盘踞在中国东北的关东军发动猛烈打击。

1945年8月9日,延安总部的毛泽东主席发布《对日寇最后一战》声明,号召全国军民向日军展开大反攻。

1945年8月14日凌晨,东京皇宫地下室里,凄凄惨惨戚戚的日本君臣相对,愁容惨淡,昭和皇上打破惯例,摒弃了军政大员们要进行本土决战,实行"一亿总玉碎"的亡国政策,亲自颁布圣旨,命令帝国大本营和帝国内阁,向美英中苏盟国无条件投降。

随后,亲自向日本全国发布《终战诏书》,日本老百姓们诚惶诚恐地肃立,恭聆了一千多年来第一次从广播里传出的"现世神"那抑扬顿挫的"神鹤天音"。

不过,第一次聆听"天音",得到的内容,就是投降……

1945年8月15日,日本帝国终于投降。

中国终于取得了自甲午战争惨败以来,五十年来第一次保家卫国战争的最后胜利!

这一年,正是农历乙酉年,鸡年。

年近古稀的徐子山重回南京,拜访了耄耋之年的智明大师,白眉皓首的一僧、一俗执手相见,大有劫后余生之感,无语凝噎。

徐子山拿出王会长当年赠与他的一副墨晶眼镜,供奉在寺内的大殿里,遥望北平故都,颤巍巍祈祷道:"姐夫在天有灵,咱们……胜利了!!这是发表在报上的胜利文章,小弟念诵一遍,请姐夫英灵不远,聆听一二,以慰胸怀!"

"中华民国三十四年9月9日,我国家受日本之降于南京,上距二十六年7月7日卢沟桥之变为时八年,再上距二十年9月18日沈阳之变为时十四年,再上距清甲午之败为时五十一年余。

"五十年来,我国家忍辱负重,奋发图强,终于一雪前耻,中兴华夏,举凡五十年间,日本所鲸吞蚕食于我国家者,至是悉备图籍献还天阙。全胜之局,秦汉唐宋以来所未之有也!

"我国家以世界之古国,居东亚之天府,本应绍汉唐之遗烈,作并世之先进,将来建国完成,必于世界历史居独特之地位。盖并世列强,虽新而不古;希腊罗马,有古而无今。惟我国家,亘古亘今,亦新亦旧,斯所谓"周虽旧邦,其命维新"者也!旷代之伟业,八年之抗战已开其规模,立其基础。

"稽之往史,我民族若不能立足于中原,偏安江表,称曰南渡。南渡之人,未有能北返者。晋人南渡,其例一也;宋人南渡,其例二也;明人南渡,其例三也。风景不殊,晋人之深悲;还我河山,宋人之虚愿。吾人为第四次之南渡,乃能于不十年间,收恢复之全功,庾信不哀江南,杜甫喜收蓟北,此其可纪念者四也。

"岂非一代之盛事,旷百世而难遇者哉!"

此时此刻,举国欢腾的呼声,如同夏日惊雷轰轰烈烈,喜气洋洋传遍了中华大地的山山水水,自关外三省,平津华北,大河两岸,江南江北,两广两湖,川贵滇闽以及澎湖列岛,台湾全省。

这是正义的呼声,也是胜利的呐喊!

国府还都南京后,1938年躲避在栖霞寺内,逃过一劫的我国军民人等,为感念古刹救命之恩,集资篆刻了一块石碑,与《佛头记》石碑共同树立在山门外,日月并辉,成为栖霞山一处胜景。

后来的事:

日军南京大屠杀的主要罪犯——

松井石根被盟国组成的远东国际军事法庭判决绞刑,处死。

柳川平助在战争中暴病而死。

中岛今朝吾投降后暴病而死。

武藤章被远东国际军事法庭判决绞刑,处死。

佐佐木到一被判有期徒刑,在服刑中病死于中国监狱。

牛岛贞雄在战争中因作战失利,被召回日本,战后病亡。

吉住良辅战争中因作战失利,被召回日本,编入预备役,战后病亡。

谷寿夫被远东军事法庭判处极刑,交付中国,由南京军事法庭驳回上诉,于1947年4月,于南京中华门外雨花台刑场执行枪决,处死。

在南京进行刀劈活人、杀人比赛的野田毅和向井敏明两人,被交付中国,由南京军事法庭判处极刑,于1948年1月,在南京中华门外雨花台刑场执行枪决,处死。

然而,那位下达屠杀命令的主要刽子手之一的朝香宫鸠彦王中将,战后因为是日本皇族,被免于起诉,逃脱审判,脱离皇室降为庶人身份,安安稳稳地活到了九十四岁。可发一叹!

转过年来的1946年,智明大师在栖霞寺内圆寂,圆寂前,他终于悟得师父广慧大师的那句偈语:

"出入云闲满太虚,元来真相一法无。九苦五蕴东来客,唯指山间一尊佛。七载因缘苦茫茫,廿二年后劫难成。一朝听得金鸡啼,沧海沉沉日已落。"

徐子山活到1950年代,无疾而终。

因为种种原因,《佛头记》的石碑和另一块军民集资篆刻的石碑,后来被打碎砌筑了院墙,石碑座和残迹依稀还在,有兴趣的朋友,依然可在游览栖霞山时发现。

而那尊神异的过去七佛中的毗舍浮佛,依然与众多南朝古佛一样,完好地保存在栖霞山千佛岩上,供人瞻仰欣赏。

这段神奇的逸闻,随着年深日久,也逐渐被人遗忘。

但冥冥之中,流传千年的佛宝,就在我薪火相传,生生不息的华夏文明中,孕育出了种种不可仰视的灵性,护佑而感动着每一个中华子孙,像亘古流淌的时光一样,永存于世。

正是——上巍楼,指顾剑东西,依然旧江山。怅谁为荆棘,委渠天险,薄我风寒。金瓯经营几载,鸿雁尚漂残。一片迷棋局,著手良难。犹幸红旗破贼,有竹边新报,喜听平安。问纷纷遗事,一笑付凭栏。愿天驱,五丁壮士,挽岷峨,生意与春还。斜阳外,梦回芳草,人老萧关。

后记——

这是个真实的故事,是爷爷的父亲的一位老朋友给他讲的,那人外号叫张八卦,建国前是古玩行里对《易经》研究非常精深的一位老人。

少年时,我搬个小板凳坐在老院里的石榴树下的青石桌边,依偎在爷爷膝下听他讲述这个并不显得古老的故事,一杯淡茶,一盘酥糖,爷爷平淡地品几口香茶,喂我吃两颗酥糖,尽享天伦。

我被深深震撼,以为就是个传说而已,就把它记在了笔记本上,因年代久远,我对故事进行了再加工整理,大体脉络不变。

　　但是,大学时代,请南京的同学去实地考察,却发现是真的,南京佛教档案里,也有过简略的记载。只是石碑现在成了残碑,碑座尚存。

　　石榴花开,白云流动,老院砖墙的青苔还在,可讲故事的人早已风流云散,驾鹤西游。

　　历史是人写的,但冥冥之中,或许有很多我们不为人知的史实通过口口相传,变成了一段昏黄而悠长的故事,散落于芸芸众生之中了。